Stefan Wollschläger

Friesenkunst

Friesenkunst

Cover: Steve Cotten
Lektorat: J. E. Siemens

ISBN-13: 978-1530435173
ISBN: 153043517X

1. Unverschämtheit

Der Donnerstag begann glücklich für Elisabeth Rieken. Kleine Wolken zogen durch den Himmel, und die Sonne schien ungewöhnlich warm für den Herbst. Nach dem vielen Regen in der letzten Zeit wollte man diesen Tag unbedingt draußen verbringen, am besten außerhalb der Stadt. Elisabeths Mann hatte sein Arbeitsleben im VW-Werk von Emden bereits hinter sich, und so konnten sie auch unterhalb der Woche zu ihrer *Meerbude* fahren, wie man im Volksmund die kleinen Wochenendhäuschen an den Kanälen der großen ostfriesischen Binnenseen nennt.

Gegen 11:00 Uhr verließen Elisabeth und Johann Rieken die Seehafenstadt in Richtung Südbrookmerland zum Kleinen Meer. Vom Rücksitz her schallte Kinderlachen, denn sie hatten ihren Enkelsohn Paul dabei. Ihre Schwiegertochter hatte sich sehr gefreut, als Elisabeth ihr angeboten hatte, sich heute um das Kind zu kümmern, denn so hatte sie ein bisschen Zeit für sich. Elisabeth war zwar der Meinung, dass sich ihre Schwiegertochter viel zu häufig „Zeit für sich" nahm, aber diese Meinung äußerte sie nicht offen. Sie genoss es sehr, mit Paul zusammen zu sein, bevor er im nächsten Jahr eingeschult werden würde. Das Kind tat auch Johan gut, der gerne mit ihm in ihrem kleinen Boot durch die Kanäle schipperte. Elisabeth fand es herrlich, den beiden Freizeitkapitänen zuzusehen. Sie hatten sich sogar die gleiche Mütze zugelegt! Auch jetzt trugen sie sie bereits voller Vorfreude auf den gemeinsamen Tag. Zum Mittagessen wollten sie grillen. Neben Pauls Kindersitz stand ein vollgepackter Picknickkorb, und Elisabeth

Rieken hatte sogar eine Knüppeltorte gebacken.

„Meinst du, Hansens sind auch da?", fragte Elisabeth.

Johan zuckte mit den Schultern. „Wären dumm, wenn sie bei diesem Wetter nicht rausfahren." Hansens besaßen die Meerbude neben ihnen, in der Siedlung kannte man seine Nachbarn.

Bei der *Hieve,* wie man das *Kleine Meer* auch nannte, handelte es sich um ein Naturschutzgebiet. Als Flachmoorsee war er nur ein paar Meter tief, aber im Gegensatz zum *Großen Meer* durfte man ihn mit dem Boot überqueren, um in die Kanäle des größeren Sees zu gelangen. Die Wochenendhäuschen reihten sich wie Perlen auf einer Kette an den Wasserstraßen entlang. Manche waren rot, manche grau, manche hatten Spitzdächer, und viele besaßen sogar einen kleinen Bootsschuppen. Und jede Meerbude besaß eine eigene Einfahrt, in der der Besitzer sein Auto parken konnte.

Johan Rieken fuhr sehr langsam über die enge Straße, die an dieser Stelle einige Schlaglöcher hatte. Die Sonne glitzerte auf dem Wasser des Kanals, soweit man ihn durch die Häuschen hindurch sehen konnte. Nur noch ein paar Meter, dann waren sie bei ihrer Bude, die Johan im letzten Jahr in einem freundlichen Gelb gestrichen hatte.

„Hansens sind nicht da", sagte Elisabeth. „Ihr Auto steht nicht vor dem Häuschen."

„Dafür steht in unserer Einfahrt ein Auto", brummte Johan. „Das gibt es doch gar nicht!"

„So eine Unverschämtheit", empörte sich Elisabeth.

„Unverschämtheit." Paul kicherte von der Rückbank.

Es war ein dunkelblauer Volvo Kombi, der vor ihrem Haus parkte. Er hatte eine leichte Delle in der Frontstoßstange und außerdem einen Fahrradträger auf dem Dach.

„Das geht überhaupt nicht", regte sich Johan auf. „Wo soll ich denn jetzt parken?"

„Park doch bei Hansens", schlug Elisabeth vor.

„Und wo parken dann Hansens, wenn sie kommen? Nein, dieses Auto da muss abgeschleppt werden. Das ist unser Grund und Boden, auf dem es steht." Der Rentner hielt mitten auf der Straße an.

„Meinst du wirklich, dass das nötig ist? Das Wetter ist zwar schön, aber es ist Donnerstag, da werden nicht alle hier sein."

„Natürlich ist das nötig. Wenn dieser Kerl sich ein Häuschen für das Wochenende gemietet hat, dann soll er gefälligst in seiner eigenen Einfahrt parken. Ich werde die Polizei rufen und ihn anzeigen."

„Anzeigen." Paul freute sich.

Elisabeth seufzte, löste den Sicherheitsgurt und stieg aus. Sie öffnete die Tür zur Rückbank und befreite Paul aus seinem Sitz. Plötzlich hörte sie ein lautes Kratzen und blickte zu ihrem Mann. „Was machst du denn da?"

„Ich erteile dem Kerl eine Lektion", erklärte er voller Genugtuung und hielt den Schlüsselbund hoch, mit dem er gerade die Fahrertür des Volvos dekoriert hatte. „Das wollte ich schon immer einmal machen."

„Ich will auch!" Paul rannte zu seinem Großvater.

„Hört sofort auf damit! Es reicht ja wohl aus, wenn er eine Anzeige bekommt und abgeschleppt wird."

„Wo ist der Besitzer des Autos überhaupt?", fragte Johan. „Soweit ich weiß, vermietet keiner unserer Nachbarn seine Meerbude."

„Ach du meine Güte!" Erschrocken blickte Elisabeth ihren Mann an. „Meinst du, er ist in unserem Haus? Ist er eingebrochen?"

Johan wurde ebenfalls bleich. „Geh sofort zu deiner Großmutter, Paul! Geh zu Oma Elisabeth und bleib mit ihr beim Auto." Er sah sich um, ob er etwas Hartes fand, womit er sich notfalls verteidigen könnte. Sein Blick fiel auf eine lose Planke im Zaun, die er schon längst hatte reparieren wollen.

„Was hast du vor, Johan?", rief Elisabeth ängstlich. „Willst du nicht lieber die Polizei rufen?"

„Erst will ich wissen, ob im Haus alles in Ordnung ist." Johan bewegte sich mit seinem Schlagstock bewaffnet vorsichtig in Richtung Eingangstür.

„Hier!", rief Paul und schlug mit den Händen gegen das fremde Auto.

„Du sollst zu deiner Großmutter gehen!", schrie Johan.

Der Junge gehorchte nicht, sondern klopfte weiter gegen den Volvo.

„Elisabeth, hol Paul da weg!"

Elisabeth löste sich aus ihrer Starre und rannte zu ihrem Enkelkind, das sich nur widerwillig von ihr in den Arm nehmen ließ. „Da ist jemand drin und schläft!", rief Paul.

Elisabeth starrte in das fremde Auto. Die Rückbank des Kombis war zurückgeklappt, sodass er eine geräumige Ladefläche hatte. Zuerst sah sie nur die graue Decke, dann erkannte sie die Hände und auch den Kopf, die darunter hervorragten. Sofort hielt sie Paul die Augen zu und drückte ihn fest an sich. „Ruf die Polizei, Johan!", kreischte sie. „Der Mann im Auto ist tot!"

*

Kriminalhauptkommissarin Diederike Dirks konnte nicht direkt zur Meerbude der Riekens fahren, denn die schmale Straße war schon voll mit all den anderen Fahrzeugen, die sich am Fundort der Leiche eingefunden hatten. Ein Streifenwagen war dort, genauso wie ein Notarzt und natürlich zwei Vans der Kriminaltechnik. Außerdem wartete ein Bestatter mit seinem Leichenwagen darauf, dass er den Toten in die Gerichtsmedizin nach Oldenburg fahren konnte. Aber bei dem schönen Wetter ein paar Meter zu Fuß zu gehen war nicht weiter schlimm.

„Es ist hübsch hier“, sagte Dirks' Assistent Kriminalkommissar Oskar Breithammer. „Das ist viel besser als der Kleingarten, den ich in Osnabrück hatte.“

„Du kannst dich ja mal für eine Woche hier einmieten.“ Dirks grüßte den Polizisten, der auf sie zukam.

„Polizeiobermeister Sven Holm“, stellte sich der Beamte vor. „Ich habe den Fundort der Leiche kurz vor dem Notarzt erreicht und alles in die Wege geleitet.“

„Sie haben Schlagsahne am Mund“, entgegnete Dirks.

Holm wurde rot. „Frau Rieken hat die Einsatzkräfte mit Knüppeltorte versorgt“, verteidigte er sich.

Dirks blickte zu Elisabeth und Johan Rieken, die auf zwei Gartenstühlen vor ihrem Häuschen saßen und das Geschehen betrachteten. Sie sahen ziemlich mitgenommen aus, im Gegensatz zu ihrem Enkelsohn, der fröhlich im Garten herumtollte.

„Die Eheleute Rieken haben das ihnen unbekannte Fahrzeug in der Einfahrt ihres Häuschens vorgefunden und erkannt, dass die Person darin nicht mehr am Leben war“, berichtete Holm.

„Wann waren die beiden das letzte Mal hier?“

„Am vergangenen Sonntag. Der Volvo könnte also schon seit vier Tagen hier stehen. Aber wollen Sie nicht direkt mit Frau Rieken reden?"

„Nein, danke. Ich habe gerade keinen Appetit auf Torte." Dirks ging zu dem Kombi, dessen Kofferraumklappe offen stand. Sie sah hauptsächlich die graue Decke, denn der Notarzt beugte sich gerade über den Kopf der Leiche und begutachtete ihn.

„Und, Doktor, was ist dem Mann zugestoßen?"

Der Notarzt drehte sich nicht um, sondern machte nur ein bisschen Platz, damit Dirks besser sehen konnte. „Es ist auf jeden Fall eine unnatürliche Todesursache." Der Mediziner schob mit einem Spatel das dunkle Haar am Hinterkopf des Toten beiseite. „Diese Wunde am Schädel weist darauf hin, dass er mit einem harten, spitzen Gegenstand erschlagen worden ist. Allerdings nicht hier im Auto, dazu gibt es zu wenig Blut. Erst nachdem er tot war, ist er in den Kofferraum gelegt worden und wurde hierhergefahren."

„Der Tatort ist also ein anderer als der Fundort." Dirks kam wieder unter der Kofferraumklappe hervor, um frische Luft zu schnappen. „Kennen wir bereits die Identität des Opfers?"

„Bisher wissen wir nur, dass es ein Mann zwischen Ende vierzig und Ende fünfzig mit einem Vollbart ist", entgegnete der Notarzt. „Wir wollten auf Sie warten, bis wir die Decke entfernen und die Leiche bewegen."

„Na, dann wollen wir mal sehen, ob der Unbekannte seinen Ausweis bei sich trägt."

Dirks schaute zu den Kriminaltechnikern in ihren weißen Ganzkörperanzügen und versuchte, den Leiter des Teams zu bestimmen. Schließlich erkannte sie Andreas Altmann an seiner roten Designerbrille und winkte ihn zu sich. „Wenn ihr alles fotografiert habt, dann können wir die Leiche jetzt genauer untersuchen."

„Alles klar." Altmann hob vorsichtig die graue Decke an, zog sie aus dem Kofferraum und packte sie in einen großen Plastikbeutel. Der Tote trug einen dunkelblauen Anzug und Lackschuhe. Zwei Sanitäter kamen mit einer Rollbahre, griffen den Körper an Schultern und Füßen und legten ihn ausgestreckt auf die Bahre. Er war etwa 1,80 Meter groß.

Der Leiter der Spurensicherung griff umsichtig in die Jackettasche, fand darin jedoch nichts. Dann beugte er sich über den Körper, um in die Hosentaschen zu fassen. „Keine Brieftasche, kein Schlüssel, kein Handy", fasste Altmann zusammen. „Nur ein benutztes Stofftaschentuch in der linken Hosentasche und ein Stück Papier."

Dirks hatte sich inzwischen auch ein Paar Einweghandschuhe angezogen und nahm das Papier in die Hand. „Das ist eine Eintrittskarte", sagte sie. „Für die Kunsthalle Emden."

Auch Breithammer sah sich die Karte genauer an. „Die ist von letztem Dienstag. Dann fällt Montag als Tatzeit schon mal weg."

„Das Zeitfenster für den Todeszeitpunkt kann ich leider nicht bestimmen", sagte der Notarzt, „das müssen die Spezialisten aus der Gerichtsmedizin machen."

Dirks blickte in den Kofferraum, ob dort noch etwas lag, was dem Toten aus der Tasche gefallen sein könnte, aber sie entdeckte nichts. „Habt ihr sonst irgendwas im Auto gefunden?", fragte sie Altmann.

„Auf dem Fahrzeugboden lagen keine Gegenstände. In den Seitenfächern der Fahrertür befand sich neben einer Parkscheibe eine leere Wasserflasche, ohne

Sprudel, anderthalb Liter. Im Handschuhfach lagen außer dem Handbuch für das Fahrzeug mehrere CDs mit klassischer Musik."

„Ich möchte, dass die Umgebung genauestens abgesucht wird", sagte Dirks. „Vielleicht hat der Täter den Autoschlüssel ja weggeworfen, nachdem er das Fahrzeug abgestellt hat. Genauso könnte er auch das Handy und die Brieftasche des Opfers in der Nähe entsorgt haben. Es sollten deshalb auch alle Mülleimer in dieser Straße durchsucht werden."

Breithammer deutete auf den Kanal. „Wäre es nicht am einfachsten, diese Dinge ins Wasser zu schmeißen?"

„Dann brauchen wir einen Taucher. Das soll der Staatsanwalt entscheiden, wenn er kommt." Dirks holte ihr Smartphone hervor und machte ein Foto von der Leiche. „Wenn er einen Anzug trägt, könnte er ein Geschäftsmann gewesen sein."

„Dafür ist der Anzug von zu schlechter Qualität und nicht mehr modisch genug." Altmann rückte seine Designerbrille zurecht. „Das ist allerhöchstens ein Versicherungsvertreter, der sehr lange nichts mehr verkauft hat."

„Man sieht es ihm in seinem derzeitigen Zustand nicht an", schaltete sich der Notarzt in das Gespräch ein. „Aber zur Tatzeit war er wahrscheinlich sehr gepflegt."

Dirks zeigte auf die Fahrertür des Volvos. „Was ist mit dem Kratzer in der Tür? Der sieht recht frisch aus."

„Ist er auch", antwortete Holm. „Die Sachbeschädigung stammt vom Zeugen Johan Rieken." Der Polizist schien sehr stolz darauf zu sein, das unwichtigste Puzzlestück dieses Falles gelöst zu haben.

„Wem gehört das Auto eigentlich? Habt ihr das Nummernschild überprüft?"

Holm blickte auf seinen Notizblock. „Das Fahrzeug ist auf einen gewissen Redolf Tammena aus Bensersiel zugelassen.“ Er riss den Zettel mit der genauen Adresse ab und reichte ihn der Hauptkommissarin. „Das Auto ist bisher nicht als gestohlen gemeldet worden.“

Dirks horchte auf. „Dann lassen wir die Kollegen hier mal in Ruhe ihre Arbeit tun.“ Sie wandte sich an Breithammer. „Und wir fahren nach Bensersiel, um zu sehen, ob der Tote mit dem Besitzer des Autos übereinstimmt.“

2. Heimkehr

Iba Gerdes fuhr mit ihrem weinroten Fiat 500, der ein Stuttgarter Kennzeichen hatte, die Dornumer Straße entlang. Im Innenspiegel sah die blonde Frau ihre verheulten Augen, bei denen selbst die wasserfeste Mascara von Chanel verlaufen war. Die Tränen waren bereits getrocknet, entweder weil sie keine mehr hatte, oder weil ihr der tiefhängende blaue Himmel Ostfrieslands ein wenig Trost geschenkt hatte. Wenn sie so darüber nachdachte, dann traf wohl eher die zweite Möglichkeit zu. Es tat gut, nach Hause zu kommen.

Sie passierte das Ortsschild von Dornum. Als sie die Häuser betrachtete, fiel ihr auf, dass sich kaum etwas verändert hatte in den letzten Jahren. Wie schön wäre es, wenn sich die Zeit hier zurückdrehen ließ und sie noch einmal von vorne beginnen könnte! Ihrer alten Schulfreundin hatte sie schon eine E-Mail geschrieben, und je länger sie die Straßen sah, auf denen sie früher gemeinsam geradelt waren, desto mehr freute sie sich auf das Wiedersehen mit ihr. Vielleicht könnten sie ja wieder beste Freundinnen werden, dann würde sie gewiss nicht mehr auf so einen wie Jürgen hereinfallen.

Eine Frau ging über den Zebrastreifen. Iba erkannte sie als die Inhaberin des kleinen Bäckerladens, in dem sie sich früher immer Fruchtgummifrösche gekauft hatte. Sie strahlte die Frau an, die sich über die Aufmerksamkeit wunderte, aber zurücklächelte.

„In einhundert Metern haben Sie Ihr Ziel erreicht“, meldete das Navi, aber das wusste Iba auch so. Sie schaltete das Gerät aus und fuhr zum letzten Grundstück in der Gasse. Sie lenkte das Auto in die Einfahrt.

Vor dem Haus aus roten Ziegelsteinen erwartete sie bereits eine großgewachsene, schlanke Frau, die mit offenen Armen auf sie zulief.

„Schön, dass du da bist“, rief Fenna Gerdes und umarmte ihre Tochter.

„Ich freue mich auch“, schluchzte Iba, denn nun kamen ihr die Tränen doch wieder hoch.

„Komm rein. Nach einer Tasse Tee sieht alles schon ganz anders aus.“

Auch im Haus hatte sich nichts verändert. Im Wohnzimmer stand immer noch das gemütliche Sofa, bei dem Iba jedes Geräusch der Sprungfedern kannte. Darüber hing ein Ölbild der Beningaburg, die auf eine mittelalterliche friesische Häuptlingsburg zurückging und ein Wahrzeichen von Dornum war. Auf dem Tisch stand eine Teekanne mit Stövchen. Daneben gab es natürlich auch ein Schälchen mit Kluntje und ein Sahnekännchen. Fenna brachte einen Teller voll dick mit Butter bestrichenen Rosinenbrotscheiben aus der Küche mit.

Iba setzte sich wie früher in die Mitte des Sofas, wo sie das ganze Möbelstück für sich alleine hatte. Mit dem Bild der Burg über sich hatte sie stets das Gefühl gehabt, hier auf einer Art Thron zu sitzen. Sie tat das Kluntje in die kleine Tasse und goss den Tee darüber, wobei sie dem wohligen Knistern des zerspringenden Kandisstückchens lauschte. Danach ließ sie die Sahne in die dunkle Flüssigkeit tropfen und beobachtete die Wölkchenbildung. Sie führte die Tasse zum Mund, und schon beim ersten Schluck durchzog sie ein angenehmes Kribbeln, was sie für einen Moment die Augen schließen ließ. Tee schmeckte nirgendwo so gut wie zu Hause.

„Jetzt ist es dir also auch passiert“, sagte Fenna.

„Dabei hatte ich so gehofft, dass Jürgen der Richtige ist. Ihr wart so ein schönes Paar. Wenn ich mich an die Hochzeit erinnere ...“ Sie blickte ihre Tochter an. „Aber du schaffst das schon, Iba. Ich habe es auch geschafft. Und ich hatte eine Tochter durchzubringen.“

Iba nickte. Sie war noch sehr jung gewesen, als ihr Vater plötzlich nicht mehr nach Hause kam. Seltsamerweise hatte sie ihn niemals vermisst. Es hatte ihr nur wehgetan zu sehen, wie verletzt ihre Mutter gewesen war. Nach außen hin hatte sie es niemals gezeigt, aber durch die halb geöffnete Badezimmertür hatte Iba gesehen, wie sie sich die Tränen getrocknet und neue Schminke aufgetragen hatte. *Genauso wie ich heute*. Nun, wo Jürgen sich wegen einer jüngeren von ihr getrennt hatte, konnte sie sich ganz genau in die Perspektive ihrer Mutter versetzen, und sie spürte zum ersten Mal, wie schrecklich es damals für Fenna gewesen sein musste. *„Es ist aus.“* Iba hörte wieder Jürgens Worte in sich. *„Ich liebe dich nicht mehr.“* Wie war so etwas möglich? Konnte Liebe denn einfach plötzlich aufhören?

„Er war schon seit drei Jahren mit dieser anderen Frau zusammen“, sagte Iba. „Seit drei Jahren! Und ich habe die ganze Zeit nichts davon mitgekriegt. Nicht die geringste Ahnung hatte ich. Ich bin so wahnsinnig dumm.“

„Du bist nicht dumm. Du glaubst an die Liebe, und das ist etwas Schönes.“

„Aber drei Jahre lang?“ Iba blickte ihre Mutter gebrochen an. „Ich kann es einfach nicht begreifen. Selbst im Rückblick kann ich die Zeichen nicht erkennen. Ich zerbreche mir den Kopf darüber, aber ich kann es nicht sehen. Ja, ich habe mich nicht für seine

Arbeit interessiert, sondern es hat mir gereicht, wenn ich ihn zu Hause hatte. Aber ich hatte ihn zu Hause, verstehst du? Er hat niemals nach dem Parfüm einer fremden Frau gerochen. Bis zuletzt haben wir leidenschaftlich miteinander geschlafen. Er hat mich nicht gemieden! Von seinen Wochenendreisen hat er mich immer angerufen, und wir haben lange miteinander gequatscht, ohne dass er das Gespräch plötzlich abgebrochen hätte. Er hat mir Blumen mitgebracht und andere Aufmerksamkeiten. Und dann sagt er mir plötzlich, dass er mich nicht mehr liebt! Und nicht nur das. Er sagt, dass er eine andere liebt und sie ein Kind von ihm bekommt, und er sich deshalb von mir scheiden lässt. Dabei hat er früher immer behauptet, er möchte keine Kinder haben. Ich verstehe es einfach nicht, Mama!"

Fenna sprang auf und nahm Iba erneut in den Arm. „Es wird alles gut, Liebes." Sie strich ihrer Tochter durch das Haar. „Es wird alles gut." Sie hielt sie fest, bis der Tränenstrom wieder versiegte.

„Tut mir leid, dass ich so viel weine", entschuldigte sich Iba.

„Das macht doch nichts. Dafür sind Mütter da."

„Das ist lieb von dir. Ehrlich. Danke, dass ich einfach so vorbeikommen kann und hier wohnen kann."

„Spinnst du? Das ist doch dein Zuhause."

„Aber in den letzten Jahren war unser Verhältnis nicht so gut. Ich habe immer darüber geschimpft, dass das hier die letzte Provinz ist. Ich habe es genossen, in einer großen Stadt zu leben, und wollte nie wieder hierher zurück. Nicht einmal zu deinem fünfzigsten Geburtstag war ich hier, sondern habe dir nur eine Handtasche geschickt."

„Dafür war das eine richtig teure Handtasche." Fenna lachte. „Wie spricht man den Namen von diesem Designer eigentlich aus? Ist das ein Amerikaner oder ein Deutscher?"

„Michael Kors ist Amerikaner."

Fenna blickte ihrer Tochter ernst in die Augen. „Ich bleibe immer deine Mutter. Ich werde dich immer lieben. Vielleicht ist das ja wenigstens etwas Gutes an dieser Sache, dass wir wieder mehr zueinander finden. Und vielleicht lernst du ja in der nächsten Zeit auch diese ‚Provinz' wieder schätzen."

Iba schniefte. „Ja, das wäre schön."

„Dein altes Kinderzimmer sieht übrigens nicht mehr ganz so aus wie früher, aber das ist dir vielleicht auch ganz recht. Ich weiß nicht, ob du dir jetzt noch Poster von dieser Popgruppe ‚Take That' ansehen möchtest."

Iba schluckte. „Aber meine Einhörner sind noch da, oder?"

„Ich habe nichts weggeschmissen. Es ist alles in Kisten verpackt, die in deinem Schrank stehen. Ich hatte überlegt, das Zimmer in der Hauptsaison zu vermieten, weißt du, aber irgendwie habe ich es dann doch nicht gemacht. Das Geld hat glücklicherweise auch so gereicht."

Iba schämte sich etwas dafür, dass sie die ganze Zeit nur über sich selbst geredet hatte und sich gar nicht danach erkundigt hatte, wie es ihrer Mutter ging. „Wie läuft es denn mit deinen Gedichten?"

Fenna grinste. „Letzte Woche hat sich ein Postkartenverlag bei mir gemeldet und will einige von ihnen drucken. Zusammen mit Fotos vom Meer und den Dünen oder dem Himmel mit Möwen drauf."

„Das ist ja fantastisch! Glückwunsch, Mama! Dann

wird es sie zwischen all den anderen Postkarten in den Touristenläden geben? Und dein Name steht drauf?"

Fenna nickte stolz. „Außerdem habe ich morgen wieder eine Lesung." Sie stand auf und holte einen Einladungszettel. „In Emden, im Foyer der Firma *Friesenhus Import-Export*. Ich würde mich sehr freuen, wenn du auch kommst."

„Natürlich komme ich. Wenn ich nicht kurzfristig mit Heulen beschäftigt bin."

Fenna strahlte. „Und heute Abend gibt es *Puffert un Peer* mit Vanillesauce und meiner geheimen Zutat."

Iba lief jetzt schon das Wasser im Mund zusammen, als sie an die ostfriesischen Dampfnudeln mit Birnen dachte. „Tut mir leid, Mama, aber können wir das auf morgen verschieben? Heute Abend habe ich schon eine Verabredung."

„Nanu?", wunderte sich Fenna, „das ging aber schnell."

„Nein, kein Kerl!" Iba lachte. „Die können mir erst mal gestohlen bleiben. Aber kannst du dich noch an meine Schulfreundin Diederike erinnern?"

„Natürlich, ihr wart unzertrennlich", erinnerte sich Fenna. „Wenn ihr euch verkleidet habt, warst du immer eine Prinzessin und Diederike ein Sheriff."

„Stimmt! Und das passt gut, Diederike arbeitet jetzt nämlich bei der Kriminalpolizei. Sie ist vor einem Jahr von Osnabrück nach Aurich versetzt worden. Sie hatte mich neulich mal per E-Mail gefragt, ob ich noch hier leben würde. Heute früh habe ich ihr geantwortet, dass ich mich heute Abend mit ihr besaufen möchte. Wahrscheinlich werden wir aber vorher noch was essen."

„Schön", sagte Fenna ein wenig eingeschnappt.

„Dann mache ich die Puffert eben morgen." Sie lächelte. „Wir beide werden ja noch genug Zeit miteinander verbringen. Jetzt helfe ich dir erst mal, dein Auto auszupacken und das Gepäck nach oben zu bringen."

3. Bensersiel

Während der Fahrt nach Bensersiel telefonierte Diederike Dirks mit Staatsanwalt Lothar Saatweber und unterrichtete ihn über die bisherige Sachlage. Auch wenn sie die Ermittlungen leitete, so trug letztlich er die Verantwortung für alle Entscheidungen. Deshalb war er auch gar nicht erfreut gewesen, sie nicht am Fundort der Leiche anzutreffen, aber als sie ihm erklärte, warum sie nach Bensersiel fuhr, hatte er dafür natürlich volles Verständnis. Auf professioneller Ebene verstand sich Dirks sehr gut mit Saatweber, er hatte noch niemals eine ihrer Vorgehensweisen missbilligt oder eine Anfrage abgelehnt.

Die Straße, in der Redolf Tammenas Haus stand, befand sich etwas außerhalb des Stadtzentrums. Dirks überprüfte nochmal die Nummer auf ihrem Zettel.

„Dann wollen wir mal hoffen, dass uns Tammena die Tür aufmacht", bemerkte Breithammer.

„Irgendjemand wird uns schon öffnen. Wer einen Volvo Kombi fährt, hat immer Familie."

Sie gingen auf das Haus zu. Das Haus umgab eine niedrige Hecke hinter einem Holzlattenzaun. Natürlich war die Einfahrt frei. Was einmal eine Garage gewesen war, war zu einem geschlossenen Gebäude umgebaut worden. Neben dem Briefkasten gab es einen kleinen, gläsernen Schaukasten. Darunter, vor Regen geschützt, befand sich eine kleine Box mit Visitenkarten.

„Der Maler auf dem Fahrrad", las Breithammer den Text im Schaukasten vor. „Das sieht ja wirklich toll aus." Er deutete auf das Foto eines Hollandrades. Vor dem Lenker und auf dem Gepäckträger war jeweils eine Kiste angebaut, die größer war als ein gewöhnlicher Fahrradkorb. Während aus der vorderen Kiste ein Rucksack und eine Thermoskanne ragten, war die hintere gefüllt mit Farbtuben, Pinseln, Paletten, Leinwänden und einer Reisestaffelei. „Leider gibt es kein Foto des Malers in diesem Schaukasten. Allerdings gibt es Fotos von seinen Bildern. Die sehen richtig gut aus!"

„Das gibt es doch gar nicht", sagte Dirks. „Redolf Tammena ist der Maler auf dem Fahrrad."

„Kennst du ihn?", fragte Breithammer erstaunt.

„Nur so, wie ihn jeder hier ‚kennt'. Nämlich dass man ihn von weitem auf seinem Fahrrad durch die Landschaft fahren sieht. Wenn ihm etwas gefällt, dann hält er an, stellt seine Staffelei auf und malt ein Bild. Als Kind habe ich mich nie dafür interessiert, wie er heißt. Einige haben Witze über ihn gemacht und behauptet, er sei verrückt, aber ich hatte immer ein bisschen Ehrfurcht, wenn ich ihn gesehen habe."

Breithammer deutete wieder auf den Schaukasten. „Donnerstags ist immer ‚offenes Atelier'. Jeder kann ihm bei der Arbeit zusehen und direkt ein Bild bei ihm kaufen."

„Offensichtlich hat er seine Garage zum Atelier ausgebaut." Dirks drückte die Klinke der Gartenpforte, aber die Tür war verschlossen. „Das ist kein gutes Zeichen."

„Noch ist nicht klar, dass er das Opfer ist." Breithammer drückte den Klingelknopf. Er wartete eine Weile, dann drückte er ihn erneut.

Dirks blickte zum Nachbarhaus. Sie hatte den Eindruck, als ob sich in dem Fenster der Vorhang bewegt hatte.

„Redolf ist heute nicht da“, erklang eine glockenklare Mädchenstimme hinter ihnen. „Wollen Sie ein Bild von ihm kaufen?“

Dirks drehte sich um. Sie musste noch weiter nach unten gucken, als sie erwartet hatte. Das Mädchen hatte dichtes, dunkles Haar, das hinten zu einem Zopf geflochten war. Sie trug ein weißes T-Shirt und ein Latzhosenkleid aus blauem Jeansstoff und dazu pinkfarbene Turnschuhe. Am auffälligsten war allerdings die Brille mit den dicken Gläsern. Die blauen Augen blickten äußerst wach und wirkten, obwohl sie durch die Brillengläser verkleinert wurden, immer noch groß. Offensichtlich kam sie gerade vom Einkaufen, denn sie hatte eine Packung Eier in der Hand. „Bist du Redolf Tammenas Tochter?“

Das Mädchen lachte. „Nein, ich bin Mareika Weinbecker und wohne nebenan.“ Sie zeigte auf das Nachbarhaus. „Aber ich bin Redolfs Managerin.“

„Seine Managerin?“

Mareika nickte gewichtig. „Ich mache seine Internetseite und habe auch die Flyer gestaltet, die in der Touristeninformation ausliegen. Außerdem habe ich das Fahrradlogo für ihn entwickelt.“ Sie deutete auf das scherenschnittartige Fahrrad im Schaukasten.

„Das ist ein klasse Logo.“ Breithammer war beeindruckt.

„Danke.“ Das klang mehr höflich als erfreut, Mareika wusste offensichtlich um die Qualität ihrer Arbeit, und Dirks war überzeugt davon, dass auch Tammenas Internetseite einen hochprofessionellen Eindruck machen würde. Wahrscheinlich leitete Mareika die IT-AG in ihrer Grundschule. Allerdings hatten solche Mädchen nach Dirks‘ Erfahrung nicht sonderlich viele

Freunde.

„Ich verstehe gar nicht, warum Redolf nicht hier ist“, sagte Mareika sorgenvoll. „Sein Auto ist schon seit Dienstag nicht mehr da. Ich dachte, dass er wenigstens heute zurückkommt, wenn sein Atelier offen ist, aber Mama hat mir erzählt, dass er auch vormittags nicht da war.“

„Ist deine Mutter zu Hause? Können wir mit ihr sprechen?“

„Natürlich.“ Mareika deutete auf das Fenster im Nachbarhaus, bei dem sich erneut der Vorhang bewegte. „Sie backt gerade Kuchen und braucht noch Eier, deshalb bin ich zum Laden gegangen. Kommt mit.“

Dirks und Breithammer folgten dem Mädchen zu ihrem Haus. Noch bevor Mareika den Schlüssel in das Schloss stecken konnte, öffnete sich die Tür bereits. Eine Frau mit Schürze und Nudelholz stand vor ihnen. Ihre Augen hatten dieselbe Farbe wie Mareikas, allerdings war ihr Blick nicht offen, sondern bis zum Äußersten entschlossen, und ihre Hände machten die Bereitschaft deutlich, das Nudelholz als Waffe zu gebrauchen.

„Wir sind von der Kriminalpolizei, Frau Weinbecker.“ Dirks versuchte, die Situation zu entspannen. „Es geht um Ihren Nachbarn Redolf Tammena. Dürfen wir Ihnen ein paar Fragen stellen?“

Frau Weinbecker senkte das Nudelholz. „Kommen Sie herein.“

„Kriminalpolizei?“ Mareika schaute die Kommissarin entsetzt an. „Ist irgendwas mit Redolf passiert?“

„Das wissen wir noch nicht mit Sicherheit“, entgegnete Dirks wahrheitsgemäß. „Willst du nicht meinem Kollegen hier die Internetseite zeigen, die du für Tammena gemacht hast? Oskar interessiert sich sehr für alles, was mit Computer zu tun hat.“

Mareika beäugte Breithammer kritisch.

„Ich habe mal versucht, für meinen Kleingartenverein eine Internetseite zu gestalten“, sagte der Kommissar.

„Na gut.“ Mareika verschwand mit Breithammer die Treppe hoch, während Dirks Frau Weinbecker in die Küche folgte. Vor dem Esstisch war das Fenster, durch das man auf Tammenas Haus und die Straße sehen konnte.

„Was möchten Sie von mir wissen?“ Frau Weinbeckers Stimme zitterte, während sie die Packung Eier auf die Ablage neben der Küchenmaschine stellte.

Dirks schob den Vorhang ein wenig beiseite. „Aufgrund Ihrer Aussicht hier scheinen Sie ja eine Menge mitzubekommen. Wann haben Sie Herrn Tammena das letzte Mal gesehen?“

„Am Dienstag. Das war aber nicht hier vom Fenster aus, sondern draußen. Ich bin gerade vom Laden gekommen. So gegen 13:00 Uhr muss das gewesen sein. Da habe ich gesehen, wie sein Auto aus der Einfahrt kam.“

„Haben Sie nur das Auto gesehen oder auch Tammena selbst?“

„Auch ihn. Er hatte seine Haare gekämmt und seinen guten Anzug an. Ich habe die Hand gehoben und ihn gegrüßt, aber er hat mich ignoriert.“

„Ignoriert er alle seine Nachbarn, oder ist zwischen Ihnen etwas vorgefallen?“

„Wenn Sie so fragen, dann trifft beides zu. Tammena hat grundsätzlich wenig Kontakt zu den Leuten. Als ich einmal zu ihm gesagt habe, dass das ‚offene Atelier‘ ja sehr erfolgreich wäre, und die Idee äußerte, er könne es ja zwei Tage in der Woche öffnen, hat er geantwortet, dass ihm das jetzt schon zu viele Menschen wären und er den Rest der Woche dafür brauche, sich von diesem Stress zu erholen."

„Und was ist zwischen Ihnen vorgefallen?"

„Ich habe ihm gesagt, dass ich es nicht gerne sehe, dass er so viel Zeit mit Mareika verbringt, und er Abstand von ihr halten soll. Der Mann ist fünfundfünfzig Jahre alt! Das Mädchen soll sich lieber Freundinnen in ihrem eigenen Alter suchen."

Dirks hob die Augenbraue. „Haben Sie denn irgendetwas Spezielles bei Mareika bemerkt, was Ihnen Sorgen macht? Irgendeine Veränderung in ihrem Verhalten?"

Frau Weinbecker zuckte mit den Schultern. „Eigentlich nicht. Zumindest nichts Negatives. Sie ist sehr stolz darauf, dass sie die Internetseite für ihn machen darf. Für sie ist er ein ganz berühmter Künstler."

„Was ist mit Ihrem Mann? Sieht er Mareikas Bewunderung für Tammena genauso kritisch wie Sie?"

„Ach, der sagt, ich solle mir keine Sorgen machen. Aber er arbeitet tagsüber ja auch und sieht nicht, wie Mareika sofort zum Atelier rennt, wenn sie aus der Schule kommt. Deshalb bin ich, ehrlich gesagt, ziemlich froh, dass Tammena die letzten Tage weg war. Obwohl ich mich sehr gewundert habe, dass er nicht wiedergekommen ist."

„Warum haben Sie sich darüber gewundert?"

„Er war öfter mal mehrere Tage am Stück weg, das war also nicht ungewöhnlich. Allerdings hatte er in solchen Fällen immer sein Fahrrad auf dem Dachträger. Außerdem sollte heute sein Atelier offen sein, das hat er niemals verpasst. Seit Mareika die Flyer für ihn gestaltet hat, sind mehr Touristen vorbeigekommen. Auch heute Morgen waren welche da, die sich ziemlich lautstark darüber empört haben, dass das Tor verschlossen war. Einer von ihnen wollte sogar über den Zaun klettern." Frau Weinbecker schüttelte den Kopf. „Manchmal spinnen diese Leute. Aber man braucht eben erst ein paar Tage, bis man sich daran gewöhnt hat, dass hier oben alles ein bisschen gemütlicher läuft."

„Hat Tammena eigentlich Familie?"

„Er hat immer alleine gelebt, wenn Sie das meinen. Aber seine Eltern wohnen ein paar Straßen weiter. Sie sind schon sehr alt, aber sehr nette Leute. Jeden Freitag fährt er mit seiner Mutter zum Supermarkt, um zwei Kisten eines speziellen Mineralwassers zu kaufen, das gesundheitsfördernd sein soll."

„Und sonst?"

„Soweit ich weiß, hat er noch einen Bruder, der in Hamburg lebt." Frau Weinbecker schaute die Kriminalbeamtin direkt an. „Bitte erzählen Sie mir doch endlich, was passiert ist!"

Dirks holte ihr Smartphone heraus und zeigte Frau Weinbecker das letzte Foto, das sie geschossen hatte. „Ist das Redolf Tammena?"

Frau Weinbecker schluckte. „Ja, das ist er."

4. Todesnachricht

Dirks und Breithammer verließen das Haus von Tammenas Nachbarn. Frau Weinbecker wollte ihrer Tochter die Nachricht vom Tod des Malers persönlich mitteilen, worüber Dirks dankbar war. Bei Erwachsenen fiel es ihr leicht, sich professionell zu verhalten, aber dieses kleine Mädchen verunsicherte sie.

„Und, wie ist Tammenas Internetseite?", fragte sie Breithammer.

„Wirklich gut. Sie hat einen Effekt eingebaut, bei dem man quasi in eins seiner Bilder hineingesogen wird und dann plötzlich in einem anderen ist. Faszinierend, was heutzutage alles möglich ist."

„Warst du in ihrem Zimmer? Ist dir dort etwas aufgefallen?"

„Mareika ist wahrscheinlich das einzige Mädchen auf der Welt, das anstelle von irgendwelchen Postern ein Ölgemälde an der Wand zu hängen hat. Tammena hat sie gemalt, während sie im Schneidersitz mit Laptop auf einem Sofa sitzt. Ich finde, das Bild fängt sie wundervoll ein, sie wirkt darauf fröhlich und unbeschwert."

„Ist sie fröhlich und unbeschwert?"

Breithammer schüttelte den Kopf. „Sie ahnt, dass etwas mit Tammena nicht stimmt. Deshalb war sie unruhig und ein wenig biestig, als sie mir ihre Computersachen mit Spezialvokabeln erklärt hat, die ich nicht sofort begriffen habe."

Dirks nahm ihr Smartphone zur Hand. „Ich muss Saatweber darüber informieren, dass wir die Leiche identifiziert haben. Außerdem soll die Kriminaltechnik auch Tammenas Haus untersuchen."

„Ich bin schon gespannt, was wir dort finden", sagte Breithammer.

Dirks nickte. „Ich würde mich gerne sofort darin umsehen, allerdings sollten wir zunächst Tammenas Eltern vom Tod ihres Sohnes unterrichten. Sie wohnen hier gleich um die Ecke. Vielleicht bekommen wir von ihnen auch einen Hinweis darauf, was mit Tammena passiert ist. Außerdem haben sie bestimmt einen Schlüssel zu seinem Haus."

Dirks unterrichtete Saatweber, und der Staatsanwalt versprach, die Spurensicherung zu informieren und selbst nach Bensersiel zu kommen. Im Anschluss wählte Dirks noch eine weitere Telefonnummer.

Nach dem zweiten Klingeln meldete sich eine weibliche Stimme. „Diederike! Schön, dass du anrufst."

„Hallo Iba", sagte Dirks. „Ich hoffe, du bist gut angekommen."

„Oh ja, die Fahrt war lang, aber das war auch hilfreich. So bekommt man Abstand."

„Tut mir leid, aber ich habe nicht viel Zeit, um zu reden. Ich habe gerade dienstlich in Bensersiel zu tun und weiß noch nicht, wie lange das dauert. Deshalb wollte ich dich fragen, ob wir unser Treffen nach Dornum verlegen können und ich nachher einfach bei dir vorbeikommen kann."

„Warum nicht?", entgegnete Iba. „Mama wird sich freuen, dann kann sie heute doch noch Puffert machen."

„Lecker, die haben bei deiner Mutter immer besonders gut geschmeckt. Aber das wird hier wirklich noch eine Weile dauern, ihr solltet mit dem Abendessen nicht auf mich warten."

„Na gut." Iba klang enttäuscht. „Aber wir werden dir was aufheben. Komm einfach, wenn du fertig bist."

„Aufgeschoben ist nicht aufgehoben. Jetzt, wo du wieder da bist, werden wir bestimmt noch häufig zusammen einen Cocktail trinken." Dirks legte auf.

Das Haus von Hillgriet und Otto Tammena war keine fünf Minuten entfernt. In dieser Straße hatten die Grundstücke keine Zäune, und die Vorgärten zeigten akkurat gemähte Rasenflächen. Man konnte in die Wohnstube gucken. Bei der gerade einsetzenden Dämmerung leuchtete der Fernseher hell, außerdem gab eine Schirmlampe warmes Licht ab. Vor der Hauswand verrieten zwei reflektierende Punkte eine Katze, die sich auf der Pirsch befand.

Dirks und Breithammer gingen zur Haustür. Bevor sie den Klingelknopf drückte, bekam Dirks doch ein wenig Herzklopfen. Laut Frau Weinbecker hatte Redolf Tammenas Mutter vor kurzem ihren achtundsiebzigsten Geburtstag gefeiert. Wie würde sie den Tod ihres Sohnes verkraften? Auf jeden Fall war es besser, sie erfuhr davon durch die Polizei und nicht durch einen Beileidsanruf eines besorgten Nachbarn. Dirks klingelte. Nach einer Weile öffnete sich drinnen eine Tür, und die Geräusche des Fernsehers wurden hörbar. In der Haustür wurde ein Schlüssel umgedreht. Das schwere Holz öffnete sich einen Spalt breit und zwei misstrauische Augen guckten Dirks an.

„Was wollen Sie?", fragte Hillgriet Tammena so laut, dass Breithammer zusammenzuckte.

„Wir sind von der Kriminalpolizei", sagte Dirks. „Es geht um Ihren Sohn Redolf."

„Redolf?", krächzte die alte Frau. „Was ist mit Redolf?"

„Dürfen wir hineinkommen?"

Die Tür schwang weit auf, und Hillgriet Tammena

strahlte sie an. „Sie sind Redolfs Freundin, nicht wahr?" Sie griff Dirks' Hand.

Die pergamentartige Haut fühlte sich warm und verletzlich an. „Es tut mir leid, Frau Tammena", sagte Dirks, „aber ich bin nicht Redolfs Freundin."

In der Wohnstube wurde der Fernseher ausgeschaltet. „Wer ist da?", fragte Otto Tammena. „Ist es Redolf?"

„Nein." Seine Frau lachte. „Es ist Redolfs Freundin. Sie ist sehr hübsch."

„Wie oft soll ich es dir noch sagen?", rief ihr Mann zurück. „Redolf ist schwul! Alle Künstler sind schwul. Aber ich bin stolz auf ihn."

Hillgriet ließ Dirks' Hand los. „Redolf ist nicht schwul. Er hat Nackedei-Bilder gemalt, weißt du nicht mehr?"

„Sie meinen Akt-Bilder?", fragte Breithammer.

„Nein, Nackt-Bilder", entgegnete Hillgriet. „Von Frauen." Die alte Dame schlurfte in die Stube, und es wirkte so, als hätte sie vergessen, dass sie jemanden hineingelassen hatte. Dirks schloss die Haustür und folgte ihr in das Wohnzimmer. Ein Kachelofen heizte die Stube überwarm, trotzdem hatte Otto Tammena noch eine Decke über seinem Schoß.

„Wer sind Sie?" Der alte Mann musterte Dirks streng. „Was wollen Sie?"

Dirks zeigte ihm ihren Dienstausweis. „Ich muss Ihnen leider eine schlechte Nachricht überbringen." Sie wartete, bis sich Hillgriet Tammena an den Wohnzimmertisch gesetzt hatte. „Wie es aussieht, ist Ihr Sohn Redolf Opfer eines Verbrechens geworden."

„Ein Verbrechen?" Hillgriet blickte Dirks ängstlich an.

Auch Otto war alle Farbe aus dem Gesicht gewichen. „Was meinen Sie damit?"

„Redolf kommt morgen vorbei." Hillgriet Tammena lächelte wieder. „Wir fahren jeden Freitag einkaufen. Zwei Kisten von meinem Wasser. Es hält mich gesund. Deshalb bin ich so fit."

Dirks zeigte der alten Frau ihr Smartphone mit dem Bild der Leiche.

„Redolf!" Das Lächeln aus Hillgriets Gesicht verschwand.

„Es tut mir sehr leid, Frau Tammena. Ihr Sohn ist tot."

„Aber was ist mit Sonntag? Redolf kommt jeden Sonntag zum Tee."

Dirks schüttelte den Kopf, und eine Träne bildete sich in Hillgriets Augen. „Redolf kommt nie wieder zum Tee."

Otto erhob sich von seinem Sessel, ging zu seiner Frau und legte ihr den Arm um die Schulter. Sie reagierte nicht darauf, sondern starrte nur leer geradeaus.

Dirks wandte sich Otto Tammena zu. „Wissen Sie, ob Ihr Sohn in irgendeiner Weise bedroht wurde? Hatte er vor jemandem Angst?"

„Lassen Sie uns in Ruhe."

„Hätten Sie die Telefonnummer Ihres anderen Sohnes für uns? Wir würden ihn gerne anrufen. Er kommt bestimmt vorbei. Außerdem würden wir gerne die Schlüssel für Redolfs Haus haben, damit wir die Tür nicht aufbrechen müssen."

„Gehen Sie!"

Dirks nickte Breithammer zu.

Otto Tammenas Stimme zitterte. „Uwes Telefonnummer steht im Adressbuch beim Telefon im Flur. Dort hängt auch das Schlüsselbrett mit Redolfs Schlüsselbund."

„Danke." Dirks notierte sich die Nummer von Redolfs

Bruder, während Breithammer den Schlüsselbund an sich nahm.

„Wir können sie doch nicht in diesem Zustand alleine lassen", sagte Breithammer. „Selbst wenn der zweite Sohn sofort losfährt, braucht es einige Stunden, bis er aus Hamburg hier ist."

„Ich werde vorsichtshalber einen Notarzt rufen. Und wenn er ihnen nur ein Beruhigungsmittel gibt. Außerdem hat Frau Weinbecker angeboten, sich um die Tammenas zu kümmern, als sie mir die Adresse genannt hat. Ich hoffe, ihr Mann ist inzwischen zu Hause, damit Mareika nicht alleine bleibt."

Während sie auf den Notarzt warteten, telefonierte Dirks mit Redolf Tammenas Bruder. Uwe Tammena versprach, sich sofort auf den Weg nach Bensersiel zu machen. Zudem teilte Dirks Saatweber mit, dass sie die Schlüssel des Malers hätten und sich schon einmal in seinem Haus umsehen würden.

„Meinst du, wir finden dort Spuren des Täters?", fragte Breithammer.

„Irgendwelche Hinweise gibt es bestimmt."

„Du hast dich heute schon einmal geirrt."

„Wobei?"

„Der Volvo. Du hast behauptet, wer so ein Auto besitzt, hat immer eine Familie."

5. Das Haus des Malers

Sie betraten Redolf Tammenas Wohnhaus. Das Erste, was Dirks auffiel, war, dass es hier so ähnlich roch wie im Haus seiner Eltern. Wohnungen, in denen ältere Menschen lebten, hatten oft diesen eigenen Geruch, der wahrscheinlich vom Staub herrührte, der in all den Teppichen, Wolldecken, Vorhängen, Tischtüchern und Lampenschirmen hängen blieb, die es in modernen Apartments nicht mehr gab. Außerdem herrschte in solchen Wohnungen oft eine eigentümliche Atmosphäre von „zu kalt" und „zu warm", weil nicht alle Räume gleichmäßig beheizt wurden. In gewisser Weise roch es im Haus des Malers sogar noch „älter" als bei seinen Eltern.

Dirks drückte den Lichtschalter. Es war, als wäre man um fünfzig Jahre in der Zeit zurückversetzt worden. Von wem auch immer Redolf Tammena dieses Haus übernommen hatte, er hatte es offensichtlich niemals renoviert. Entweder, er verband etwas Besonderes mit der Einrichtung, oder sie kümmerte ihn einfach nicht, weil ihm nur seine Malerei wichtig war. Seltsamerweise fühlte es sich so an, als ob beides zutraf. Dirks erinnerte sich daran, dass sie einmal gelesen hatte, Künstler würden durch eine innere Zerrissenheit angetrieben; durch einen innerlichen Widerspruch, den sie nicht auflösen konnten.

„Suchen wir nach etwas Bestimmtem?", fragte Breithammer.

„Wir gucken erst mal, ob uns etwas Außergewöhnliches auffällt", entgegnete Dirks. „Zum Beispiel Blutspuren."

„Denkst du, er wurde hier ermordet?"

„Das halte ich für unwahrscheinlich, denn Frau Weinbecker hätte bestimmt gemerkt, wenn sein Auto zurückgekommen wäre. Aber möglich ist es natürlich."

Während Breithammer nach links ging, wo sich Schlafzimmer und Bad befanden, ging Dirks in das Wohnzimmer. Eine Seite wurde komplett durch eine Schrankwand aus dunklem Holz ausgefüllt. Rechts neben ihr gab es einen Kachelofen, darauf standen Schwarz-Weiß-Fotografien. Einige davon mussten Anfang des letzten Jahrhunderts gemacht worden sein. Auf einem etwas neueren Bild war ein Hochzeitspaar zu sehen. Dirks schätzte, dass es sich dabei um Hillgriet und Otto Tammena handelte. Dann zeigten die anderen Bilder wahrscheinlich die Großeltern des Künstlers. Hatten sie einst dieses Haus bewohnt und eingerichtet?

Dirks blickte sich um. Welche Gegenstände hatte Tammena in dieses Haus eingebracht? Der Fernseher war noch ein Röhrengerät, immerhin mit 100-Hertz-Technik. Darunter stand ein VHS-Videorekorder. Auch die Stereoanlage war ein Relikt aus den Neunziger Jahren. Plattenspieler waren zwar wieder modern, aber dieser hier war kein neumodisches Einzelstück, sondern ein Baustein, der genau zum Rest der HiFi-Anlage passte. Beim Verstärker musste man noch per Hand einstellen, welches Gerät man benutzen wollte. Dazu gehörte auch ein CD-Wechsler, bei dem man fünf CDs gleichzeitig im Gerät hatte, um mit liebevoller Hingabe eine albumübergreifende Playlist zu programmieren, die nach dem Abspielen wieder verloren war. Dirks zog eine CD aus dem Turm neben der Anlage und bemerkte mit einem Lächeln das Preisschild von 36 DM und den Namen eines Technikladens, den es längst nicht mehr gab.

Gegenüber vom Fernseher stand ein großer Sessel. Er sah nicht sonderlich schick aus, aber bequem, und man konnte eine Fußstütze hochklappen. Daneben stand ein Zeitschriftenständer. Darin befanden sich das Fernsehprogramm, zwei Rätselmagazine sowie die letzte Ausgabe der Heftromanreihe *Jerry Cotton*. Außerdem waren dort noch ein Notizblock und zwei Kugelschreiber.

Der Notizblock war leer aber es fehlten mehrere Seiten. Dirks hielt das oberste Blatt gegen das Licht der Stehlampe, um an den durchgedrückten Linien zu erkennen, was Tammena zuletzt notiert hatte. Sie konnte es nicht genau erkennen. Dann bemerkte sie jedoch, dass ein Zettel vom Block als Lesezeichen aus dem Heftroman ragte. Zwei Wörter standen darauf. „Doubleroom" und „Bergsteiger". Sie fotografierte den Zettel.

Auf dem Wohnzimmertisch stand ein Schachbrett, das sich bei näherer Betrachtung als Schachcomputer entpuppte. Soweit Dirks es einschätzen konnte, hatte sich Tammena in seiner aktuellen Partie auf der Siegesstraße befunden, vorausgesetzt, er spielte die weißen Figuren.

Durch das Esszimmer gelangte Dirks in die Küche. Tammenas Teeporzellan-Dekor war die traditionelle ostfriesische Rose, und er benutzte die Mischung von Bünting. In der Ecke stand auch eine Filterkaffeemaschine, die zusammen mit dem Toaster und dem Eierkocher zu einer einheitlichen Serie gehörte. Der Kühlschrank enthielt nicht viel. Cholesterinsenkende Margarine, Milch, natürlich Sahne für den Tee, dazu Tomaten und etwas Aufschnitt. Auf dem Küchentisch stand ein tragbares Radio, das auf *Deutschlandfunk* eingestellt war.

Dirks ging zum Schlafzimmer, um zu erfahren, was Breithammer gefunden hatte. Ihr Kollege machte sich gerade einen Eindruck vom Bad.

Das Bett war ordentlich gemacht, und offensichtlich hatte Tammena eine Vorliebe für Schafwolldecken gehabt. „Ist dir etwas Besonderes aufgefallen, Oskar?"

„Du meinst, weil ich auch ein alleinstehender Mann bin?" Breithammer steckte seinen Kopf aus dem Badezimmer. „Sein Kleiderschrank ist aufgeräumter als meiner. Er hat weiße Feinripp-Unterwäsche getragen. Und der einzige Platz mit dickem Staub darauf ist die Ecke hinter dem Kleiderschrank, wo er ein Fitnessgerät verstaut hat. Du siehst, es ist alles ganz normal."

„Und im Bad?"

„Die einzige Besonderheit hier ist, dass es ein Bidet gibt. Tammena hat eine elektrische Zahnbürste verwendet, deren Kopf mal wieder ausgetauscht werden sollte. Außerdem gibt es eine Menge kleiner Flecken auf dem Spiegel, er hat also regelmäßig Zahnseide benutzt. Seine Hausapotheke war alles andere als üppig gefüllt, sie enthält lediglich Aspirin, Pflaster und irgendeine halb benutzte, längst abgelaufene Salbe."

„Hast du einen Kalender gefunden?"

„Im Bad?"

„Egal wo. Ich will wissen, ob Tammena etwas für letzten Dienstag eingetragen hat."

„Das Atelier war sein Arbeitsplatz. Dort wird er auch seine Bürosachen haben."

Die beiden Polizisten verließen das Wohnhaus und gingen in den Anbau. Das Atelier war eine kleine Halle mit Flachdach. Nach hinten hin gab es zwei

Glasschiebetüren, durch die man in den Garten sehen konnte. Wände und Decke waren weiß gestrichen, an der Seitenwand lehnte eine Menge bemalter Leinwände. In der Mitte des Raumes stand eine Staffelei, davor ein hoher Hocker.

Neben dem Eingang stand das Fahrrad des Malers. In dieser Umgebung wirkte es zunächst selbst wie ein Kunstwerk. Auf den zweiten Blick nahm Dirks wahr, dass es sich um ein sehr gut gepflegtes Rad handelte. Es war ein Hollandrad, doch die genaue Marke war nicht mehr erkennbar, weil der Rahmen voll mit bunten Ölfarbtropfen war. Die Kiste auf dem Gepäckträger war stabil befestigt. Es brauchte ein gehöriges Maß an Kraft, um diesen Stahlesel auf das Dach eines Autos zu heben.

Auf der anderen Seite der Tür gab es eine kleine Teeküche. Tammena hatte keine Thermoskanne aus Stahl benutzt, sondern eine richtige mit Glaseinsatz, in der keine Teefärbungen zurückblieben. Daneben standen ein Regal mit Ordnern und - endlich - ein Schreibtisch.

Der Schreibtisch war wie alles im Haus, sehr aufgeräumt. Allerdings könnte das in diesem Fall auch daran liegen, dass Tammena nicht häufig hier gesessen hatte. Auch hier gab es keinen Computer oder Laptop. Auf der Arbeitsplatte lagen lediglich ein Notizzettel und ein Zeitungsausschnitt. Die Kommissarin machte zwei Fotos. Bei dem Notizzettel handelte es sich um eine Einkaufsliste für Künstlerbedarf. Der Zeitungsartikel machte auf die aktuelle Ausstellung in der Kunsthalle Emden aufmerksam, die den Lieblingswerken Henri Nannens gewidmet war, und wies darauf hin, dass sie nur noch bis Ende des Monats lief. Das war wahrscheinlich der Anlass gewesen, dass Tammena am

Dienstag in das Museum gefahren war.

„Dort ist sein Kalender", sagte Breithammer. „Was steht für den Dienstag drin?"

Dirks nahm das Büchlein in die Hand. „Am Dienstag gibt es keinen Eintrag." Sie blätterte den Kalender durch. „Allerdings hat er grundsätzlich nicht viele Termine eingetragen. Eigentlich nur seine Ausstellungen und Vernissagen. Nur vorne in der Übersicht sind noch zwei Daten markiert. Ein Sternchen mit einem Namen. Das sind die Geburtstage seiner Eltern."

„Ansonsten hat er keine Geburtstage eingetragen?", fragte Breithammer erstaunt.

„Doch, hier. Mit einem anderen Stift. Das ist der Geburtstag von Mareika Weinbecker."

„Drei Daten sind auch nicht besonders viel."

In diesem Moment schellte eine Glocke, Tammena hatte in seinem Atelier eine zweite Türklingel angelegt.

„Das müssen Saatweber und die Kriminaltechnik sein", sagte Dirks. „Hoffentlich finden sie mehr als wir."

6. Erinnerungen

Draußen war es bereits dunkel, eine Mondsichel leuchtete am schwach bewölkten Himmel. Während die Spurensicherung sich im Atelier ausbreitete, ging Dirks mit Saatweber in das Wohnhaus und tauschte mit ihm ihre ersten Eindrücke aus. Letztlich war klar, dass sie zunächst die Berichte der Gerichtsmedizin und der Kriminaltechnik abwarten mussten, bis sie die Ermittlungstaktik festlegen und alle Mitglieder der Mordkommission bestimmen konnten. Am nächsten Tag um 9:00 Uhr sollte die erste Besprechung stattfinden. Außerdem legten sie fest, welche Informationen an die Presse gehen sollten. Natürlich mussten die genauen Umstände des Leichenfundes erst mal unter Verschluss bleiben. Doch den Namen des Toten wollten sie freigeben. Redolf Tammena war schließlich so etwas wie eine öffentliche Person gewesen, und jetzt, wo schon die Nachbarin von seinem Tod wusste, würde sich die Neuigkeit an der Küste ohnehin wie ein Lauffeuer ausbreiten.

Dirks erklärte ihren Arbeitstag vorerst als beendet, auch wenn sie natürlich weiterhin jederzeit über ihr Handy zu erreichen war. Es war zwar schon recht spät, trotzdem wollte sie noch nach Dornum fahren, um Iba wenigstens kurz Hallo zu sagen. Sie war froh darüber, dass Saatweber anbot, Breithammer zurück nach Aurich mitzunehmen, somit hatte sie den Dienstwagen für sich.

Die Fahrt nach Dornum dauerte keine zwanzig Minuten. Sie fuhr in die Gasse, in der sie seit fünfzehn Jahren nicht mehr gewesen war, und parkte in der Einfahrt neben dem weinroten Fiat. *Hübsches Auto,* dachte sie. Iba würde sie sicher einmal Probe fahren lassen.

Als sie vor der Haustür stand, wollte Dirks klingeln, aber dann besann sie sich anders. Als Kind hatte sie niemals geläutet, wenn sie Iba besuchen ging. Wenn Fenna Gerdes zu Hause gewesen war, dann war ihre Haustür immer offen gewesen, und man hatte einfach hineingehen können. Ibas Mutter hatte sogar darauf bestanden, dass man es so machte, denn sie wollte nicht durch die Klingel aus ihren Gedanken gerissen werden, wenn sie gerade dichtete.

Dirks lächelte bei der Erinnerung an Fenna. Sie hatte sie immer gemocht und dafür bewundert, dass sie so stark und unabhängig war. Sie war eine richtig „coole" Mutter gewesen. Und nicht nur das, Dirks hatte auch immer insgeheim gedacht, dass Fenna außerordentlich schön war. *Vielleicht hängt das eine ja mit dem anderen zusammen.*

Dirks drückte die Klinke herunter und öffnete die Haustür. Auf einmal fühlte sie sich fünfzehn Jahre jünger. Sie wollte schon rufen „ich bin da!" und die Treppe hinaufstürmen, aber das wäre zu unhöflich gewesen. Natürlich musste sie Ibas Mutter erst richtig begrüßen.

Fenna stand in der Küche, man hörte das Rauschen eines elektrischen Wasserkochers. *Wow! Wenn ich einen Wunsch frei hätte, dann würde ich auch gerne so aussehen, wenn ich fünfzig Jahre alt bin.* „Guten Abend, Fenna", sagte sie, denn Ibas Mutter hatte niemals „Frau Gerdes" genannt werden wollen.

„Ach, hallo Diederike." Fenna lächelte warm. „Schön, dich wiederzusehen."

„Leider wurde es etwas später."

„Wir haben schon gegessen, aber es ist noch etwas übrig. Soll ich es dir aufwärmen?"

„Das wäre großartig."

Fenna holte einen Teller aus dem Schrank. „Ich habe gehört, du bist jetzt wirklich Sheriff?"

Dirks musste kurz überlegen, um zu verstehen, was sie damit meinte. „Oh ja." Sie lachte. „Allerdings ist die Wirklichkeit des Polizeiberufs etwas anders, als ich mir das als Kind vorgestellt habe. Man hat weniger mit Pferden und Revolvern zu tun. Aber die Wirklichkeit als Prinzessin ist wohl auch etwas anders, als Iba sich das vorgestellt hat."

„Das kann man wohl sagen." Fenna stellte den Teller in die Mikrowelle. „Aber das wird schon wieder. Die Zeit heilt alle Wunden."

Dafür war sie tatsächlich ein gutes Beispiel. Fenna sah wirklich zufrieden aus.

„Was ist denn passiert drüben in Bensersiel? Wenn ich das fragen darf."

„Ist schon in Ordnung, es steht morgen früh sowieso in der Zeitung. Wir haben die Leiche von Redolf Tammena gefunden."

Fenna schluckte. „Tammena - der Maler?"

„Kanntest du ihn?"

„Der Maler auf dem Fahrrad." Fenna stellte den leeren Topf in die Spüle. „Das Bild über dem Sofa ist von ihm."

„Die Beningaburg? Das Bild habe ich immer gemocht, aber mir war nicht klar, dass er es gemalt hat."

„Viele Leute hier haben ein Bild von Tammena. Er hat ja gemalt, was wir kennen. Ich kann mich noch genau daran erinnern, wie er seine Staffelei vor der Burg aufbaute. Er hatte eine Thermoskanne mit Tee dabei und

Rosinenbrot. Mehrere Leute sprachen ihn an, aber er antwortete keinem, sondern konzentrierte sich nur auf seine Arbeit. Auch mir antwortete er nicht, als ich zu ihm sagte, dass ich das Bild gerne kaufen würde, wenn es fertig wäre. Ich hatte den Eindruck, dass er mich gar nicht gehört hatte, deshalb bin ich mehrmals am Tag bei der Burg vorbeigegangen, um zu sehen, ob das Bild fertig sein würde. Am späten Nachmittag war es soweit. Er setzte seinen letzten Pinselstrich, lächelte und wandte sich dann den umstehenden Leuten zu. Der Bürgermeister war auch da und fragte, ob er das Bild kaufen dürfe. Er holte schon seine Brieftasche heraus, um ein paar große Scheine herauszuziehen. Aber Tammena wandte sich von ihm ab und zeigte auf mich. ‚Die Dame dort hat zuerst gefragt', sagte er. Ich konnte gar nicht so viel bezahlen wie der Bürgermeister, aber das war Tammena egal. Er schaute noch einmal liebevoll auf sein Bild, so als ob er es sich tief in seinem Herzen einprägen würde, und dann überreichte er es mir." Fenna blickte Dirks an. „Das waren die einzigen Worte, die ich jemals mit Tammena gesprochen habe. Seitdem habe ich ihn nur noch manchmal von weitem gesehen, wenn er auf seinem Fahrrad irgendwo lang fuhr. Aber so ging es allen. Man wusste, wer er war, und er gehörte dazu, aber eigentlich kannte ihn niemand." Sie setzte sich auf einen Stuhl. „Trotzdem macht es mich richtig traurig, dass er tot ist. Er war doch noch gar nicht so alt, oder? Wie ist er denn gestorben? Ihr habt ‚seine Leiche gefunden' – was soll das bedeuten?"

„Er wurde ermordet", entgegnete Dirks.

Fennas Gesicht verlor die Farbe. „Ermordet? Wieso? Ich meine, wer macht so etwas? Was ist passiert?"

„Zu den Einzelheiten kann ich nichts weiter sagen",

antwortete Dirks mit fester Stimme. „Aber wir sind dabei zu ermitteln."

„Ach so, ja, natürlich." Die Mikrowelle piepte, was Fenna aus ihrer Lethargie holte. Sie stand auf und holte den Teller mit den heißen Puffert.

„Das duftet aber lecker. Darf ich bei Iba essen? Ist sie oben in ihrem Zimmer?"

Fenna Gerdes nickte. „Du kennst ja den Weg. Ich mache auch noch eine Kanne Tee und bringe sie euch."

Dirks verließ die Küche und ging die Treppe hoch. Beim Zimmer ihrer Freundin stand die Tür offen. Iba saß auf dem Teppichboden und wühlte in einer Kiste. Überrascht stellte Dirks fest, dass Iba sie an Fenna vor fünfzehn Jahren erinnerte.

„Diederike!" Iba schaute auf und strahlte über das ganze Gesicht. „Super, dass du noch gekommen bist!" Sie wollte aufstehen, um ihre Freundin zu umarmen, aber Dirks wehrte mit Hinweis auf den Essensteller in ihrer Hand ab.

„Was machst du da?", fragte Dirks.

„Ich wühle in meinen alten Erinnerungen. Das lenkt mich nämlich hervorragend von meinen neuen ab."

Es war seltsam, wie jemand, der offensichtlich vor kurzem geheult hatte, trotzdem so glücklich aussehen konnte. Dirks konnte sich allerdings gleich an mehrere Situationen mit Iba erinnern, bei denen es so gewesen war. Sie setzte sich auf das Bett und nahm den ersten Bissen von ihrer Mahlzeit.

Iba zog ein kleines Fotoalbum aus der Kiste. „Sieh mal. Unser großer Musicalauftritt."

„Ach du meine Güte." Dirks schaute entsetzt auf das Foto, das Iba ihr zeigte. „Das habe ich ja total verdrängt. ‚Worms', das Musical über Wattwürmer. Weil wir alle so begeistert von ‚Cats' waren."

„Das war ein Spaß, in den Schlafsäcken über die Bühne zu robben. Mit Tanz hatte das allerdings nichts zu tun. Ich glaube, die Zuschauer waren auch nicht wirklich begeistert."

Während Dirks sich wieder ihrem Essen widmete, nahm Iba etwas anderes aus der Kiste. „Hier ist eine Autogrammkarte von Robbie Williams. Weißt du noch, wie wir ihm einen Brief geschickt haben?"

„Oh ja." Dirks lachte. „Wir haben geschrieben, dass wir seine größten Fans wären, aber leider nicht genug Taschengeld bekämen, um zum Konzert nach Berlin zu fahren. Ob er uns denn nicht Freikarten schicken könnte. Leider hat die Idee nicht gezogen."

Iba schaute sinnierend in die Weite. „Ob ich Jürgen nur deshalb geheiratet habe?", fragte sie. „Weil er mich an Robbie Williams erinnert hat?"

Dirks wusste natürlich, dass Iba früher oder später über ihre gescheiterte Ehe reden würde. Obwohl sie gehofft hatte, dass sie das schon ausgiebig mit ihrer Mutter getan hätte. Jungs waren schon immer ein Thema gewesen, bei dem sich die beiden Mädchen eher ergänzt hatten, anstatt auf einer Wellenlänge zu sein. Während Iba Diederike in die Kunst des Nagellacks und Lipgloss eingeführt hatte, hatte kein Junge es jemals gewagt, Iba auszunutzen, weil er sonst von Diederike eine deftige Ohrfeige bekommen hätte. *Vielleicht ist das genau das Problem gewesen, als Iba nach Süddeutschland gezogen ist,* dachte Dirks. *Ich konnte sie nicht mehr beschützen.* Natürlich würde sie Iba zuhören, wenn sie von Jürgen erzählte. Allerdings war sie einfach nicht gut darin, jemanden zu trösten. Sie ging immer zu schnell dazu über, Lösungsvorschläge zu unterbreiten, sie war eben mehr der pragmatische Typ. Außerdem war es nicht leicht, viel Verständnis für Beziehungsprobleme aufzubringen, wenn man selbst seit fünf Jahren Single war und das Leben hauptsächlich aus Arbeit bestand.

„Es liegt bestimmt an mir, dass Jürgen mich nicht mehr liebt." Iba schluchzte. „Ich habe mich nicht genug angestrengt. Ich hätte fröhlicher sein müssen, mich hübscher machen müssen und noch offener im Bett sein müssen."

„Es liegt nicht an dir. Diesen Gedanken darfst du niemals zulassen, Iba."

„Warum hat Jürgen dann eine andere?"

„Er wird auch dieses Mädchen irgendwann für eine andere verlassen."

„Woher willst du das wissen?"

„Weil ich bei der Polizei bin und weiß, dass die meisten Straftäter Wiederholungstäter sind. Eine Linie gilt nur so lange, bis man sie das erste Mal übertritt."

„Du hast wenigstens eine gute Arbeitsstelle, Diederike." Iba schniefte. „Aber ich habe mein Studium damals abgebrochen. Was soll ich denn jetzt machen?"

„Hast du nicht als Flugbegleiterin gearbeitet? So hast du doch auch Jürgen kennengelernt."

„Ich bin einunddreißig! Ich bin zu alt für einen Job, und ich bin zu alt für einen Mann."

Dirks verzog die Lippen. „Danke für diese Ermutigung."

„Im Ernst, Diederike! Ich weiß nicht, was ich machen soll."

„Du bekommst doch erst mal Geld von Jürgen."

„Da bin ich mir nicht sicher. Ich habe damals irgendetwas unterschrieben, was mir zu viel Kleingedrucktes enthalten hat, um es zu lesen.

Außerdem haben sich die Gesetze geändert. Ich habe von einer Bekannten gehört, dass es heutzutage Jahre dauern kann, bis man etwas von seinem geschiedenen Ehemann bekommt."

„Aber irgendwann hat deine Bekannte etwas bekommen, oder?"

„Das weiß ich nicht. Nach ihrer Scheidung hatten wir keinen Kontakt mehr. Verstehst du, Diederike? Dann ist man weg vom Fenster."

Dirks' Blick fiel auf Ibas Handtasche und die Koffer. Sie hatte offensichtlich eine Vorliebe für den Designer Michael Kors. Diesen Lebensstil würde sie auf Dauer nicht halten können. „Du musst ja nicht sofort entscheiden, was du tun willst. Hier oben hast du Zeit zum Nachdenken. Mach Spaziergänge auf dem Deich und lass dich vom Wind durchpusten. Nach ein paar Tagen sieht die Welt schon ganz anders aus. Das ist die Magie des Nordens."

„Du hast recht." Iba lächelte ihre Freundin an. „Du schaffst es immer, mir wieder Mut zu geben, Diederike. Das hatte ich ganz vergessen. Bei dir ist niemals etwas zu Ende, sondern es gibt immer einen neuen Anfang." Sie atmete tief durch. „Ich werde die Zeit hier als eine Art Entgiftungskur betrachten und dann neu ins Leben starten. Und außerdem mache ich eine Männer-Diät."

Dirks nahm einen von Ibas Schuhen in die Hand. „Wer auf Elf-Zentimeter-Pfennigabsätzen laufen kann, der schafft es auch durchs Leben."

Iba strahlte.

Dirks erhob sich. „Ich muss jetzt los, morgen wird ein voller Arbeitstag. Wir werden aber demnächst bestimmt noch zusammen ausgehen."

„Mama hat morgen Abend eine Lesung in Emden.

Vielleicht können wir ja danach mit ihr zusammen anstoßen."

„Ach, verfasst Fenna immer noch Gedichte?"

„Ja, und sie kommen sehr gut an. Besonders die auf Platt. Auf dem Schreibtisch liegt ein Einladungszettel."

Dirks betrachtete das Blatt. „Warum schreibt sie eigentlich keine Krimis? Ich könnte ihr behilflich sein, wenn sie Fragen zur Polizeiarbeit hat."

Iba lachte. „Ich werd's ihr vorschlagen."

„Ich würde morgen gerne kommen, aber ich kann noch nicht definitiv zusagen. Das hängt ganz davon ab, wie sich der Fall um Tammena weiter entwickelt."

7. Erste Besprechung

Am Freitagmorgen war der Besprechungsraum im Gebäude der Kriminalpolizei in Aurich gut gefüllt. Neben Dirks saß Lothar Saatweber. Der Staatsanwalt war im besten Alter, trug eine Buntfaltenhose, und über dem blau karierten Hemd ließ ein bernsteinfarbener Kaschmirpullover seinen Bauch, den er als fürsorglicher Familienvater aufgebaut hatte, voll zur Geltung kommen. Er bemühte sich nicht, seine grauen Haare zu verstecken. Die Möglichkeiten, durch die Frisur Eindruck zu schinden, waren bei ihm aber grundsätzlich sehr begrenzt. Außerdem saß Polizeiobermeister Holm zwischen den Kollegen, Altmann von der Kriminaltechnik war da und auch jemand von der Gerichtsmedizin in Oldenburg. Auf den Tischen lagen mehrere Aktenmappen, und die Leinwand war heruntergefahren.

Dirks hatte sich die Berichte natürlich schon angesehen und einige Gedanken mit Saatweber ausgetauscht. Sie war gespannt, was die anderen zu den Befunden sagen würden. Sie begrüßte die Anwesenden nur kurz und erinnerte sie an das, was jeder eigentlich wissen sollte, aber immer wieder vergaß. „Zuerst stellen wir die Fakten vor, erst *danach* wird diskutiert." Sie schilderte knapp die Sachlage des Leichenfundes bei der Meerbude, und dass das Opfer als ein Künstler aus Bensersiel identifiziert werden konnte. Außerdem erzählte sie von der Eintrittskarte für die Kunsthalle Emden. Dann übergab sie dem Vertreter der Gerichtsmedizin das Wort. „Beginnen wir mit dem Ergebnis der Autopsie."

Der Spezialist ließ alle Anwesenden den Obduktionsbericht aufschlagen, in dem Abbildungen der Leiche und Vergrößerungen von Hinterkopf, den Armen und den Händen zu sehen waren. „Das Opfer wurde von hinten erschlagen. Als Tatwaffe kommen Gegenstände wie ein Eispickel oder ein Zimmermannshammer infrage. Die Hände und Unterarme zeigen keinerlei Deckungsverletzungen, wie es bei einem Kampf der Fall wäre, wenn das Opfer seine Arme schützend vor den Kopf hält. Außerdem sind Leichen, die mit einem Schlagwerkzeug - wie zum Beispiel mit einer Axt - erschlagen werden, in der Regel sehr grausam zugerichtet, denn solche Taten geschehen im Affekt, und der Täter schlägt wie in einem Rausch mehrfach zu. Hier gab es allerdings nur einen einzigen Schlag auf beziehungsweise *in* den Hinterkopf. Der Täter wusste also ganz genau, was er tat, und wollte den Tod des Opfers gezielt herbeiführen."

Ein aufgeregtes Raunen ging durch den Raum, denn nach dieser Aussage stand fest, dass sie es nicht mit Totschlag, sondern mit einem kaltblütigen Mord zu tun hatten.

„Der Todeszeitpunkt liegt am Dienstag zwischen 15:00 und 21:00 Uhr", fuhr er fort. „Genauer lässt sich das nicht eingrenzen. Die Umstände des Fundortes der Leiche, ein abgeschlossener Kombi, welcher einer schwankenden Außentemperatur ausgesetzt war, lassen nur dieses Zeitfenster von sechs Stunden als seriöse Aussage zu. Es lässt sich auch keine Tendenz angeben, ob der Tod eher früher oder eher später eintrat."

„Danke sehr." Dirks deutete auf Altmann von der Kriminaltechnik. „Was habt ihr für Spuren gefunden?"

Altmann erhob sich und rückte seine bereits perfekt

sitzende Krawatte zurecht. „Wir haben gestern zwei Orte untersucht, die mit dem Fall zu tun haben. Zum einen den Fundort der Leiche, und zum anderen das Haus des Opfers zusammen mit seinem Atelier.“ Er hüstelte. „Zunächst haben wir uns auf die Analyse der Spuren im Auto konzentriert. Der Täter hat das Fahrzeug ja zum Fundort gefahren, deshalb hat er sich auf jeden Fall darin befunden. In Bezug auf Tammenas Haus hat uns in erster Linie interessiert, ob es der Tatort war, deshalb haben wir dort vor allem nach Blutspuren gesucht. Die Genspuren dort sind sehr vielfältig, und die Analyse wird noch einige Tage dauern. Wenn Sie bitte alle die blaue Aktenmappe aufschlagen würden.“

Es raschelte, als die meisten Altmanns Bitte folgten und den Ordner wechselten. Darin befanden sich Bilder vom Volvo und von unterschiedlichen Gegenständen.

„Zuerst zu den Gegenständen in Tammenas Auto: Die Trinkflasche in der Seitenablage der Fahrertür gehörte dem Künstler. Genauso die graue Decke, mit der die Leiche abgedeckt war. Offensichtlich hatte Tammena den Kombi dazu benutzt, seine Bilder zu transportieren. Die Sitzflächen der Rückbank waren sehr sauber, was bedeutet, dass er die Rücklehnen immer umgeklappt hatte, um eine große Ladefläche zur Verfügung zu haben, was Sinn ergibt, wenn er mit großformatigen Leinwänden gearbeitet hat. Mit der Decke hat er seine Bilder bei solch einem Transport geschützt, wir haben darauf mehrere Partikel von Ölfarbe gefunden. Insgesamt bedeutet das, dass der Täter im Auto gar nicht viel berühren musste, denn er hat sowohl die Ladefläche wie auch die Decke bereits vorgefunden. Was uns jedoch überrascht hat, ist die Tatsache, dass wir auch auf dem Fahrersitz *keine einzige* fremde Genspur gefunden haben. Bis auf den Beifahrersitz gibt es im ganzen Fahrzeug keinerlei Fingerabdrücke, Haare und Hautschuppen, die nicht vom Opfer stammen. Auch nicht auf der Decke oder an der Leiche selbst."

Ungläubig schüttelten einige der Beamten den Kopf.

„Wie viele unterschiedliche Spuren konnten denn an der Beifahrerseite nachgewiesen werden?", fragte Dirks.

„Nur eine, die dem des Opfers ziemlich ähnlich ist. Wahrscheinlich hat dort oft jemand aus der Familie gesessen." Altmann fuhr mit seinem Bericht fort. „Auch in der Umgebung des Autos haben wir nichts Ungewöhnliches gefunden. Der Regen der letzten Tage hat den Boden aufgeweicht und die Reifenabdrücke unkenntlich gemacht." Er blickte zu Dirks. „Wie gewünscht haben wir die Umgebung genauestens nach dem Autoschlüssel abgesucht, den der Täter weggeworfen haben könnte. Wir haben auch in den Mülleimern der Siedlung nachgesehen, aber keinen Gegenstand gefunden, der Tammena zuzurechnen wäre." Altmann schlug eine neue Seite in seinem Dossier auf. „Nun noch kurz zum Haus des Künstlers in Bensersiel. Hier haben wir nirgendwo Blutspuren entdeckt. Dort ist Tammena also auf keinen Fall erschlagen worden. Und wie gesagt, die Genspuren dort sind sehr vielfältig, vor allem im Atelier, welches einmal in der Woche öffentlich zugänglich war." Er setzte sich wieder.

„Das kann doch nicht sein", fragte jemand ungläubig nach. „Der Täter hat Tammena erschlagen. Er hat ihn ins Auto gehoben und mit einer Decke zugedeckt. Außerdem hat er das Auto gefahren. Dabei muss er doch irgendwelche Spuren hinterlassen haben."

„Genau wie beim Mord selbst hat sich hier jemand offenbar sehr gut ausgekannt und gewusst, wie man Spuren vermeidet", antwortete Dirks. „Aber bevor wir die Fakten diskutieren, hat Oskar noch ein paar Informationen über das Opfer zusammengetragen."

Breithammer räusperte sich. Er hatte eine Präsentation vorbereitet, die er über den Beamer an die Leinwand warf. „Meine Informationen über Redolf Tammena stammen von seiner Website, mehreren Onlineeinträgen und einem Zeitungsartikel, den die *Emder Zeitung* vor zwei Jahren veröffentlicht hat. Außerdem habe ich gestern noch mit den Weinbeckers und zwei weiteren Nachbarn gesprochen." Ein Bild des Hauses von Hillgriet und Otto Tammena erschien auf der Leinwand. „Redolf Tammena ist 1960 in Bensersiel geboren. Er war der Jüngere von zwei Söhnen. Sein älterer Bruder Uwe lebt heute in Hamburg und arbeitet als Zahnarzt. Redolf besaß eine künstlerische Begabung, was seine Eltern missbilligten. Eigentlich wollten sie ihn in eine kaufmännische Ausbildung schicken. Die Großeltern unterstützten jedoch ihr Enkelkind, Redolf setzte seinen Willen durch und studierte von 1981 bis 1986 in Osnabrück Kunst. Seine Noten waren durchwachsen, allerdings wurde er mit dem *Piepenbrock Kunstförderpreis* ausgezeichnet. Kurz nach Ende seines Studiums verstarben Tammenas Großeltern und hinterließen ihm - zur Überraschung aller anderen Familienmitglieder - ihr Haus in Bensersiel. Diese Möglichkeit nutzte Tammena, um sich als Künstler selbstständig zu machen." Breithammer drückte seine Präsentation weiter, und es erschien ein Ölbild mit wüsten Strichen auf dunklem Grund.

„Was will uns der Künstler sagen, und warum tut er

es nicht?", fragte Altmann und hatte die Lacher auf seiner Seite.

„Nachdem Tammena zurück in seinen Geburtsort gezogen war, hatte er zunächst eine experimentelle Phase." Breithammer warf noch ein weiteres Beispiel an die Wand, danach folgte ein Gemälde vom Hafen in Neuharlingersiel und ein Foto des Künstlers neben seinem Fahrrad. „Erfolgreich wurde Redolf Tammena jedoch erst als ‚Maler auf dem Fahrrad'. Das Fahrrad ist ein Hollandrad, das ursprünglich seiner Großmutter gehört hatte und sich unter den Dingen im Haus befand. Er war vom ersten Tag an viel damit unterwegs, wohl auch, um seine Eltern zu meiden. Die Bilder, die er auf seinen Touren malte, waren für ihn zunächst nur Übungen und ein ‚leidiger Ausfluss von kitschigen Emotionen', sein Hauptaugenmerk richtete er auf die Arbeit in seinem Atelier. Allerdings interessierten sich die Leute, die ihn dort besuchten, vor allem für die Bilder, die er auf seinen Radtouren gemalt hatte. Somit machte er die Produktion dieser Bilder zu seiner Haupttätigkeit, und nach eigener Aussage war diese Entscheidung der Punkt in seinem Leben, an dem er glücklich wurde. Er fuhr nun nicht mehr ausschließlich einsame Radwege, sondern er radelte gezielt durch die Ortschaften, ließ sich fotografieren und auch mal während des Malens über die Schulter schauen, obwohl er das eigentlich hasste. Doch das kurbelte die Nachfrage an, denn er galt als Teil der Region, die er so weit erschloss, wie es ihm möglich war. Oft war er auch für mehrere Tage weiter weg, zum Beispiel in Cuxhaven. Dafür hatte er den Fahrradträger auf seinem Auto, um sein Fahrrad in die entfernteren Orte zu bringen. Er wurde sogar auf Spiekeroog akzeptiert, wo

Fahrräder sonst nur den Einheimischen gestattet sind." Breithammer zeigte ein Foto des Künstlers, wie er auf dem Fahrrad an einem Deich entlangfuhr. „Tammena hat niemals geheiratet und eine eigene Familie gegründet. Es ist nicht bekannt, dass er jemals eine feste Freundin hatte. Er pflegte grundsätzlich keine Freundschaften und galt als reserviert, schweigsam und eigenbrötlerisch. Zweimal in der Woche ging er zu seinen Eltern zur Teezeit, außerdem fuhr er mit seiner Mutter einmal in der Woche los, um ihre Einkäufe zu erledigen. Die Genspuren auf dem Beifahrersitz stammen also höchstwahrscheinlich von Hillgriet Tammena. Ansonsten hatte er nur Kontakt zur Nachbarstochter Mareika Weinbecker, die seine Internetseite gestaltet und betreut hat." Breithammer beendete seine Präsentation, indem er die Datei auf seinem Computer schloss.

Dirks bedankte sich bei den Vortragenden. „Soweit die Fakten. Wie ihr seht, haben wir nicht viel in der Hand, und es drängt sich noch keine spezielle Richtung auf, in die wir unsere Ermittlungen konzentrieren können. Entscheidend wird sein, dass wir herausfinden, was Redolf Tammena am letzten Dienstag gemacht hat. Laut Aussage der Nachbarin hat er sein Haus um etwa 13:00 Uhr verlassen. Somit war er um frühestens 14:00 Uhr in Emden. Da wir eine entwertete Eintrittskarte der Kunsthalle gefunden haben, ist anzunehmen, dass er die Ausstellung besucht hat. Die Kunsthalle schließt um 17:00 Uhr, das Zeitfenster für die Tat reicht aber bis 21:00 Uhr. Wo war er nach seinem Aufenthalt in dem Museum? Hat er eingekauft? Hat er jemanden besucht? Wir haben in seinem Haus zwar einen Kalender gefunden, aber darin war kein Termin für Dienstag verzeichnet. Außerdem haben wir die Verbindungsdaten seiner Mobilnummer sowie seines Festnetzanschlusses überprüft, aber er hat an jenem Tag mit niemandem telefoniert. Auch im E-Mail-Postfach, das Mareika für ihn eingerichtet hatte, finden sich keine Verabredungen für diesen Tag." Dirks blickte in die Runde. „Damit ist die Diskussion eröffnet."

Das betretene Schweigen währte nur kurz.

„Der Mord sowie die Entsorgung der Leiche wurden professionell ausgeführt", sagte der Beamte neben Breithammer. „Ist das nicht ein Hinweis auf organisierte Kriminalität? Ich meine, Tammena war ein alleinstehender Mann. Vielleicht hat er ja nach seinem Besuch in der Kunsthalle einen ‚Sauna-Club' oder irgendein anderes zwielichtiges Etablissement aufgesucht und ist dort in eine Auseinandersetzung mit dem Türsteher geraten."

Altmann meldete sich zu Wort. „Die Spurensicherung hat in seiner Wohnung keinerlei Hinweise auf derartige Clubs gefunden, keine Visitenkarte oder sonstiges. Auch nicht im Mülleimer."

„Was ist mit der Nachbarstochter Mareika Weinbecker?", fragte ein anderer. „Laut der vorliegenden Zeugenaussage von Frau Hilke Weinbecker hat sie sich Sorgen um ihre Tochter gemacht. Was, wenn die Beziehung zu dem Mädchen für Tammena mehr als nur Freundschaft war?"

Breithammer räusperte sich. „Nur weil ein Mann alleine lebt und wenig Kontakt zu anderen Menschen pflegt, bedeutet das noch lange nicht, dass er Sauna-Clubs aufsucht oder eine Gefahr für Minderjährige ist. Was könnte es denn sonst noch für Motive gegeben haben, um Tammena zu ermorden? Wie ist es mit

Geld?“

„Auf den ersten Blick offenbaren Tammenas Kontoauszüge kein großes Vermögen“, entgegnete Dirks. „Er hat sich zwar keine finanziellen Sorgen machen müssen, aber er war auch nicht reich. Sein größter Besitz war zweifelsohne das Haus, aber selbst darauf ist noch eine Hypothek eingetragen.“

„Die meisten Morde sind Beziehungstaten“, warf jemand in den Raum. „Was ist mit Tammenas Bruder? Ist er nicht neidisch auf ihn, weil er das Haus der Großeltern geerbt hat?“

„Im Zeitungsinterview hat Redolf Tammena gesagt, dass die Beziehung zu seinem Bruder zwar nicht herzlich sei, aber auch nicht feindlich“, erwiderte Breithammer. „Obwohl sie sich nur selten sehen würden, sei der Zusammenhalt in der Familie sehr groß. Wie ich gehört habe, ist der älteste Sohn noch gestern Abend aus Hamburg gekommen, um seinen Eltern beizustehen und Redolfs Beerdigung zu organisieren.“

Breithammers Sitznachbar schaltete sich erneut in das Gespräch ein. „Auch wenn Tammena ein Eigenbrötler war, so hatte er doch gewiss mit mehr Menschen zu tun als den bisher bekannten. Was ist mit Geschäftskontakten? Hat Tammena seine Bilder ausschließlich selbst vermarktet, oder gibt es auch eine Galerie, die seine Werke verkauft?“

„Seine Bilder werden seit einem Jahr zum großen Teil über die *Galerie Petersen* in Emden vertrieben“, sagte Breithammer. „Der Inhaber ist ein gewisser Immo Petersen.“

„Na, den könnte Tammena doch besucht haben, nachdem er am Dienstag in der Kunsthalle war. Um geschäftliche Dinge zu besprechen. Dazu würde auch passen, dass Tammena einen Anzug trug."

„Das würde auch passen, wenn er vorgehabt hätte, einen Gentleman's Club zu besuchen."

„Steigen nicht die Preise für ein Bild, wenn der Künstler tot ist?", fragte Polizeiobermeister Holm. „Dann hätte der Galerist auf jeden Fall ein Motiv."

„Das ist doch keine allgemeine Regel! Der Galerist hätte sicher mehr davon gehabt, wenn Tammena noch zehn Jahre weitergemalt hätte."

„Was ist denn mit den Leuten, die Tammenas Bilder gekauft haben? Er hatte doch an einem Tag in der Woche sein Atelier offen. Der Mörder könnte also auch ein Tourist sein, den er gerade erst kennengelernt hat."

„Gibt es denn in Tammenas E-Mail-Postfach irgendwelche auffälligen Nachrichten?", fragte jemand. „Von irgendeinem aufdringlichen Kunden oder jemandem, der ihn bewundert hat?"

Dirks schüttelte den Kopf, ohne aufzusehen. Sie war damit beschäftigt, sich Notizen zu machen. „Auch sein Spam-Ordner enthält nur den üblichen Müll."

„Was ist mit anderen Künstlern? Tammena war offensichtlich ziemlich erfolgreich, und Erfolg erzeugt immer auch Neid."

„Da gibt es doch diese Künstlerkolonie in Dangast. Hat er sich dort einmal blicken lassen?"

„Nach Aussage von Frau Weinbecker hat Tammena die Künstlerkolonie in Dangast tatsächlich einmal besucht", berichtete Breithammer. „Lobend erwähnt hat er dabei allerdings nur den Rhabarberkuchen. Ansonsten waren ihm viel zu viele Leute dort. Außerdem soll er sich sehr abfällig über den ‚Grenzstein' geäußert haben."

„Was ist denn der ‚Grenzstein'?", fragte Saatweber.

„Das ist die Skulptur eines Phallus im Watt. Ein Oldenburger Bildhauer hat sie aus Granit gemeißelt."

„Na, das ist doch ein Motiv", behauptete Holm.

„Du meinst, jemand hat es auf alle abgesehen, die sich abfällig über einen Phallus im Watt äußern? Dann stehe ich auch auf der Abschussliste." Einige lachten.

Dirks' Blick fiel auf einen jungen Kriminalbeamten, der nicht lachte, aber dafür den Eindruck machte, als ob er schon seit längerem etwas sagen wollte. „Was meinst du?"

Der Beamte schluckte. „Die Gerichtsmedizin hat die Tatwaffe als ein spitzes Werkzeug beschrieben, wie ein Eispickel oder ein Zimmermannshammer. Ein Eispickel kommt mir bei unserem Flachland eher unwahrscheinlich vor, bleibt also der Hammer. Wieso benutzt man ausgerechnet solch ein Werkzeug als Waffe? Das macht man doch nur, wenn man sich an einem Ort befindet, wo dieses Werkzeug sich am ehesten als Waffe eignet. Beim Tatort könnte es sich also um eine Werkstatt oder eine Garage handeln."

„Sehr gut", lobte ihn Dirks und machte sich eine innere Notiz, dass sie diesen Kollegen weiter beobachten wollte. „Allerdings gibt es eine Menge Garagen in Ostfriesland."

„Wenn man wüsste, wann Tammena das letzte Mal sein Auto vollgetankt hat, dann könnte man rekonstruieren, wie weit er seitdem gefahren ist", entgegnete der Beamte.

Dirks war beeindruckt. „Wie voll war denn der Tank, als das Auto gefunden wurde?", fragte sie Altmann.

„Etwa ein Drittel."

„Nun, vielleicht lässt sich ja durch seine Kontoauszüge herausfinden, wann Tammena das letzte Mal getankt hat. Aber wenn der Tank bereits so leer war, dann wird es schwierig werden, hier eine konkrete Aussage zu treffen." Dirks wandte sich wieder an alle. „Über den Tatort können wir bisher noch keine weitere sinnvolle Aussage machen. Und bevor wir noch weiter über eine Künstlerkolonie debattieren, die Tammena irgendwann und dann nie wieder besucht hat, sollten wir uns lieber mit den Orten beschäftigen, an denen der Maler tatsächlich gewesen ist. Bisher haben wir nur Emden als festen Bezugspunkt und die Hieve."

„Hatte der Maler eine besondere Verbindung zu den Meerbuden?", fragte jemand.

„Dahingehend müsste ich noch genaue Erkundigungen anstellen", entgegnete Breithammer. „Allerdings werden die Meerbuden eher in einem Zusammenhang mit dem Täter stehen als mit dem Opfer. Schließlich hat sich der Täter dazu entschlossen, das Fahrzeug dort abzustellen, und nicht Tammena."

„Das stimmt", sagte Dirks. „Wenn man unter Druck handelt, dann hält man sich an die Dinge, die man kennt. Allerdings hat sich in unserem Fall der Täter bei allem äußerst durchdacht und umsichtig verhalten. Er muss also nicht zwingend etwas mit den Meerbuden zu tun haben, sondern es würde ausreichen, wenn er wüsste, dass dort zurzeit wenig los ist. Das Auto bei der Meerbude abzustellen, war ziemlich klug. Es steht dort auf einem Privatgelände, und allenfalls der Besitzer des Häuschens wird in das Auto gucken. Wenn gestern nicht zufällig die Sonne geschienen hätte, dann hätte man die Leiche unter Umständen erst sehr viel später entdeckt."

„Wieso gehen wir eigentlich davon aus, dass der Täter alleine gehandelt hat?", fragte einer der Beamten.

„Tammena war ziemlich groß. Es wäre leichter, ihn zu zweit in den Kofferraum des Autos zu heben."

Altmann von der Kriminaltechnik meldete sich zu Wort. „Wir haben im Anzug des Toten mehrere Holzsplitter entdeckt, in der Rückseite des Jacketts und in der Hose. Wahrscheinlich hat also jemand ein Brett als Rampe verwendet, um die Leiche darüber in den Kofferraum zu ziehen. Diese Tatsache spricht dafür, dass es sich nur um einen Täter gehandelt hat."

„Aber wenn der Täter alleine war - wie ist er vom Kleinen Meer wieder weg gekommen?", fragte der junge Kriminalbeamte. „Er hat das Auto abgestellt, und dann?"

„Von dort aus schafft man es auch zu Fuß nach Emden."

„Und wenn er keine Lust auf einen längeren Spaziergang hatte?"

„Vielleicht hat er sich ein Taxi gerufen."

„Er könnte auch mit einem Boot auf dem Kanal entlanggefahren sein."

„Der Fahrradträger auf dem Dach des Autos", sagte Breithammer. „Der Täter könnte dort sein eigenes Fahrrad festgeschnallt haben und damit nach Hause gefahren sein."

„Damit würde er zumindest weiter kommen als zu Fuß", sagte Dirks in einem Tonfall, der deutlich machte, dass die Diskussion beendet war. „Ich denke, wir haben hier bereits eine Menge Anhaltspunkte zusammengetragen, denen wir nachgehen müssen. Es ist Zeit, die Aufgaben zu verteilen." Sie schaute auf ihren Notizzettel. „Wir werden in mehrere Richtungen ermitteln. Zunächst zur Nachbarstochter Mareika Weinbecker. Wir werden eine Psychologin beauftragen, sich mit ihr zu unterhalten. Sie soll auch ein Gutachten erstellen, ob es irgendwelche Hinweise auf Missbrauch gibt. Außerdem nehmen wir von dem Mädchen eine Genprobe, um zu sehen, wo ihre Spuren im Haus des Malers nachgewiesen werden können."

Altmann nickte. „Ich werde der Psychologin ein Set für einen Speicheltest mitgeben."

„Dass in Tammenas Haus keine Hinweise auf ‚zwielichtige Etablissements' zu finden sind, ist kein Argument, um solche Besuche auszuschließen", fuhr Dirks fort. „Aufgrund der professionell ausgeführten Tat und dem möglichen Zusammenhang zum organisierten Verbrechen sollten wir auch die entsprechenden Clubs abklappern."

Ein Kollege, der mit diesem Bereich zu tun hatte, nickte.

„Des Weiteren muss überprüft werden, ob die Riekens oder ihre Nachbarn ein Boot vermissen. Außerdem müssen die Taxiunternehmen befragt werden, ob sie am Dienstag jemanden von der Hieve abgeholt haben."

Jemand meldete sich, um diese Aufgabe zu übernehmen.

„Außerdem müssen wir alle Personen ermitteln, mit denen Tammena Kontakt hatte, speziell in letzter Zeit. Dazu überprüfen wir Tammenas Aufzeichnungen und Rechnungen. Es scheint mir hier aber vielversprechender zu sein, wenn wir dabei auf Hinweise aus der Bevölkerung setzen. Wir werden konkret danach fragen, ob jemand am letzten Donnerstag während des offenen Ateliers bei Tammena war. Außerdem werden wir natürlich danach fragen, ob ihn jemand am letzten Dienstag gesehen hat. Dazu brauchen wir eine Menge

Personal, denn ihr wisst, wie viele Leute sich bei solchen Aufrufen melden."

„Vor allem wissen wir, *was* für Leute sich dabei melden", sagte jemand seufzend.

„Außerdem soll ein Kollege in Emden in den Geschäften und Restaurants nachfragen, ob dort jemand Tammena am letzten Dienstag gesehen hat. Wir müssen auch herausfinden, wo er geparkt hat."

„Das war wahrscheinlich im Parkhaus am Wasserturm", sagte jemand. „Dort können Besucher der Kunsthalle vier Stunden kostenlos parken."

„Dann müssen wir die Parkhausbetreiber kontaktieren und versuchen, Tammenas Parkkarte zu bekommen, damit wir wissen, wann er das Parkhaus wieder verlassen hat." Dirks hakte den Punkt auf ihrer Liste ab. „Zudem muss der Galerist befragt werden." Sie blickte zu Breithammer. „Das werden wir übernehmen. Aber zunächst werden wir uns den Ort ansehen, an dem Tammena am Dienstag auf jeden Fall gewesen ist: die Kunsthalle Emden."

8. Kunsthalle Emden

Um 11:25 Uhr stellten sie ihr Fahrzeug im Parkhaus am Wasserturm ab, so wie es der Kollege während der Besprechung gesagt hatte. Von dort aus waren es nur ein paar Minuten Fußweg bis zur Kunsthalle, einem großen, roten Backsteinbau. Vor dem Gebäude verlief ein Kanal, und die Kunsthalle hatte sogar einen eigenen Bootsanleger. Neben dem Ausstellungsgebäude gab es einen weiteren Bau, an dem zunächst das einladende Café *Henri's* auffiel, von dem aus man auf das Wasser schauen konnte. Über dem Café hingen zwei Metallzeiger an der roten Wand, die allerdings eine falsche Uhrzeit anzeigten. Als die beiden Kriminalbeamten näher herangingen, bemerkte Breithammer jedoch ein Schild, das darauf hinwies, dass es sich bei den Zeigern gar nicht um eine Uhr handelte, sondern um ein Kunstwerk, das allein vom Wind bewegt wurde.

Während draußen alles vom roten Backstein dominiert wurde, war die Kunsthalle innen strahlend weiß, hell und modern. Vor ihnen öffnete sich ein Lichthof, links gab es einen Museumsladen, rechts führte eine Treppe hinauf zu den Ausstellungsräumen, und daneben befanden sich eine Garderobe und Schließfächer. Im Lichthof standen mehrere Tische mit Lampen darauf.

Hinter einer langgestreckten Theke stand eine Frau mit rostrot getönten Haaren, bei der man nicht nur die Eintrittskarten kaufte, sondern auch die Einkäufe aus dem Museumsladen bezahlte. Nachdem sie eine junge Mutter bedient hatte, die ein Malbuch für ihr Kind gekauft hatte, widmete sie sich den beiden

Kriminalpolizisten.

Dirks zeigte ihr den Dienstausweis. „Wir würden gerne mit jemandem von der Museumsleitung sprechen."

Die Wangen der Frau wurden fast so rot wie ihr Haar. „Natürlich", sagte sie aufgeregt. „Ich bringe Sie zu Herrn Doktor Westermann, dem Direktor."

Die Verwaltungsräume waren rund um den Lichthof angeordnet. Von hier aus konnte man auch in die Ausstellungsräume im ersten Stockwerk hinaufsehen. Dirks hatte sich das alles nicht so groß vorgestellt.

Die Frau klopfte an die Tür mit dem Schild „Doktor Westermann" und lächelte nervös, als sie keine Antwort vernahm. Dirks gab sich keine Mühe, sie zu beruhigen. Schließlich öffnete die Frau die Tür einfach.

Das Büro war anders, als es sich Dirks für einen Kunsthallendirektor vorgestellt hatte. Es enthielt nur einfache, praktische Möbel, und die Ordner in den Regalen erweckten nur teilweise den Eindruck eines Systems. Einziges Dekorationselement waren die eingerahmten Plakate von früheren Ausstellungen an den Wänden. Dieser Raum diente nicht der Repräsentation, sondern strahlte Arbeitsatmosphäre aus.

Dr. Westermann stand an seinem Schreibtisch und brütete über Papieren, die fast die gesamte Arbeitsplatte bedeckten. Dirks schätzte ihn auf Mitte fünfzig. Er trug eine Jeans, ein hellblaues Hemd und darüber ein Jackett aus dunkelgrünem Cord. Seine Brille saß so weit vorne auf der Nase, dass er darüber schielen konnte. Ein bisschen erinnerte er Dirks an ihren ehemaligen Zahnarzt.

„Ich wollte doch nicht gestört werden, Ingeborg", sagte er zu der Frau vom Museumsladen, aber das klang nicht vorwurfsvoll. „Es gibt noch so viel zu tun für die nächste Ausstellung."

„Ich weiß, Harald. Aber die Herrschaften hier sind von der Kriminalpolizei."

Der Kunsthallendirektor hob seine buschigen Augenbrauen und blickte zu den Kommissaren. „Was kann ich für Sie tun?"

Dirks wartete, bis Ingeborg das Büro wieder verlassen hatte. „Das ist wirklich ein beeindruckendes Haus, das Sie hier leiten. Obwohl ich in Ostfriesland aufgewachsen bin, habe ich es leider nie geschafft, die Kunsthalle zu besuchen."

„Das ist bedauerlich. Die Kunsthalle Emden ist schließlich ein Museum von internationalem Format."

Dirks betrachtete die eingerahmten Plakate an den Wänden, die von den vergangenen Ausstellungen kündeten. *Emil Nolde, Glasnost - Die neue Freiheit der sowjetischen Maler, Franz Radziwill, Lichtseiten.* Es hatte sogar eine Ausstellung mit den Werken von Edvard Munch gegeben.

„Wie kommt das?", fragte Breithammer. „Eine bedeutende Kunstsammlung in der friesischen Provinz?"

„Das ist dem unermüdlichen Einsatz von Henri und Eske Nannen zu verdanken. Henri Nannen, der Gründer des Magazins *Stern,* war ein leidenschaftlicher Kunstsammler. Er wollte, dass seine Sammlung in seiner Geburtsstadt gezeigt wird. Darüber hinaus hat er Emden sogar die Ausstellungsgebäude mit geschenkt und diese Kunsthalle gebaut. Im Jahr 2000 kam noch eine zweite Sammlung hinzu, die Bilder des Galeristen Otto van den Loo, die die Sammlung Nannens großartig ergänzt. Aber Sie sind doch wohl nicht gekommen, damit ich Ihnen von Henri Nannen erzähle."

„Haben Sie heute schon die Zeitung gelesen?", fragte Dirks.

„Ja." Dr. Westermann überlegte kurz. „Und ich war geschockt. Redolf Tammena ist tot! Ich kann es immer noch nicht glauben." Er setzte sich auf seinen Schreibtischstuhl. „Wollen Sie sich nicht auch setzen?"

Dirks zog es vor, stehenzubleiben. „Sie kannten Redolf Tammena?"

„Ich wollte ihn für unsere Malschule gewinnen. Deshalb habe ich mich im letzten Monat zweimal mit ihm getroffen."

„Die Malschule?", fragte Breithammer.

„Sie ist mittlerweile die größte Jugendkunstschule Niedersachsens. Die Malschule war von Anfang an Teil dieses Museums und ein großes Anliegen von Eske Nannen. Sie hat ein eigenes Gebäude, aber auch das Atrium gehört dazu. Sie haben sicherlich die Tische im Lichthof bemerkt."

„Und, wollte Tammena einen Kurs geben?"

Der Direktor schüttelte den Kopf. „Nach unserem ersten Treffen wollte er noch darüber nachdenken, aber dann hat er höflich abgelehnt. ‚Ich bin Maler und kein Pädagoge', hat er gesagt. Im Prinzip verstehe ich das, schließlich wäre er mit einer anderen Haltung nicht so gut gewesen. Seine Bilder sind die Werke eines Besessenen, der sein Leben dem Malen gewidmet hat und jeden Tag den Pinsel in die Hand nimmt. Genau deshalb wollte ich ja auch, dass er in die Malschule kommt, um etwas von seiner Begeisterung weiterzugeben! Aber warum fragen Sie das alles ausgerechnet mich?"

„Tammena wurde am Dienstag ermordet. Irgendwann, nachdem er hier in der Kunsthalle gewesen ist."

Dr. Westermann schluckte. „Wenn ich gewusst hätte, dass er hier gewesen ist, hätte ich ihn natürlich noch einmal auf die Malschule angesprochen. Aber er hat sich nicht bei mir gemeldet."

„Tammena hat sich etwa zwischen 14:00 und 14:30 Uhr eine Eintrittskarte gekauft. Uns interessiert aber vor allem, wann er die Kunsthalle wieder verlassen hat. Deshalb brauchen wir die Namen aller Personen, die am Dienstag gearbeitet haben. Vielleicht kann sich ja einer von ihnen an Tammena erinnern."

„Natürlich, ich werde Ihnen eine Liste ausdrucken lassen." Er legte den Zettel beiseite, der das Telefon verborgen hatte, und rief eine ‚Sabine' an, ob sie nicht so freundlich sein könnte, ihm die Dienstpläne von Dienstag zu bringen und auch die Sicherheitsfirma anzurufen, um nach deren Mitarbeitern zu fragen.

„Gibt es denn in jedem Saal Sicherheitsleute?", fragte Breithammer.

„Nein, das wäre viel zu viel. Die Besucher sollen sich ja nicht überwacht fühlen, sondern in Ruhe die Bilder auf sich wirken lassen. Die Ausstellung ist sehr groß, und die Stunden vergehen schnell, ohne dass man alles gesehen hat."

„Aber es gibt eine Videoüberwachung?"

„Natürlich. Die ist das Wichtigste bei unserem Sicherheitssystem. Aber wenn es um Dienstag geht, dann sind die Videos schon wieder überschrieben worden. Nur wenn jemand zu dicht an ein Gemälde herangeht registriert das der Bewegungssensor, und es wird eine gerichtssichere Videoaufnahme gespeichert. Aber soweit ich weiß, ist das in letzter Zeit nicht geschehen."

„Da Sie Tammena etwas kennengelernt haben - können Sie vielleicht eine Vermutung anstellen, wo er am Dienstag nach dem Ausstellungsbesuch hingegangen ist?"

„Ich hoffe, dass er noch einen Tee im Henri's getrunken hat. Aber wenn ich es mir recht überlege, dann hat er das wohl nicht getan. Er hat auf mich so gewirkt, als ob er nicht gerne unter Menschen wäre. Und da er am Dienstag nicht zu mir gekommen ist, wollte er wohl auch nicht in die Verlegenheit kommen, mich im Café zu treffen." Dr. Westermann zog die Stirn in Falten. „Vielleicht ist er noch zu seinem Galeristen Immo Petersen gegangen. Durch Immo hatte ich auch Tammenas Bilder kennengelernt, und er hatte den Kontakt zu ihm hergestellt."

„Danke, dort wollten wir jetzt sowieso hin."

Die Tür öffnete sich, und eine Frau brachte drei Zettel, die sie Dirks überreichte. Die Kommissarin bedankte sich und verabschiedete sich von Dr. Westermann. Während sie das Büro verließen, blickte Dirks auf die Zettel und bemerkte, dass Ingeborg auch am Dienstag an der Kasse gearbeitet hatte.

Dirks zog aus der Innentasche ihres Jacketts eine Fotografie von Tammena hervor. Dabei handelte es sich um ein Foto von der Website, denn wenn Ingeborg ein Foto der Leiche sehen würde, würde sie wahrscheinlich ohnmächtig umkippen. „Können Sie sich daran erinnern, am Dienstag diesen Mann gesehen zu haben?", fragte Dirks die Rothaarige.

„Nein", entgegnete die Kassiererin unsicher, und man hörte beinahe ihr Herz klopfen. „Müsste ich?"

„Nehmen Sie sich einfach ein wenig Zeit und denken Sie noch einmal in Ruhe darüber nach", schlug

Breithammer vor und hinterließ seine Visitenkarte. „Und wenn Ihnen noch irgendetwas zu letzten Dienstag einfällt, dann rufen Sie uns an."

9. Galerie Petersen

Von der Kunsthalle aus gelangte man leicht in die Innenstadt. Zehn Minuten später gingen Dirks und Breithammer über die Große Straße. Die Galerie Petersen war ziemlich klein, sie besaß nur ein Schaufenster, das genauso breit war wie die Tür. Ein Schild wies deutlich auf die exklusiven Öffnungszeiten hin, und die Polizisten hatten Glück, dass noch nicht abgeschlossen war. Als sie das Ladenlokal betraten, bimmelte ein helles Glöckchen.

An allen Wänden hingen Bilder, und nach ihrem Besuch in Tammenas Atelier erkannte Dirks sofort, welche von dem Maler aus Bensersiel stammten. Seine Landschaftsbilder wirkten ein wenig altertümlich zwischen den anderen Leinwänden, deren Maler sich vor allem auf geometrische Formen spezialisiert hatten. Am ältesten war jedoch definitiv der englische Schreibtisch. Der Herr, der dahinter saß, hatte gewiss auch schon sechzig Jahre hinter sich, aber sein Lächeln hatte etwas Jugendliches. Er trug einen adretten Anzug und eine curryfarbene Fliege, die Altmann von der Kriminaltechnik ins Schwärmen gebracht hätte.

„Moin."

„Sie sind Immo Petersen?"

„Korrekt."

Während Dirks ihren Dienstausweis hervorholte, sah sie die Emder Zeitung auf Petersens Schreibtisch liegen, die genau auf der Seite mit dem Artikel über den Leichenfund aufgeschlagen war. „Wir untersuchen den Mord an Redolf Tammena."

Das Gesicht des Galeristen zeigte eine Mischung aus

Enttäuschung und Wut. „Was ist da passiert?", fragte er vorwurfsvoll. „Das kann doch wohl nicht wahr sein!"

„Leider ist es wahr", entgegnete Dirks bestimmt. „Und ich hoffe, Sie haben Verständnis dafür, dass *ich* die Fragen stelle."

Petersen schaute zwar etwas pikiert, aber er nickte.

„Wie kommt man eigentlich darauf, in Emden eine Galerie aufzumachen? Würde sich das in Aurich nicht viel mehr lohnen? Oder kommen die Touristen nach der Kunsthalle noch hier vorbei, um ein Bild zu kaufen?"

„Meine Hauptgalerie befindet sich in Hamburg und wird von meinem Sohn geleitet. Ich bin tatsächlich nur wegen der Kunsthalle hier. Aber nicht, weil die Besucher danach ein Bild kaufen wollen. Die Kunsthalle ist ein einzigartiger Ort, der es wert ist, sich ihm mit voller Hingabe zu widmen. Dabei geht es nicht nur darum, sich die fantastischen Bilder dort immer wieder ansehen zu können, sondern es geht um den Zusammenhalt, den das ganze ‚Projekt Kunsthalle' schafft. Die Kunsthalle schweißt die Bürger Emdens zusammen und verleiht dieser Stadt Leben. Das ist das Größte, was Kunst erreichen kann - wenn sie das Leben von Menschen beeinflusst."

„Wie meinen Sie das?"

„Solch eine Kunsthalle ist ein großes finanzielles Risiko. Der Bau des Gebäudes ist dabei nur die Anfangsinvestition. Der Betrieb eines solchen Hauses mit Personal, Sicherheitsdienst und Versicherungen kostet sehr viel und wird von den Eintrittsgeldern nicht annähernd gedeckt. Henri Nannen hat in dieses Projekt nicht nur sein Privatvermögen gesteckt, sondern er hat enorm hart dafür gearbeitet und Unterstützer gesucht, um das alles möglich zu machen. Er und seine Frau Eske haben unglaublich viele Klinken geputzt. Nur durch dieses Herzblut hat sich auch Otto van den Loo dazu entschieden, seine Bilder der Kunsthalle zu vermachen. Als Henri Nannen 1996 starb, dachten viele, es wäre alles vorbei. Aber es ging weiter, weil die Menschen die Kunsthalle angenommen hatten und sich für sie einsetzten. Die Kunsthalle ist ein Schatz, und die Emder Bürger haben mit Stolz die Aufgabe übernommen, diesen Schatz zu bewahren. Ich bin zum Beispiel Fördermitglied des Vereins ‚Freunde der Kunsthalle'. Die Kunsthalle selbst ist als Stiftung organisiert und darf deshalb keine neuen Bilder ankaufen. Das macht unser Verein, und ich darf ihn mit meiner Expertise beraten. Es ist eine Ehre, nach neuen Bildern zu suchen, die die Sammlung der Kunsthalle ergänzen könnten, und dafür Angebote zu erstellen."

„Daneben vertreten Sie aber auch Künstler wie Redolf Tammena."

Petersen nickte. „Ich versuche, die Künstler in der Region zu fördern, und Tammena war unter ihnen etwas ganz Besonderes. Seine Bilder sind beliebt und verkaufen sich in Hamburg sehr gut."

„Kannten Sie ihn gut? Ich meine auf persönlicher Ebene?"

Petersen erhob sich, ging zum Schaufenster und starrte hinaus. „Ich würde ihn als einen Freund bezeichnen, aber er hätte das sicher nicht getan. Aber das liegt vor allem daran, dass ich täglich von seinen Bildern umgeben bin, das gibt mir das Gefühl, ihn persönlich zu kennen. Von ihm aus war es allerdings eine rein geschäftliche Beziehung."

„Ich habe schon von anderen gehört, dass Tammena sehr zurückgezogen gelebt hat", sagte Dirks.

„Er war eben ein Künstler durch und durch. Nur in der Distanz zu anderen Menschen hat die Kunst Freiraum. Zurückgezogenheit und Kunst bedingen sich, der Künstler kann seine Werke nur deswegen schaffen, *weil* er alleine ist. Denn es ist das Innenleben des Künstlers, von dem wir profitieren. Für unsereins ist es anstrengend, wenn wir ein Bild malen sollen, aber für Tammena war es anstrengend, wenn er mit Menschen zusammen sein sollte."

„Es war also auch anstrengend, mit ihm zusammen zu sein?"

„Im Gegenteil", erwiderte Petersen. „Er war angenehm professionell, das war eine seiner Qualitäten. Im Gegensatz zu vielen anderen Künstlern musste man ihn nicht mit Samthandschuhen anfassen und jedes Wort abwägen, weil er sich sonst gekränkt oder missverstanden gefühlt hätte. Er konnte die Kunst und sein Privatleben strikt trennen und verschiedene Rollen einnehmen. Leider konnte er dadurch aber auch knallhart verhandeln."

„Wie kann das sein?"

„Er war zufrieden mit seinem Leben und von niemandem abhängig. Von außen sah seine Welt sehr verschlossen aus, aber Redolf war ein glücklicher Mensch, und ich habe ihn manches Mal für sein Leben beneidet. Ich glaube auch, dass sich dieses Glück in seinen Bildern widerspiegelt und sie deshalb so beliebt sind. Er wusste genau, wer er war und was er wollte. Er hatte einen starken Willen und feste Prinzipien. Egal, wie viel Geld man ihm bot - wenn er etwas nicht wollte, dann konnte man ihn nicht umstimmen. Malen bedeutete für ihn Freiheit, und die hätte er für nichts in der Welt aufgegeben."

„Wann haben Sie Tammena das letzte Mal gesehen?"

„Das war vor etwa drei Wochen. Ich kann Ihnen den genauen Termin gleich heraussuchen." Der Galerist nahm einen Kalender zur Hand und blätterte die letzten Seiten durch.

„Hat Tammena bei diesem Treffen anders gewirkt als sonst?"

„Wie meinen Sie das?"

„Nun, ist Ihnen an ihm etwas Besonderes aufgefallen? War er irgendwie fröhlich oder besorgt?"

Petersen schüttelte den Kopf.

„Hatte Tammena irgendwelche Feinde?"

„Nein. Er wollte ja nichts mit anderen Menschen zu tun haben. Deshalb ist er auch niemandem auf die Füße getreten."

Dirks seufzte. „Hatte er irgendwelche Freunde?"

„Es gab nur eine einzige Person, die ihm wirklich etwas bedeutet hat, und die hat er erst vor einem Jahr kennengelernt. Ich weiß nicht genau, wie sie es geschafft hat, aber sie hat seinen Panzer durchbrochen und neuen Schwung in sein Leben gebracht."

„Eine Frau?"

Petersen lachte. „Ein Mädchen. Seine Nachbarstochter Mareika. Sie hat seine Website gestaltet. Ich habe Tammena gefragt, ob sie auch meine machen würde, aber daran hatte sie kein Interesse."

„Hat er viel von Mareika erzählt?"

„Am Anfang hat er immer geschimpft, dass sie ihn nerven würde, aber wenn man selbst Kinder hat, dann merkt man schnell, wie solche Aussagen gemeint sind. Er hat sie von Anfang an gemocht."

„Gemocht?"

Petersen verstand zunächst nicht, was Dirks meinte.

Als er es verstand, verzog er angewidert das Gesicht. „Nein, er hat sie nicht begehrt. Für ihn war sie wie eine Enkeltochter. Er hatte ja selbst ein gutes Verhältnis zu seinen Großeltern gehabt, und der Kontakt zu Mareika hat bestimmt einige schöne Erinnerungen zurückgebracht."

„Was macht Sie so sicher, dass es nicht mehr war? Er war schließlich ein alleinstehender Mann."

„Nun, seit Tammena Mareika kennengelernt hatte, war er deutlich lockerer und hat auch ein paarmal persönliche Bemerkungen fallen lassen, aus denen ich geschlossen habe, dass in seinem Liebesleben alles in Ordnung war."

„Bitte lassen Sie uns an diesen Bemerkungen teilhaben und uns unsere eigene Meinung bilden."

„Nun, er hat sich regelmäßig mit Frauen getroffen. ‚Dating' nennt man das wohl heutzutage."

„Dating nennt man es, wenn man sich in einem Restaurant verabredet und der Herr nur fürs Essen bezahlt."

„Aber genau davon rede ich! Ein, zwei Mal im Monat hat er eine Frau ausgeführt und sich mit ihr einen schönen Abend gemacht. Er hat sie über das Internet kennengelernt."

Dirks zog überrascht die Augenbrauen hoch. „Wir haben in seinem Haus keinen Computer gefunden. Wie ist er online gegangen? Ich will nicht hoffen, dass er das über Mareikas Computer getan hat."

„Natürlich nicht. Das hat er über sein Smartphone gemacht. Er hat mir ganz begeistert erzählt, dass er sich eine Dating-App heruntergeladen hätte."

„Ein Mann, der keinen Laptop besitzt, kennt sich mit Smartphone und Apps aus?"

„Daran sehen Sie, was für einen Einfluss Mareika auf ihn hatte. Sie hat ihm quasi zu einem Technologiesprung verholfen, sodass er eine ganze Generation ausgelassen hat. Vorher war das Malen für ihn gleichsam Widerstand gegen die technisierte Welt, und über digitale Fotografie konnte er sich sehr aufregen. ‚Wenn man früher einen Film mit nur 36 Bildern in eine Kamera gelegt hat, musste man wenigstens ein bisschen über sein Motiv nachdenken', hatte er gesagt, ‚aber jetzt knipsen alle immer nur drauflos und meinen, die Wirklichkeit eingefangen zu haben. Aber nur, was man malt, ist die Wirklichkeit'. Nun, und dann kam er eines Tages mit einem Smartphone herein und wollte, dass ich ‚ein Selfie von ihm mache'. Da konnte ich ihm sogar noch erklären, dass man ein Selfie nur von sich selbst machen kann."

„Hat er Ihnen den Namen der Dating-App verraten?"

Petersen schüttelte den Kopf. „Ich bitte Sie, ich habe doch eine Familie. Aber seit ich davon wusste, habe ich es immer gesehen, wenn Tammena nach einem Treffen mit mir noch zu einem Date ging."

„Woran haben Sie das gesehen?"

„Wenn er nur geschäftlich zu mir kam, dann hatte er eine Jeans an und eine Strickjacke. Aber wenn er danach noch ein Date hatte, trug er einen Anzug. Ich glaube, er besaß nur einen, und selbst den hatte er sich wahrscheinlich nicht selbst gekauft, sondern im Kleiderschrank seines Großvaters gefunden."

Dirks holte ihr Handy heraus und zeigte dem Galeristen das Foto von Tammenas Leiche.

Auf Petersens Stirn bildeten sich Schweißperlen.

„Achten Sie bitte auf den Anzug, den Tammena trägt."

„Ja. Das ist sein Ausgeh-Anzug."

„Danke." Dirks zog das Handy zurück. „Wo waren Sie eigentlich am Dienstag zwischen 15:00 und 21:00 Uhr?"

Petersen verstand genau, was hinter dieser Frage steckte, und er wirkte darüber tief getroffen. „Sie haben sicherlich schon an meinen Öffnungszeiten gesehen, dass ich am Wochenanfang nicht hier bin. Am Dienstag war ich noch in Hamburg. Mein Sohn wird das bestätigen."

„Dann interessiert mich nur noch eines: Fällt Ihnen ein Grund ein, warum jemand Redolf Tammena ermordet haben könnte?"

Petersen schüttelte den Kopf. „Nein. Ich kann mir das nicht erklären."

Dirks blickte zu Breithammer. „Hast du noch eine Frage?"

Breithammer nickte. „Zwei, um genau zu sein. Sind Sie sicher, dass sich Tammena nur mit Frauen getroffen hat? Tammenas Eltern haben angedeutet, dass ihr Sohn homosexuell gewesen sein könnte."

„Ich bin mir sicher, dass er nicht schwul war. Sonst hätte er gewiss besser über den Grenzstein in Dangast geredet. Und was ist die zweite Frage?"

„Gab es vielleicht einen besonderen Kunden, der sich für die Bilder von Tammena interessiert hat? Jemanden, der viele oder besondere Werke von ihm erstanden hat? Einen ‚Fan', wenn man das in Ihrem Bereich so nennen kann?"

„Sie werden Verständnis haben, dass ich nur äußerst ungerne über meine Kunden rede", entgegnete Petersen. „In diesem Fall ist es aber ein offenes Geheimnis, dass Egge Jansen, dem die *Friesenhus Import-Export GmbH* gehört, und der ebenfalls ein Fördermitglied der ‚Freunde der Kunsthalle e.V.' ist, sehr viele von Tammenas Bildern besitzt. Im Foyer seiner Firma sind sie öffentlich zugänglich."

Dirks und Breithammer verließen die Galerie und gingen in Richtung Hafen. Dirks wollte nachdenken, und das ging besonders gut, wenn sie dabei aufs Wasser sehen konnte. „Der Anzug, den Tammena bei seinem Tod getragen hat, legt nahe, dass er am Dienstag ein Date hatte", sagte sie. „Das bedeutet, dass er an diesem Tag kein zwielichtiges Etablissement aufgesucht hat."

„Meinst du, die Frau, mit der er sich verabredet hat, hat ihn umgebracht?", fragte Breithammer.

„Wir müssen auf jeden Fall herausfinden, um wen es sich dabei handelt. Und auch, um welche Uhrzeit er sich mit ihr getroffen hat."

„Wie sollen wir das herausfinden? Wir haben Tammenas Telefon nicht, und seine Verbindungsdaten zeigen uns auch nicht an, welche Dating-App er benutzt hat."

„Verrückt, dass heute ein Smartphone ausreicht, um alles zu erledigen. Mittlerweile benutze selbst ich meinen Laptop kaum noch."

Sie gingen am Otto Huus vorbei, setzten sich beim Ratsdelft auf eine Bank und blickten auf die drei Museumsschiffe, die dort lagen.

„Als Technik-Neuling seinen Mörder über das Smartphone kennenzulernen, ist ein erschreckender Gedanke", stellte Breithammer fest.

Dirks holte ihr Handy hervor und rief den App-Shop auf.

„Was machst du?", fragte Breithammer. „Willst du dir etwa das Doppelkopfprogramm herunterladen, von dem ich dir erzählt habe?"

„Ich suche kein Spiel", entgegnete Dirks. „Ich habe bei Tammenas Lesesessel einen Notizzettel gefunden. Darauf standen die Wörter ‚Doubleroom' und ‚Bergsteiger'. ‚Doubleroom' bedeutet bekanntlich ‚Doppelzimmer'. Wäre das nicht ein passender Name für eine Dating-App?" Sie tippte das Wort ein.

„Tatsächlich." Breithammer schaute auf das Telefon. „‚Doubleroom - niveauvolle Partner für eine Nacht'."

Dirks lud das Programm herunter. „Dann ist ‚Bergsteiger' wahrscheinlich Tammenas Nutzername. Aber wir brauchen auch noch sein Passwort, um uns in sein Profil einzuloggen."

„Ich rufe Mareika Weinbecker an", sagte Breithammer. „Wenn sie seine Internetseite macht und in Sachen Smartphone berät, dann weiß sie vielleicht auch, ob er ein Passwort hat, das er immer wieder verwendet."

Zunächst hatte er Frau Weinbecker am Apparat, die ihn aufgeregt danach fragte, was es zu bedeuten hätte, dass sich am späten Nachmittag eine Psychologin mit ihrer Tochter unterhalten wollte. „Wir wollen nur sichergehen, dass wir uns keine Sorgen machen müssen", entgegnete Breithammer. „Dürfte ich kurz einmal mit Mareika sprechen?" Frau Weinbecker rief das Mädchen zu sich.

„Ja?", fragte Mareika.

„Hallo Mareika. Sag mal, weißt du, ob Redolf Tammena ein spezielles Passwort hatte, welches er immer wieder für seine Anwendungen benutzt hat?"

Das Mädchen schwieg, und Dirks konnte sich vorstellen, wie Mareika das Für und Wider dieser Information abwog, immerhin war das ein

Vertrauensbruch. Glücklicherweise entschied sie sich dafür, das Geheimnis zu verraten. „Er hat sich bei Photoshop einen Blauton ausgesucht, der die Nummer ‚0c156f' besitzt."

Dirks probierte diese Kombination mit dem Nutzernamen Bergsteiger aus. „Volltreffer." Sie konnte es selbst kaum glauben. „Ich bin drin."

„Vielen Dank, Mareika. Du hast uns sehr weitergeholfen." Breithammer legte auf.

Dirks öffnete die letzte Nachricht, die Tammena in der Dating-App bekommen hatte. „Er hatte am Dienstag um 18:30 Uhr eine Verabredung bei ‚Jantje Vis' mit einer Frau mit dem Nutzernamen *Blumenwiese*."

Breithammer strahlte. „Jetzt müssen wir nur noch herausfinden, wer Blumenwiese ist. Gibt es dazu keine Informationen?"

„Leider nicht. Als Profilbild benutzt sie lediglich eine Rose mit Wassertropfen. Ihr Alter gibt sie mit ‚30plus' an, außerdem ist ihre Haarfarbe ‚rot' und ihre Körpergröße ‚1,70'. Alle anderen Felder hat sie freigelassen. Da steht nur ‚schreib mir' samt lächelndem Smiley."

„Wie sagt man so schön? ‚Nur ein Geheimnis macht aus einer Frau eine Frau'."

Dirks ignorierte Breithammers Weisheit und suchte das Impressum des App-Anbieters. „Wie es aussieht, steckt leider eine amerikanische Firma hinter dieser App. Das ist ein echtes Problem. Wenn wir den offiziellen Weg über die Rechtshilfe gehen, dann wird es eine Weile dauern, bis wir herausfinden, wer Blumenwiese ist. Mist! Diese Frau ist bislang unsere Hauptverdächtige."

„Dann gehen wir eben nicht nur den offiziellen Weg."

Breithammer holte sein eigenes Smartphone hervor und suchte nach Doubleroom.

„Du machst doch hoffentlich nicht das, was ich denke?", fragte Dirks misstrauisch.

„Warum denn nicht?" Breithammer grinste. „Ich bin schließlich auch Single. Ich werde Blumenwiese eine Kontaktanfrage schicken. Vielleicht will sie sich ja mit *Blaulicht110* treffen."

Dirks nickte anerkennend für den Einsatz, den ihr Kollege zeigte. „Gute Idee. Aber was ist, wenn ihr dein Profil nicht gefällt und sie sich nicht bei dir meldet?"

„In der E-Mail steht doch, dass sie sich bei Jantje Vis treffen wollten", entgegnete Breithammer. „Vielleicht kann sich in diesem Restaurant jemand an sie erinnern."

„Jantje Vis ist kein Restaurant." Dirks zeigte auf die Bronzestatue eines Mädchens, das einen Korb mit Fischen trug. „Das dort ist *Jantje Vis.*" Die Kommissarin seufzte. „Aber wir können trotzdem durch die Restaurants in der Nähe gehen. Jetzt wissen wir ja auch, dass wir nicht nur nach Tammena fragen müssen, sondern auch nach einer relativ großen jungen Frau mit roten Haaren."

„Und was ist mit Egge Jansen?", fragte Breithammer. „Du weißt schon, dieser Unternehmer, der so viele Bilder von Tammena gekauft hat. Sollten wir ihm nicht auch einen Besuch abstatten?"

Dirks rief auf ihrem Smartphone die Homepage der *Friesenhus Import-Export GmbH* auf und wählte die Telefonnummer. Sie ließ sich mit dem Vorzimmer von Egge Jansen verbinden und bat um einen Termin mit dem Firmenchef. Die Sekretärin sagte, er wäre auf einer Dienstreise und käme erst am Abend zurück, wenn die Lesung mit Fenna Gerdes im Foyer der Firma stattfinden würde. Die Kommissarin legte auf. „Zu der Lesung bin ich ohnehin eingeladen."

10. Kulturabend

In den Cafés, die unmittelbar am Stadtgarten lagen, konnten sich die Angestellten weder an Tammena noch an eine rothaarige Frau erinnern. Dafür bekamen Dirks und Breithammer eine delikate Ostfriesentorte im Grandcafé serviert. Natürlich gab es noch mehr Restaurants und Szenekneipen in der Innenstadt, und Dirks gab die Beschreibung von Blumenwiese an die Kollegen weiter, die sowieso schon dabei waren, in den Läden Erkundigungen einzuholen. Außerdem rief sie Saatweber an, damit er den offiziellen Weg einschlug, um die Person hinter dem Namen Blumenwiese zu ermitteln.

Als sie wieder zur Dienststelle nach Aurich fahren wollten, erlebten sie eine Enttäuschung. Bei der Ausfahrt vom Parkhaus am Wasserturm wurde die Parkkarte vom Automaten nicht eingezogen, sondern der Fahrer musste sie wieder entgegennehmen, bevor sich die Schranke öffnete. Damit gab es keine Möglichkeit herauszufinden, wann Tammena am Dienstag mit seinem Volvo das Parkhaus verlassen hatte. Trotzdem war Dirks zufrieden. Nachdem die ersten Ergebnisse heute Morgen so ernüchternd gewesen waren, fühlte es sich so an, als ob sie mittlerweile doch schon recht weit gekommen waren. Diese Einschätzung wurde auch nicht dadurch geschmälert, dass die Kollegen in der Dienststelle keine weiteren Erfolge vorzuweisen hatten. Die Befragung von Leuten, die am Dienstag in Emdens Innenstadt gearbeitet hatten, war eine längerfristige Angelegenheit, und die Bitte um Hinweise aus der Bevölkerung stand erst morgen in der Zeitung. Dirks verabschiedete sich schließlich von Breithammer mit der Aufforderung, dass er sie sofort anrufen sollte, wenn sich Blumenwiese schon heute Abend bei ihm melden würde.

Bevor sie wieder nach Emden zur Lesung aufbrach, fuhr Dirks noch in ihre Wohnung, um sich frisch zu machen und etwas Passendes für eine Kulturveranstaltung anzuziehen. Sie war froh darüber, dass sie die Lesung von Fenna nun dienstlich besuchen konnte, das machte es für sie spannender, als „nur" Gedichten zu lauschen.

Natürlich freute sie sich auch auf Iba. Einen Cocktail mit ihr zu trinken, wäre schön. Heute fühlte sich Dirks deutlich entspannter als gestern Abend, wo sie noch so wenig Fakten über den Mordfall gehabt hatte und sogar noch den Eltern des Opfers hatte begegnen müssen, bevor sie zu Iba gefahren war. Auch deshalb hatte sie sich gar nicht richtig auf ihre Freundin einlassen können.

Der Abendhimmel war sternenklar. Dirks fuhr auf den Parkplatz der Firma Friesenhus Import-Export GmbH und zog noch einmal ihren Lippenstift nach. Sie lächelte, als sie sich im Spiegel der Sonnenblende überprüfte. Normalerweise hätte sie sich nicht so hübsch gemacht und ein Kleid angezogen. Für eine Lesung war das zu viel, aber sie hatte sich auch gar nicht wegen der Lesung so angezogen, sondern wegen Iba. Sie wollte neben ihrer Freundin nicht farblos aussehen, sondern Stärke ausstrahlen und ihr zeigen, dass sie mittlerweile gelernt hatte, wie man ein Outfit zusammenstellt. Es war ein seltsames Gefühl, plötzlich jemanden außerhalb der Polizeidienststelle zu kennen. Es wäre schön, öfter mit Iba ausgehen zu können. Wer weiß, vielleicht würde sie ja dadurch auch irgendwann einen netten Kerl kennenlernen. Früher war es schließlich auch so gewesen.

Dirks stieg aus und ging auf das Gebäude zu. Es handelte sich um einen alten Speicher, der komplett saniert worden war, ohne dabei seine eigene Romantik verloren zu haben. Diese Stimmung wurde auch durch die beiden Feuerschalen erzeugt, die links und rechts vom Eingang von zwei säulenartigen Konstrukten aus rostrotem Eisen getragen wurden. Dahinter stand ein ordentlich gekleideter junger Mann mit einem Tablett voller Sektgläser. Egge Jansen hatte offensichtlich Stil.

Neben der Tür hing in einem großen Glasrahmen ein Poster von Fenna Gerdes, die einen offenherzig und zufrieden anlächelte, während sie ein aufgeschlagenes Buch in der Hand hielt.

Innen war es dunkler, als Dirks erwartet hatte. Die Strahler an der hohen Decke waren nicht an, stattdessen gab es eine Vielzahl von einzelnen kleinen Lichtern in der Halle. An den Wänden wurden die ausgehängten Bilder angestrahlt, auf den Tischen mit den Häppchen gab es kleine Leuchter, und ganz vorne, vor den Stuhlreihen beim Lesepult schien das hellste Licht. Dort hing wieder ein Poster von Fenna in einem Glasrahmen, aber die Dichterin selbst konnte Dirks nirgendwo entdecken. Die Wände des Foyers bestanden aus roten Ziegeln, die Stahlträger waren aschgrau gestrichen. Der Empfangstresen war mit einem weißen Tuch abgedeckt und diente als Büchertisch. Ansonsten gab es noch eine Ecke, in der Sand aufgeschüttet worden war, auf dem ein Strandkorb mit blau-weißer Sonnenmarkise stand. Um diesen herum standen alle Produkte, die die Friesenhus Import-Export GmbH vertrieb, vielleicht gehörte der Strandkorb selbst auch dazu.

„Diederike! Schön, dass du kommen konntest!" Iba umarmte ihre Freundin. „Toll siehst du aus!"

„Du aber auch." Dirks war völlig baff. Im Vergleich mit Iba fühlte sie sich plötzlich alles andere als attraktiv. Die Blondine sah umwerfend aus. Sie besaß einfach eine natürliche erotische Ausstrahlung, und Dirks war es unbegreiflich, wie Jürgen sie mit einer anderen hatte betrügen können. Iba trug genau wie sie ein schwarzes Kleid, welches allerdings hübsch schimmerte. Der Rock war etwas länger, und sie zeigte weniger Dekolleté, dafür war der Rückenausschnitt umso größer. Diederike freute sich für sie. Sie war froh, dass Iba unter Leute ging, anstatt heulend in ihrem Zimmer zu sitzen und in den Kisten ihrer Kindheit zu wühlen. „Ich hätte nicht gedacht, dass es sogar Häppchen gibt." Erst jetzt merkte Dirks, dass sie heute zu wenig gegessen hatte. Doch gerade, als sie sich einen ersten Überblick verschaffen wollte, klingelte ein helles Glöckchen.

Einige Leute stellten ihre Sektgläser ab und schlenderten zu den Stuhlreihen. Außerdem wurde die Eingangstür geschlossen.

„Na prima", bemerkte Dirks sarkastisch.

„Für die Häppchen hast du nachher noch Gelegenheit." Iba nahm ihre Freundin am Arm. „Du sitzt natürlich mit mir in der ersten Reihe."

Das Glöckchen erklang ein zweites Mal, und diesmal verteilten sich auch die letzten Kulturinteressierten auf die Plätze.

Eigentlich hätte sich Dirks lieber hinten an den Rand gesetzt, um die ganze Veranstaltung aus der Distanz beobachten zu können. Aber sie war auch gut genug vorbereitet, um in der ersten Reihe überleben zu können. In ihrer Handtasche befanden sich ausreichend Papiertaschentücher und vor allem eine Packung Halsbonbons, denn nichts war peinlicher, als bei solch einer Veranstaltung einen Hustenanfall zu bekommen und alle Blicke auf sich zu ziehen.

Zunächst trat allerdings nicht Fenna vor das Mikrofon, sondern ein schlanker, hochgewachsener Mann in einem gut sitzenden Anzug. Er hatte dunkles Haar und einen ordentlich frisierten Bart, seine Augen waren strahlend blau. War das etwa der Firmeninhaber? Er war viel jünger, als Dirks es erwartet hatte, sie schätzte ihn auf Mitte dreißig.

„Herzlich willkommen", sagte er mit einem warmen Lächeln und einem amerikanischen Akzent. „Mein Name ist Egge Jansen, und ich bin heute Abend Ihr Gastgeber."

Er hatte keinen Ehering am Finger, aber sicherlich hatte er eine hübsche junge Freundin. Dirks blickte sich um, doch sie sah nirgendwo ein Mädchen, welches dafür infrage kommen könnte. Seltsamerweise machte sie das froh, genauso wie die Tatsache, dass sie in der ersten Reihe saß und ein Kleid trug. Zum Glück war sie dem Unternehmer nicht zuerst als Kommissarin in seinem Büro begegnet.

„Bevor wir unseren wundervollen Gast, die Dichterin Fenna Gerdes, begrüßen, möchte ich auf ein aktuelles Ereignis eingehen, das mich sehr erschüttert hat. Vorhin hat mich die Nachricht erreicht, dass der Maler Redolf Tammena ermordet worden ist. Wie Sie vielleicht schon bemerkt haben, hängen viele seiner Bilder in diesem Raum, denn ich habe seine Werke sehr bewundert. Sie drücken für mich alles aus, was Friesland ausmacht, und weswegen ich zurück nach Emden gekommen bin.

Obwohl die USA das ‚Land der Freiheit' genannt werden, habe ich mich erst hier wirklich frei und zu Hause gefühlt. Ich möchte Sie also bitten, mit mir eine Schweigeminute für den Künstler einzulegen."

Die Leute erhoben sich und neigten die Köpfe.

Dirks gedachte nicht an Tammena. Sie achtete nur auf Egge Jansen, der die Besinnung auf den Toten sehr ernst nahm und mit gesenktem Kopf reglos nach unten starrte. Es wirkte fast so, als hätte jemand die Zeit angehalten, und nur sie alleine konnte sich bewegen. Dieser Gedanke zauberte ein wohliges Lächeln auf Dirks' Gesicht, und sie wünschte sich, dass dieser Zustand anhalten würde. Doch offensichtlich strahlte sie diesen Wunsch zu intensiv aus, denn Egge Jansen hob den Kopf und schaute irritiert zu ihr. Schnell senkte Dirks schuldbewusst den Blick, während ein Raunen durch den Raum ging und alle wieder nach vorne schauten.

Egal, woran die Leute in Wirklichkeit gedacht hatten, dieser meditative Akt hatte etwas Reinigendes gehabt, und man erwartete Fennas Gedichte mit neuer Offenheit. Fenna betrat den Raum, und die Leute klatschten. Es war mehr als ein Applaus aus Höflichkeit, darin schwang echte Bewunderung mit. Die Poetin sah aber auch umwerfend aus und wirkte fast noch schöner als ihre Tochter. In ihrer Seidenbluse und dem Rock wirkte sie zwar mehr wie eine Geschäftsfrau, aber vielleicht unterstrich das auch gerade ihre Ausstrahlung als jemand, der sein Leben meisterte und etwas zu sagen hatte.

Bedeutungsvoll öffnete sie ihr Buch und räusperte sich apart. „Gollen Sünn ward sülver." Sie fixierte das Publikum mit strengem Blick. „Gollen Sünn ward sülver." Obwohl erneut eine Pause folgte, ging Dirks nicht davon aus, dass Fenna den Titel des Gedichts wiederholt hatte, sondern dass es sich dabei gleichzeitig um die erste Zeile handelte. „Gollen Gleem blenkert un schient un schillert wunnerbor op de Watt."

Dirks fühlte einen Hustenreiz. Schnell öffnete sie ihre Handtasche und holte die Halsbonbons heraus. *Es wäre schön, wenn jemand mal spezielle ‚Theaterbonbons' erfinden würde, in einer Packung, die sich ohne Knistern und Rascheln öffnen lässt.* Die Kommissarin erntete einige empörte Blicke. *Wenigstens schillert das Bonbon wunnerbor.* Sie wollte sich gerade wieder auf Fennas Vortrag konzentrieren, als sie Ibas Ellenbogen in der Seite spürte.

Iba blickte weiter zu ihrer Mutter, doch ihre Hand forderte die Halsbonbons. Nachdem sie sich einen aus der Packung herausgenommen hatte, reichte sie sie allerdings nicht zurück zu ihrer Freundin, sondern die Rachenschmeichler wanderten weiter nach rechts und verschwanden aus Dirks' Blickfeld. Sie machte sich eine innerliche Notiz, dass sie das nächste Mal zwei Packungen einstecken musste.

Glücklicherweise reichte ihr aktuelles Bonbon sehr lange, und nachdem sie es irgendwann aufgelutscht hatte, bekam sie die Packung sogar passenderweise zurück. Das letzte Bonbon hatte sich niemand getraut zu nehmen, das war ostfriesische Höflichkeit. Dirks steckte sich den Nachschub in den Mund und nahm sich Zeit, um die leere Packung auf originelle Weise zu falten. Nachdem ihr Origami-Versuch nicht mehr zu retten war, steckte sie ihn in die Handtasche, wo sie gleichzeitig auf ihr Smartphone schielte, um zu sehen, ob sie eine Nachricht von Breithammer erhalten hätte.

Doch das Signallicht auf dem Handy blinkte nicht. Vielleicht war das auch gut so. Vielleicht war es besser, wenn sie den Echtnamen von Blumenwiese auf dem offiziellen Weg erfahren würden als über ein privates Date zwischen Breithammer und der Unbekannten.

Fenna Gerdes kündigte das letzte Gedicht an, und dass sie danach am Büchertisch ihre Werke signieren würde und man ihr dort auch Fragen stellen könnte. „Eine Frage, die mir erfahrungsgemäß garantiert gestellt wird, werde ich sofort beantworten", sagte sie. „Wie komme ich auf die Ideen für meine Werke? Nun, das ist einfach Ostfriesland. Die Ideen befinden sich an unserem einzigartigen Himmel, auf den leuchtenden Feldern, an den grünen Deichen, im herrlichen Watt und natürlich im Tee. Wer Schönes sieht, will dichten."

Das Publikum gab diese Schmeichelei mit einem satten Applaus zurück, der am Ende der Lesung noch einmal gesteigert werden konnte. Fenna durfte auch nicht sofort zum Büchertisch gehen, sondern bekam zuvor noch einen riesigen Blumenstrauß von Egge Jansen überreicht.

„Das hat Mama echt großartig gemacht." Iba freute sich. „Ich will ihr auch gratulieren."

„Ich mache das später, wenn der Andrang vorbei ist", sagte Dirks. „Gerade sind die Schnittchen so schön einsam." Sie ging allerdings nicht zu den Tischen der Caterer, sondern behielt stattdessen Egge Jansen im Auge, der von ein paar älteren Damen in Beschlag genommen worden war.

Sie spielte mit dem Gedanken, sich dem Unternehmer nicht als Hauptkommissarin vorzustellen, sondern als Privatperson. Es gab keinen zwingenden Grund, warum sie sich in dieser Situation selbst in den Dienst versetzen musste. Es wäre schön, einmal ein nettes Gespräch mit einem Mann in ihrem Alter zu führen. Sie überlegte, wann sie das letzte Mal mit jemandem geflirtet hatte und zweifelte daran, dass sie das überhaupt schon mal getan hatte. Egge Jansen wirkte interessant, mit ihm wollte sie flirten. Heute Abend war heute Abend, für ein Gespräch über Redolf Tammena konnte sie doch morgen früh mit seiner Sekretärin ein Gespräch vereinbaren.

Iba kehrte zurück zu ihr. „Du hast dir ja doch keine Schnittchen geholt."

„Es gab keine mehr mit Granat." Dirks' Herz schlug schneller, als sie bemerkte, dass plötzlich auch Egge Jansen auf sie zukam.

„Moin", sagte er freundlich und schüttelte ihr angenehm fest die Hand. Dann wandte er sich Iba zu. „Sie müssen Fennas Tochter sein. Sie hat mir erzählt, dass Sie gestern aus Stuttgart gekommen sind. Und das aus einem traurigen Anlass."

Normalerweise hätte Dirks diese Worte für künstlich und aufgesetzt gehalten, aber mit seinem amerikanischen Akzent klangen sie ehrlich und voller Anteilnahme. Das empfand Iba offensichtlich auch so, denn in ihren Augen bildeten sich Tränen.

„Jetzt haben Sie ja was angerichtet", sagte Dirks gespielt vorwurfsvoll. „Wo wir doch an diesem wundervollen Abend so schön vom Ernst des Lebens abgelenkt worden sind." *Warum rede ich bloß so geschwollen?*, ärgerte sie sich. Leider geschah das immer, wenn sie nervös war.

Iba nahm ein Taschentuch zur Hilfe, um ihre Mascara von den Tränen unversehrt zu halten, doch sie merkte selbst, dass ihr das nicht gelingen würde. Sie lächelte peinlich berührt, was allerdings entzückend aussah. „Diederike ist übrigens Kommissarin", sagte sie, um von sich selbst abzulenken. „Sie leitet die Untersuchung im Mordfall des toten Malers."

Vielen Dank auch, Iba, dachte Dirks sarkastisch. Damit war ihr die Entscheidung, wie der Unternehmer sie kennenlernen würde, abgenommen worden. Aber vielleicht war das ja auch ein Umstand, mit dem sie bei ihm punkten konnte, denn bisher wirkte er leider mehr an Iba interessiert als an ihr.

Allerdings wich aus dem Gesicht des Kunstsammlers jegliche Warmherzigkeit. „Und dann sind Sie hier?", empörte er sich. „Wie können Sie sich vergnügen, wenn Sie einen Mörder fassen müssen?"

„Ich bin hier, um Sie zu treffen", entgegnete Dirks und ärgerte sich darüber, dass das wie eine Verteidigung klang. „Ich wollte Sie vorhin schon in Ihrem Büro aufsuchen, aber Ihre Sekretärin hat mir mitgeteilt -"

„Warum wollen Sie mich sprechen?", unterbrach er sie, „was habe ich denn mit der ganzen Sache zu tun?" Dann begriff er. „Den Blick, mit dem Sie mich gerade ansehen, kenne ich von meinen Mitarbeitern", sagte er. „Es ist der letzte Blick, bevor sie gefeuert werden." Ungläubig schüttelte er den Kopf. „Sie haben keine Ahnung! Sie haben nicht die geringste Spur, wer Tammena ermordet haben könnte. Deshalb suchen Sie jeden auf, der auch nur im Entferntesten etwas mit ihm zu tun hatte."

„Laut unseren Informationen kannten Sie den Maler persönlich." Dirks versuchte, so viel Sachlichkeit in ihre Stimme zu legen, wie sie konnte. Wenn sie Jansen schon als Kriminalkommissarin gegenüberstand, dann wollte sie diese Rolle wenigstens voll einnehmen.

„Ich habe ihn einmal bei seinem ‚offenen Atelier' aufgesucht, weil ich ihn kennenlernen wollte. Aber ich respektiere, wenn ein Mensch niemanden an sich heranlassen will, und wollte mich ihm nicht aufdrängen. Tammena war eben jemand, der alleine am besten zurechtkam. Umso mehr habe ich danach seine Bilder bewundert, denn sie haben seitdem noch unabhängiger und kräftiger auf mich gewirkt."

„Das war Ihr einziges Treffen mit Tammena?", fragte Dirks. „Sie besitzen so viele Bilder von ihm. Wäre es nicht günstiger für Sie, die Bilder direkt von ihm zu kaufen, anstatt über die Galerie Petersen?"

Jansen schnaubte verächtlich. „Ich bin niemand, der sich erst etwas im Laden ansieht und das Produkt dann über das Internet bestellt, nur um ein paar Euro zu sparen. Immo Petersen ist ein Ehrenmann, und ich beziehe meine Bilder sehr gerne über ihn. Sonderangebote sind nur etwas für Menschen in Ihrer Gehaltsklasse."

„Was haben Sie am Dienstag zwischen 15:00 und 21:00 Uhr gemacht?"

„Hören Sie auf, mich zu belästigen, und machen Sie gefälligst Ihre Arbeit. Sonst werde ich dafür sorgen, dass Sie nie wieder arbeiten."

Dirks schluckte. Normalerweise würde sie es niemals auf sich sitzen lassen, wenn ihr jemand drohte, aber in diesem Moment konnte sie nichts sagen. Und dann war die Gelegenheit für eine schlagfertige Antwort schon vorbei.

„Hören Sie gefälligst auf, meine Freundin zu beleidigen", sagte Iba bestimmt. „Gute Arbeit braucht nun mal ihre Zeit. Freuen Sie sich lieber, dass wir Ihre

Veranstaltung besuchen, und benehmen Sie sich wie ein Gastgeber und nicht wie ein Rüpel. Seit ich hier stehe, hat mir noch niemand ein Glas Sekt angeboten."

Egge Jansen öffnete den Mund, um etwas zu erwidern, schloss ihn aber, ohne es getan zu haben. Stattdessen winkte er den jungen Mann herbei, der mit einem Tablett voller Gläser umherging. Dirks verzichtete auf das Getränk.

„Und jetzt würde ich gerne wissen, warum der Tod des Malers Sie so sehr getroffen hat, wenn Sie ihn gar nicht persönlich gekannt haben", sagte Iba, während sie mit Egge anstieß. „Zeigen Sie mir Ihr Lieblingsbild von ihm, und erklären Sie mir, was genau Sie darin sehen." Sie bot ihm galant den Ellenbogen an, und der Kunstsammler führte sie zu einem großformatigen Gemälde, das zeigte, wie sich der Himmel in einem Priel widerspiegelte.

So war es immer, dachte Dirks. *Die Jungs reißen sich um Iba.* Aber lernte sie dadurch nicht wenigstens auch ein paar Jungs kennen? *Es sind eben nur die Jungs, die eigentlich etwas von Iba wollen, und für die ich nur zweite Wahl bin.* Dirks erinnerte sich plötzlich wieder daran, dass sie gar nicht so unglücklich darüber gewesen war, als sich nach der Schulzeit ihre Wege getrennt hatten. *Ich wollte nicht mehr zweite Wahl sein. Ich wollte nicht mehr für sie die Kastanien aus dem Feuer holen und sie vor Typen beschützen, die nur das Eine wollen.*

Dirks beschloss, nach Hause zu fahren. Wenn es stimmte, dass Jansen den Maler auf dem Fahrrad gar nicht persönlich gekannt hatte, dann war er für diesen Fall irrelevant, und sie musste ihm glücklicherweise keinerlei Beachtung mehr schenken.

Bevor sie ging, schlenderte sie noch zu Fenna. Die

Menschentraube vor dem Büchertisch hatte sich inzwischen aufgelöst. Es erfüllte sie mit Stolz, dass sie die Hauptperson dieser Veranstaltung kannte, und von Ibas Mutter hatte sie schon öfter mal ein tröstendes Wort bekommen. „Viele Bücher sind nicht mehr übrig", sagte Dirks. „Das sieht doch nach einem erfolgreichen Abend aus."

„Man legt von vorneherein nicht so viele Bücher aus", entgegnete Fenna, „damit es am Ende nach einem erfolgreichen Abend aussieht."

„Ich hätte auch gerne eines." Dirks griff zielsicher nach dem günstigsten Buch. „Natürlich signiert."

Fenna lächelte und schrieb etwas vorne hinein. Als Dirks ihr Portemonnaie zückte, wehrte die Dichterin ab. „Du weißt genau, dass ich dir das Buch schenke."

Dirks schlug die Widmung auf. „‚Für Diederike, den besten Sheriff der Welt.' Vielen Dank!" Sie fühlte sich verpflichtet, noch etwas zu sagen. „Ich fand das übrigens sehr schön in dem ersten Gedicht", sagte sie. „Da, wo es ‚gülden schillert'."

„Dabei hatte ich bei dem Gedicht eher an Goethe gedacht und nicht an Schiller." Fenna grinste. „Iba hat mir übrigens davon erzählt, dass du mich dabei beraten würdest, wenn ich einen Kriminalroman schreiben würde. Das ist sehr nett. Aber wie du siehst, läuft es mit den Gedichten sehr gut."

„Das kann man wohl sagen." Dirks freute sich, dass Fenna ihre Idee mochte. „Aber reizt es dich nicht, das mal auszuprobieren? Auf zwei Beinen steht man schließlich immer stabiler als auf einem."

„Okay, Diederike, weil du es bist, werde ich es dir erklären. Du bist nämlich nicht die Erste, die mir diese Anregung gibt. Eigentlich kommt nach jeder Lesung jemand auf mich zu und schlägt mir das vor. Das gehört zu den richtig ätzenden Fragen, die einem nach solch einer Veranstaltung gestellt werden, denn sie zeigt, dass dem Hörer eigentlich nicht gefallen hat, was man gerade gelesen hat. Du weißt nämlich gar nicht, wie stolz ich sein kann auf das, was ich erreicht habe. Normalerweise kann man mit Gedichten nichts verdienen, aber ich gehöre zu den Wenigen, die in dieser Nische erfolgreich sind. Als Romanautorin müsste ich bei null anfangen, und der Erfolg wäre dabei auch nicht garantiert. Ein Gedicht fällt mir instinktiv ein, aber für einen Roman würde ich Jahre brauchen! Und vielleicht würde ich ihn sogar niemals beenden, denn ich bin bei so etwas äußerst perfektionistisch. Nein, Diederike, es gibt für mich keinen Grund, etwas Neues zu probieren. Ich stehe bereits mit beiden Beinen im Leben."

„Tut mir leid, ich wollte dich nicht kränken."

„Schon in Ordnung." Fenna lächelte versöhnlich. „Ich freue mich ja, dass du gekommen bist, obwohl du lieber Krimis als Gedichte liest. Hast du übrigens noch einen Halsbonbon? Ich bin ein wenig heiser."

„Leider sind sie alle."

Da niemand weiteres mehr kam, der ein Buch kaufen wollte, stand Fenna auf, um ihre Sachen zusammenzupacken. Sie holte unter dem Tisch einen Pappkarton hervor, in den sie die verbliebenen Bücher einpackte. Außerdem hatte sie dort eine schwarze Kunststoffmappe, die so groß war, dass man sogar einen Stapel Flipchartblöcke darin hätte transportieren können. „Wärst du so lieb und sammelst die Plakate in den Glasrahmen für mich ein? Insgesamt müssten es vier sein, die hier irgendwo hängen. Mit deinen detektivischen Fähigkeiten findest du sie bestimmt schnell.“

„Das mache ich doch gerne.“ Dirks begann mit dem Plakat vom Rednerpult. Außerdem hing noch eines an der Wand hinter Fenna. Das vierte würde sie gewiss finden, wenn sie das Poster von der Eingangstür holen würde. „Das ist schön mit dem Glas vor dem Plakat, so sieht es viel edler aus“, sagte Dirks, während sie den Rahmen in die Plastikmappe steckte. „Solche Details machen viel aus.“

„Ja, es muss schon ein bisschen Stil haben. Die Leute erwarten heutzutage ein professionelles Event, und wenn sie ein Glas Sekt bekommen, dann sind sie auch eher dazu bereit, ein Buch zu kaufen. Die Häppchen und die Fackeln draußen hat Egge Jansen gestellt. Aber das mit den Glasrahmen mache ich immer. Dadurch halten die Poster auch länger, und ich kann sie immer wieder verwenden. Ich brauche unten nur ein neues Datum und die Uhrzeit draufzukleben.“

Dirks wollte das Plakat vom Eingang holen, da kam Iba auf sie zu. Sie strahlte, und ihre Augen funkelten noch mehr als ihr Kleid. „Egge hat mich zum Essen eingeladen!“ Sie lachte. „Morgen gehen wir im Parkhotel frühstücken.“

„Was ist denn mit deiner Männer-Diät?“

„Ach, ich habe noch nie eine Diät durchgehalten.“

„Es sind gerade erst zwei Tage verstrichen!“ Dirks seufzte. „Aber wer weiß, vielleicht ist das ja auch die beste Therapie, um Jürgen zu vergessen.“

11. Experimentelle Phase

Am Samstagmorgen war Dirks noch früher als sonst im Büro. Sie hoffte, einige Berichte vorzufinden. Leider gab es nur eine E-Mail von Saatweber. Der Staatsanwalt hatte ihr geschrieben, dass er alles in die Wege geleitet hatte, um den Echtnamen von Blumenwiese bei der Doubleroom-App zu bekommen, aber dass das in Zeiten, in denen man die USA wegen ihrer Abhörpraktiken kritisierte, sehr lange dauern konnte. Enttäuscht nahm sich die Kommissarin noch einmal den Obduktionsbericht und die Infos vor, die Breithammer über Tammena zusammengetragen hatte. Darin befand sich auch der Artikel mit dem Interview, das der Künstler der Emder Zeitung gegeben hatte. Dirks versuchte zwischen den Zeilen irgendeinen Hinweis zu entdecken, doch es gelang ihr nicht.

Nach und nach trudelten weitere Teilergebnisse der Kollegen ein. Dirks strich die Läden und Restaurants, bei denen sich niemand daran erinnern konnte, Tammena gesehen zu haben, von ihrer Liste, aber es blieben noch etliche übrig. Natürlich brauchte solch eine Befragung Zeit und das galt auch für die Nachbarn der Riekens am Kleinen Meer, ob sie ein Boot vermissen würden. Weil Wochenende war, waren die Leute noch schwerer erreichbar. Dirks wusste, dass sie geduldig sein musste, trotzdem fühlte sie Frust.

Es nagte an ihr, was Jansen gestern gesagt hatte. *„Sie haben keine Ahnung. Sie haben nicht die geringste Spur."* Hatte er recht?

Natürlich wäre die ganze Sache einfacher, wenn sie ein paar Genspuren gefunden hätten oder die Tatwaffe.

Aber irgendeine Spur würden sie finden, da war sich Dirks sicher. *Alle Mörder machen Fehler.* Spätestens Montag früh, wenn die gesamte Mordkommission wieder zusammenkommen würde, würden sie etwas in der Hand haben. *Oder unterschätze ich den Täter?*

Es klopfte an der Tür, und Breithammer erschien mit seinem entspannten Guten-Morgen-Grinsen.

„Hat sich Blumenwiese bei dir gemeldet?"

„Dann hätte ich dich angerufen."

„Ich sag doch, dass ihr dein Profil nicht gefallen hat. Es muss schließlich einen Grund dafür geben, warum du keine Freundin hast."

Breithammers Gesichtsausdruck normalisierte sich. „Ich muss zu oft die schlechte Laune meiner Chefin ertragen, das macht mich unausstehlich."

„Du solltest deiner Chefin eine Tasse mit frischem Kaffee bringen, vielleicht hebt sich ihre Laune dann."

„Das werde ich gleich ausprobieren. Aber erst mal interessiert mich, wie das Gespräch der Psychologin mit Mareika Weinbecker gelaufen ist."

„Ich lese dir die wesentlichen Passagen aus ihrer E-Mail vor." Dirks wandte sich ihrem Bildschirm zu und öffnete das Schreiben der Psychologin. „‚Mit Mareika ist alles in Ordnung, und wenn ich dieses tolle Mädchen früher kennengelernt hätte, hätte ich mich vielleicht dazu entschlossen, doch selbst Kinder zu bekommen. Außerdem hat mir Mareika einen äußerst vorteilhaften Handyvertrag vermittelt.' Ich hoffe, das offizielle Gutachten ist professioneller formuliert."

„Du klingst enttäuscht."

„Nicht darüber", entgegnete Dirks. „Natürlich bin ich heilfroh, dass Tammena dem Mädchen nichts angetan hat. Ich würde mir einfach nur wünschen, dass wir einen klitzekleinen Hinweis auf den Täter fänden. Bisher haben wir ausschließlich das Opfer."

„Um ehrlich zu sein, habe ich schon gestern in der Besprechung gedacht, dass dieser Fall eine harte Nuss ist."

„Ich weiß nicht, ob das eine gute Metapher ist. Wenn die Nuss hart ist, muss der Nussknacker einfach nur stärker drücken. Aber wie sollen wir stärker drücken? Wem sollen wir auf die Finger klopfen? Das Problem ist, dass wir nur einen *Fundort* haben, aber keinen *Tatort*. Ein Tatort verrät viel mehr, dort kann man niemals alle Spuren beseitigen. Ein Tatort lässt es zu, sich auf eine gewisse Gruppe von Menschen zu beschränken, aber hier kommt theoretisch jeder infrage."

„Du weißt selbst, dass das nicht stimmt. Jeder Täter braucht ein Motiv."

Dirks überlegte. „Du hast recht. Das Motiv ist der Schlüssel zum Täter. Und das Motiv befindet sich beim Opfer."

„Allerdings kann ich mir nicht vorstellen, welches Motiv jemand haben sollte, um Redolf Tammena umzubringen. Je mehr ich den Maler kennenlerne, desto sympathischer finde ich ihn."

„Dann müssen wir ihn eben noch mehr kennenlernen." Dirks stand auf und griff nach ihrer Jacke. „Ich werde noch mal zum Haus des Malers fahren und mich dort umsehen."

„Soll ich mitkommen?"

Dirks schüttelte den Kopf. „Dein kurzer Überblick über Tammenas Leben in der Besprechung gestern war sehr gut, versuche, das noch genauer auszuarbeiten. Wir brauchen ein möglichst genaues Profil des Künstlers. Außerdem sollten wir uns nicht nur auf den letzten

Dienstag konzentrieren, sondern auch so viel, wie möglich, über die Tage vorher zusammentragen. Geh die Aktenordner durch, die wir aus seinem Atelier mitgenommen haben. Wer waren seine letzten Käufer? Hat er Anfragen nach Bildern bekommen, oder hat jemand sein Atelier besucht? Aber vor allem: Lass dein Handy nicht aus den Augen, falls sich Blumenwiese bei dir meldet. Bei den wenigen Kontakten, die Tammena hatte, ist sie unsere wichtigste Zeugin. Und vielleicht sogar mehr als das."

„Du meinst, sie hat Tammena ermordet?"

„Möglich. Vielleicht ist sie aber auch das Motiv."

*

Iba betrat den Frühstücksraum des *Upstalsboom Parkhotel* in Emden und erspähte Egge Jansen am heimeligsten Tisch hinten in der Ecke, mit herrlichem Blick hinaus ins Grüne. Sie hoffte inständig, dass es sich bei diesem Treffen um ein Date handelte, obwohl die Tageszeit dafür äußerst ungewöhnlich war. Aber das war auch etwas, was ihr gefiel. Sie wollte etwas ungewöhnliches tun, sie brauchte etwas Besonderes. Das hatte sie gerade heute früh gemerkt. Es war zwar einerseits schön, wieder in Dornum bei ihrer Mutter zu sein, andererseits waren es nicht nur positive Erinnerungen, die sie mit ihrem Elternhaus verband, und man konnte sich leider nicht aussuchen, nur die schönen Empfindungen zuzulassen. Heute früh war sie mit einem bitteren Gefühl von Enge erwacht, das sie sehr lange nicht mehr gekannt hatte. Sie hätte niemals geglaubt, dass ihr bereits nach zwei Tagen wieder die Decke ihres alten Zimmers auf den Kopf fallen würde.

Bestimmte Muster wurde man eben niemals los. Es lag nicht an der Landschaft, obwohl sie dieser offiziell die Schuld dafür gegeben hatte, dass sie nach Süddeutschland gezogen war. Nein, die Landschaft war nicht langweilig, eigentlich mochte sie die flachen Felder und den weiten Himmel. Es war ihr Zuhause, das sie mit Einschränkungen verband. Immer, wenn sie sich etwas gewünscht hatte, war es mit der Begründung abgelehnt worden, dass sie es sich nicht leisten könnten. So gerne hätte sie einmal eine Reise in ein weit entferntes Land gemacht. Sie hatte immer die anderen Schulkinder beneidet, die in den Ferien einen Club-Urlaub oder sogar eine Kreuzfahrt gemacht hatten. „Wir haben doch auch hier so schöne Strände", hatte Fenna immer gesagt. „Gerade im Sommer kommt doch alle Welt hierher." Und so waren die Höhepunkte ihres Sommers ein paar Tage auf dem Zeltplatz in Norderney oder in der Jugendherberge auf Langeoog gewesen. Wenn sie die Jungs aus anderen Teilen Deutschlands dort gesehen hatte, hatte sie sich manches Mal gewünscht, dass einer sie mit zu sich nach Hause nehmen würde, damit sie mal ein anderes Fleckchen dieser Welt sehen würde. Fenna war eben eine alleinerziehende Mutter gewesen, die nie viel Geld gehabt hatte. Iba wollte ihr keinen Vorwurf deswegen machen. Sie freute sich ehrlich darüber, sich wieder besser mit ihrer Mutter zu verstehen, und wollte diese Beziehung intensivieren. Das würde aber wahrscheinlich besser gelingen, wenn sie nicht weiter in ihrem alten Kinderzimmer schlafen würde, sondern in einer eigenen Wohnung leben würde. Dazu brauchte sie einen Job. Aber wie sollte sie das machen? Wenn sie daran dachte, bekam sie Angst, also beschloss sie, diese

Gedanken so weit wie möglich aufzuschieben. Jetzt ging es erst einmal darum, ein paar Stunden mit einem interessanten Mann zu verbringen.

Natürlich hatte sie sich dafür hübsch zurecht gemacht, sie wollte schließlich, dass Egges Augen nicht stärker beim Vier-Sterne-Buffet funkelten als bei ihr. Ihr Chanel-Parfum duftete verführerischer als das frischeste Croissant, und die Knöpfe ihrer Bluse hatte sie strategisch so geknöpft, dass man mehr Appetit auf einen kalten Fruchtsaft bekommen würde als auf einen heißen Kaffee. Iba holte tief Luft, setzte ihr herzlichstes Lächeln auf und stolzierte mit leichtem Hüftschwung zum Inhaber der Friesenhus Import-Export GmbH.

„Moin." Ganz Gentleman, erhob sich Egge Jansen und zog Iba den Stuhl zurück, damit sie sich hinsetzen konnte. Während er wieder seinen eigenen Platz einnahm, erschien eine Bedienung mit frisch gestärkter Schürze und fragte Iba, was sie ihr für ein Getränk bringen sollte.

„Zuerst muss ich mich noch entschuldigen wegen gestern Abend." Jansen schaute sie an, und Iba merkte, dass ihm gefiel, was er sah. „Ich wollte nicht unhöflich zu deiner Freundin sein und sie nur mit Vorwürfen überhäufen. Ich war einfach noch zu erschüttert von der Nachricht, dass Redolf Tammena ermordet worden ist."

Iba winkte ab. „Diederike findet so etwas nicht schlimm. Sie ist hart im Nehmen."

„Trotzdem wäre es schön, wenn du ihr ausrichten würdest, dass ich mich sonst besser benehme."

„Das habe ich doch schon gestern Abend gemerkt, als du mir Tammenas Bilder gezeigt hast."

Jansen lächelte. „Hat die Polizei denn wirklich so wenige Hinweise gefunden, dass sie sich sogar bei mir nach Tammena erkundigt?“

„Ich weiß es nicht.“

„Mit den heutigen Methoden müsste es doch eigentlich ein Leichtes sein, den Täter zu finden.“

„Ich kenne mich da nicht so aus.“

„Aber ihr seid doch Freundinnen. Sie hat dir doch gewiss von den Umständen erzählt, *wie* die Leiche gefunden worden ist.“

„Nein“, entgegnete Iba. „Das ist ein Dienstgeheimnis, und Diederike nimmt ihre Arbeit viel zu ernst, um mir so etwas zu erzählen.“

Jansen nickte. „Warum bringt wohl jemand einen Maler um? Irgendeine Theorie muss die Polizei doch haben.“

„Soll ich Diederike anrufen?“, fragte Iba säuerlich. „Vielleicht hat sie ja auch noch nicht gefrühstückt.“

Der Geschäftsmann lachte. „Nein, das brauchst du nicht. Ich bin mit dir vollkommen zufrieden. Hol dir erst mal etwas vom Buffet, und danach sprechen wir nicht mehr über das Thema. Dann kannst du mich fragen, was du möchtest.“

Iba stand auf und holte sich, worauf sie Lust hatte, ohne Rücksicht auf Kalorien oder Fett. Sie musste nicht darüber nachdenken, was sie Egge fragen wollte, denn was sie vordringlich interessierte, war ihr auch schon vorher klar gewesen. Als sie wieder zum Tisch zurückkehrte, stand dort auch bereits ihr Café crème. „Mama hat mir erzählt, dass du aus Florida kommst. Wieso zieht jemand freiwillig von Florida nach Friesland?“

„Es gefällt mir hier eben besser. Sobald ich angekommen war, hat es sich wie ‚Heimat‘ angefühlt. Vor drei Jahren bin ich nach Friesland gereist, denn ich wollte das Land kennenlernen, aus dem meine Großeltern einst ausgewandert sind. Es gibt viele Friesen in den Staaten. Wusstest du, dass Minnie Marx, die Mutter der Marx Brothers, aus Dornum kommt?"

„Ich habe nur mal etwas über Karl Marx gehört, und das fand ich nicht so gut."

Jansen lachte.

„Im Ernst: Deine Eltern gehören zur High Society in Palm Beach. Die Wärme, die Palmen - das verlässt man doch nicht einfach."

„Ich hatte genug von der Oberflächlichkeit dort. Ich wollte mit diesen Leuten nichts mehr zu tun haben, sondern mir etwas Eigenes aufbauen."

„Hast du etwas angestellt? Wurdest du ausgestoßen?"

Egge blickte sie überrascht an.

Iba wusste selbst nicht, warum sie so forsch auftrat, eigentlich sah ihr das gar nicht ähnlich. Wieso griff sie ihn an? Lag das nur daran, weil sie noch zu wenig gegessen hatte? *Nein. Ich will wissen, woran ich bin. Ich brauche keinen weiteren Jürgen.* Deshalb würde sie fest bleiben. Und wenn ihr Egge keine vernünftige Antwort geben würde, dann würde sie gehen.

„Du hast recht. Es gab wirklich ein Ereignis, das mich von dort weggetrieben hat. Aber nicht ich habe etwas angestellt, sondern meine Frau. Sie hat mich mit meinem besten Freund betrogen."

Iba schluckte.

„Deine Mutter hat mir erzählt, dass dir gerade dasselbe passiert ist. Vom Prinzip her zumindest." Egge seufzte.

„Warum macht jemand so etwas?" Iba konnte sich nicht dagegen erwehren, dass sich eine Träne in ihr Auge schob.

„Das kann ich dir leider nicht beantworten, und mittlerweile habe ich es auch satt, eine Antwort darauf zu suchen. Jedenfalls waren die beiden danach ein Paar, und ich habe es nicht mehr ertragen, sie irgendwo zusammen zu sehen, sei es auf einer Hochzeit oder einem Charity-Event. Die ganze Sache hat mich verändert. Plötzlich habe ich mein Leben klarer gesehen, und gewisse Grenzen hatten keine Geltung mehr. Vorher habe ich mich an die gesellschaftlichen Normen gehalten und versucht, den Schein des stets positiv denkenden Amerikaners aufrechtzuerhalten. Aber plötzlich habe ich ernst genommen, was mir wirklich wichtig ist. Als Kind wollte ich schon immer nach Ostfriesland reisen. Und als ich dann in Neuharlingersiel im *Café Störmhuus* einen Tee getrunken und auf die Kutter im Binnenhafen geschaut habe, da wusste ich, dass ich hier bleiben will. Meine Eltern haben ein großes Vermögen aufgehäuft, und durch meinen Trust Fund konnte ich machen, was ich wollte. Ich hatte in Emden das Haus meiner Großeltern besucht, aber auf dem Grundstück stand inzwischen ein anderes Gebäude. Dort ist mir bewusst geworden, dass alle, die ausgewandert sind, so viel verloren haben. Ich wollte, dass die Friesen in den Staaten echte Produkte aus ihrer Heimat bekommen, deshalb habe ich meine Firma gegründet. Es ist schön, damit gleichzeitig die lokale Wirtschaft zu unterstützen. Es macht mir Freude, zu den einzelnen Firmen und Kleinunternehmen zu fahren, um alle möglichen Dinge zu sammeln, die ich in meinen Läden in den Staaten verkaufen kann. Es wäre doch schade darum, wenn eine der traditionellen Porzellanmanufakturen verschwindet."

Iba nickte bewundernd. Es tat gut, von jemandem zu

hören, der dasselbe Schicksal teilte. Und das Croissant mit Nutella tat auch gut.

„Es ist schön, mal jemandem zu erzählen, wie es wirklich gewesen ist." Egge setzte ein schelmisches Lächeln auf. „Wie sieht es aus? Hättest du noch Lust auf einen Ausflug? Du warst so lange in Süddeutschland, und es würde mich stolz machen, wenn ausgerechnet ich einer Einheimischen zeigen kann, was sich hier oben alles verändert hat. Da trifft es sich doch gut, dass ich an diesem Wochenende frei habe."

„Ach ja?"

„Mein Vorschlag ist, dass wir zunächst in Greetsiel bei *Poppingas Alter Bäckerei* vorbeischauen. Die hat sich natürlich in all den Jahren nicht verändert. Aber warst du schon mal im *Hotel Seesteg* auf Norderney?"

„Das klingt nett. Aber ich habe noch nicht einmal zu Ende gefrühstückt, und bis Greetsiel fährt man nicht lange. Willst du mich mästen?"

Egge grinste. „Wer hat denn gesagt, dass wir mit dem Auto fahren? Das stellen wir beim Jachthafen ab, dort liegt meine ‚Sobine'."

„Wir segeln?" Iba bemühte sich, ihre Begeisterung nicht zu zeigen. „Du besitzt eine Jacht?"

„Erwarte nicht zu viel, sie ist nur dreizehn Meter lang. Man will ja schließlich in den umliegenden Häfen einen Liegeplatz bekommen."

„Gerne! Ich komme gerne mit."

*

Dirks parkte gegenüber von Redolf Tammenas Haus. Auf dem Gehweg vor dem Grundstück des Künstlers lagen Blumen und Grablichter. *Das ist aber aufmerksam.*

Sie überlegte, ob sie Altmann Bescheid geben sollte, damit die Spurensicherung die Fingerabdrücke auf den Grablichtern sammeln würde. Vielleicht hatte der Täter ja ein schlechtes Gewissen bekommen und war auch unter denen, die ihr Beileid bekundet hatten. Allerdings besaßen sie bisher noch keinen Fingerabdruck, den sie damit abgleichen könnten.

Sie wollte gerade ihr Telefon in die Hand nehmen, da öffnete sich die Haustür, und ein Mann kam heraus.

„Wer sind Sie?" Dirks' rechte Hand bewegte sich instinktiv zu ihrer Dienstwaffe. „Was tun Sie hier?"

„Wer sind *Sie*?" Der Mann war wenig beeindruckt von ihr. „Wenn Sie Blumen ablegen wollen, machen Sie das bitte vor der Haustür."

„Sie sind Redolfs Bruder, nicht wahr?" Dirks entspannte sich wieder. „Der Zahnarzt aus Hamburg."

Der Mann nickte. „Uwe Tammena." Er trat auf sie zu. „Und Sie sind von der Polizei?"

Dirks zeigte ihm ihren Ausweis.

Der Mann schaute auf das Dokument, ohne es wirklich wahrzunehmen. „Bitte finden Sie dieses Schwein, das Redolf ermordet hat. Schnell. Ich habe Angst, dass meine Eltern das nicht verkraften."

„Und Sie verkraften es?"

„Natürlich trifft es mich. Aber ich kann mich zusammenreißen. Ich war schon immer der rationale Typ, Redolf war der Künstler."

„Wann hatten Sie das letzte Mal Kontakt mit ihm?"

„Vor vier Monaten habe ich ihn das letzte Mal gesprochen. An seinem Geburtstag, da habe ich ihn angerufen."

„War es ein nettes Gespräch?"

Uwe Tammena wich etwas zurück. „Es war

angenehmer als das, welches wir gerade führen. Verhören Sie mich etwa?"

„Ich möchte nur möglichst viel über Ihren Bruder erfahren. Hat es Sie damals nicht getroffen, dass Ihre Großeltern ihm alleine das Haus vererbt haben?"

„Ich war niemals auf die Erbschaft angewiesen, für Redolf bot sie allerdings die Chance, sich ein Leben als freier Künstler aufzubauen."

„Diese Erbschaft hat also kein böses Blut in die Familie gebracht?"

„Nein, das Gegenteil war der Fall. Vielleicht nicht zuerst, aber später. Wenn ich in diesen Tagen über Redolf nachdenke, würde ich diese Erbschaft sogar als salomonische Entscheidung bezeichnen, die der Familie gutgetan hat. Auf diese Weise blieb wenigstens einer von uns in der Nähe unserer Eltern. Sie haben ja nie viel von Redolfs Malerei gehalten, und es gab damals Streit zwischen ihnen, aber weil sie am selben Ort lebten, hatten sie viele Möglichkeiten, um ihre Differenzen zu begraben. Außerdem wurde ich durch diese Erbschaft um die Verlegenheit gebracht, Redolf irgendwann selbst unterstützen zu müssen. Dieser Standort ist gut für einen Maler, hier gibt es viele Touristen, die sich gerne eine Erinnerung mitnehmen. Am Ende hatten also alle einen Vorteil durch dieses Arrangement."

Am Ende ist Redolf ermordet worden, dachte Dirks.

„Ich muss jetzt wieder zu meinen Eltern. Es gibt noch so viel zu tun. Am Dienstag ist die Beerdigung. Sie ist offen für alle, ich habe eine ganzseitige Traueranzeige in die Zeitung gesetzt. Schließlich hat Redolf zu dieser Region gehört, und es wäre schön, wenn sich möglichst viele von ihm verabschieden würden."

„Selbstverständlich werde ich auch kommen."

„Ich möchte den Leichenschmaus hier stattfinden lassen. Dann können sich die Leute noch einmal Redolfs Bilder ansehen."

„Gute Idee." Dirks blickte Uwe Tammena hinterher. Hatte sie noch Fragen an ihn? Im Augenblick war sie nur froh, dass er sich nicht danach erkundigt hatte, ob sie schon einen Hinweis auf den Mörder hatten.

Dirks ging diesmal zuerst ins Atelier. Sie war froh, alleine hier zu sein. Sie konnte sich zwar auch fokussieren, wenn Breithammer da war, dennoch war es etwas anderes. Mit ihrem Assistenten kam sie schnell in eine Diskussion, und er brachte sie oft auf neue Gedanken, weil er die Dinge aus einer ganz seltsamen Perspektive heraus betrachtete, aber genau das wollte sie gerade nicht. Jetzt wollte sie nur für ihre eigenen Gedanken offen sein.

Die Hauptkommissarin setzte sich auf den Hocker vor die Staffelei. Darauf stand eine weiße Leinwand. Redolf Tammena hatte hier vor einem ganz neuen Projekt gestanden. Was hätte er wohl gemalt? Draußen hatte er gemalt er, was er gesehen hatte, aber hier drinnen? Hatte er einen Plan im Kopf gehabt, oder war die Inspiration gekommen, während er hier gesessen hatte? *Vielleicht kommt mir ja eine gute Idee für diesen Fall, wenn ich auf die leere Leinwand starre.*

Dirks Gedanken wanderten zu den Eltern des Künstlers. Was hatte seine Mutter gesagt? *Später, nachdem sie mich für die Freundin ihres Sohnes gehalten hatte. Als ihr Mann behauptet hatte, Redolf wäre schwul gewesen. ‚Er hat Nackedei-Bilder gemalt, weißt du nicht mehr?'.* Wann war das gewesen? Wahrscheinlich kurz nach dem Studium, in seiner „experimentellen Phase", wie es Breithammer genannt hatte.

Dirks erhob sich und ging zu den Leinwänden, die hinten im Raum standen. Sie blätterte die Keilrahmen durch, fand aber selbst in der letzten Ecke nur Landschaftsbilder. *Wo befindet sich Tammenas Frühwerk?* Existierten seine ersten Bilder überhaupt noch, oder hatte der Künstler sie vernichtet? Nein, Dirks konnte sich nicht vorstellen, dass Tammena so etwas tun getan hätte. Vielleicht hatte er sie auch verkauft. *Einige schon, aber alle?*

Dirks verließ das Atelier und ging zum Wohnhaus hinüber. Am Ende des Flurs konnte man die Dachbodentreppe nach unten ziehen. *Dort oben wollte ich mich heute sowieso noch genauer umsehen.* Schon gestern war sie mit Altmann in dem staubigen Raum gewesen, der sich aber auf den ersten Blick als nachrangig für ihre Ermittlung erwiesen hatte. Nicht nur, weil der Spezialist der Spurensicherung ihr versichert hatte, dass in den letzten zehn Jahren niemand hier oben gewesen war, sondern auch, weil ein erster Blick in die Kisten vermuten ließ, dass all der Kram gar nicht dem Maler gehört hatte, sondern seinen Großeltern. Aber jetzt, wo Dirks nach den ersten Bildern des Künstlers suchte, stellte sich die Sache anders dar. Vielleicht hatte Redolf Tammena seine frühen Bilder ja schon vor zehn Jahren in den Dachboden verbannt.

Durch das seit einer Generation nicht geputzte Seitenfenster drang nur ein trüber Lichtstrahl, und die Kommissarin knipste ihre Taschenlampe an. Man konnte sich nicht aufrecht bewegen. Die Dämmwolle hing offen vor den Ziegeln, und irgendein Tier hatte sich Teile davon herausgerupft. Außerdem hatte das Viech hier offenbar seine Geschäfte verrichtet und auch dadurch dazu beigetragen, dass Gäste draußen blieben.

Ich suche keine Kiste. Dirks drängelte sich an den Kisten vorbei und stellte fest, dass es dahinter noch eine Menge Platz gab. Die Bilder waren unter Decken verstaut. Die zweite Leinwand zeigte das abstrakte Motiv, das Breithammer als erstes Beispiel für die „experimentelle Phase" des Künstlers an die Wand projiziert hatte. Weiter hinten befanden sich dann auch Aktbilder.

Sie waren anders, als sich Dirks diese Bilder vorgestellt hatte. Sie zeigten nicht einfach Frauenkörper, sondern strahlten in erster Linie eine Atmosphäre aus. Und diese Atmosphäre konnte man nicht unbedingt als „schön" bezeichnen, auch wenn Dirks nicht wirklich sagen konnte, was genau sie bei diesen Bildern fühlte. Jedenfalls waren sie eher etwas, das die Stimmung drückte, anstatt sie zu heben.

Auf keinem der Bilder war das Modell vollständig zu sehen. Auch das Gesicht war nirgendwo abgebildet, wenn der Kopf zu sehen war, dann nur von hinten mit seinen langen, glatten, schwarzen Haaren. Ansonsten hatte sich Tammena mehr auf Körperzonen konzentriert.

Irgendwo muss es doch Unterlagen von diesem Modell geben. Dirks wandte sich einer Kiste zu, die in der Nähe der Bilder stand, und öffnete sie. Darin befanden sich tatsächlich Unterlagen des Malers. Es waren Hefter und Skizzenbücher aus seiner Studienzeit in Osnabrück. Und es gab einen Ordner, auf dessen Rückseite die Beschriftung mehrmals durchgestrichen und geändert worden war. Der letzte Titel lautete „Steuererklärungen 1986-1990". *Das ist der Zeitraum kurz nach seinem Studium.*

Die Kommissarin öffnete den Ordner und nahm die

Klarsichtfolie heraus, in der Redolf Tammena seine Belege für das erste Jahr gesammelt hatte. Es waren nicht viele, hauptsächlich Belege von Künstlerbedarfsläden. Aber es gab auch einige handgeschriebene Durchschriften von Quittungen aus einem Standardblock. Sie schaute alle durch, und auf der letzten entdeckte sie wirklich die Zweckangabe „Modell für Aktbilder". Der Beleg über 500 DM war auf eine *Wanda Boekhoff* ausgestellt.

Dirks packte den ganzen Ordner ein und verließ den Dachboden. Nachdem sie sich den Staub von der Kleidung gestrichen hatte, rief sie Breithammer an.

„Moin."

„Ich brauche die Adresse einer gewissen Wanda Boekhoff. Zumindest 1986 muss sie in der Nähe von Bensersiel gewohnt haben."

„Darf ich fragen, wer das ist?"

„Jemand, der einmal mit unserem Maler zu tun hatte."

„Bist du noch in Tammenas Haus?"

„Ja."

„Könntest du bitte, bevor du fährst, noch die letzten Bilder, die Tammena gemalt hat, fotografieren und mir schicken? Möglichst in der Reihenfolge, wie er sie gemalt hat."

„Darf ich fragen, wieso?"

„Ich nehme den Auftrag, den du mir gestellt hast, eben sehr ernst."

„In Ordnung. Melde dich, sobald du die Adresse hast."

*

Oskar Breithammer saß alleine im Besprechungsraum, der für die Mordkommission reserviert war, und starrte an die Wand. Vierzehn Blätter hingen daran, für jeden Tag von Tammenas letzten zwei Wochen eines. Er hatte alle Daten eingetragen, die ihm zur Verfügung standen. Es waren nicht viele gewesen. Offensichtlich hatte der Maler nicht gerne seine EC-Karte benutzt, sondern lieber bar bezahlt. Am Anfang des Monats hatte er dafür 200 Euro von einem Geldautomaten abgehoben. Das war nicht viel, aber wahrscheinlich hatten auch seine Kunden eher mit Bargeld bezahlt, abgesehen natürlich von den Beträgen, die er von der Galerie Petersen überwiesen bekommen hatte. Nur zweimal hatte der Maler seine Girokarte in einem Supermarkt am Rande von Bensersiel benutzt und einmal in einem Künstlerbedarfsladen in Aurich, wo er einen Großeinkauf getätigt hatte. Breithammer hatte auch die regelmäßigen Termine des Künstlers eingetragen, also sein ‚offenes Atelier' und die Treffen mit seinen Eltern. Ansonsten ergab sich kein eindeutig wiederkehrendes Muster. Tammena schien mehr impulsiv gehandelt zu haben als geplant, aber das hatte er sich ja auch leisten können.

Breithammer telefonierte mit Frau Weinbecker, aber die wusste auch nichts von irgendwelchen Ritualen, auf die der Maler besonders Wert gelegt hatte. Die Nachbarin konnte dem Kommissar aber sagen, an welchen Tagen der Künstler mit seinem Fahrrad eine Tour unternommen hatte. Das hatte sie sich wegen Mareika gemerkt, weil sie froh war, wenn ihre Tochter nicht sofort zu ihm hinüber ging, sondern zuerst ihre Hausaufgaben erledigte. Ihr war auch aufgefallen, dass der Künstler in letzter Zeit keine großen Touren mehr unternommen hatte, sondern eher in der näheren Umgebung umhergefahren war, und sie argwöhnte, dass er das gemacht hatte, damit er für Mareika erreichbar war.

Breithammer legte die Ausdrucke der Fotos, die ihm Dirks gemailt hatte, vor sich auf den Tisch. Frau Weinbecker hatte natürlich nicht sagen können, welche Strecken Tammena bei seinen Touren gefahren war. Breithammer hoffte, das anhand der Bilder, die Tammena dabei gemalt hatte, rekonstruieren zu können, denn sie zeigten ja reale Motive. Er erkannte die Seriemer Mühle von Groß-Holum und die St.-Nicolai-Kirche in Werdum. Aber um die restlichen Motive zu identifizieren, musste er sich wahrscheinlich selbst aufs Fahrrad setzen und in der Gegend herumradeln. Im Prinzip war er dem nicht abgeneigt, denn er konnte sich unangenehmere Ermittlungen vorstellen. Morgen wäre auch ein schöner Zeitpunkt dafür, denn die Meteorologen sagten wieder Sonnenschein voraus. Doch bevor er sich auf seinen Drahtesel schwingen würde, wollte er diese Methode lieber mit Dirks absprechen.

Er überlegte, sie anzurufen, ließ es aber bleiben. Mittlerweile war sie sicherlich schon bei Wanda Boekhoff. Er wollte nicht, dass Dirks ihre Befragung unterbrechen musste, nur weil sie glaubte, dass sich Blumenwiese bei ihm gemeldet hatte, denn das hatte sie nicht. Er stand auf und verließ den Raum. Es gab noch genug Dinge für ihn zu tun, und dafür rüstete man sich am besten mit einer Tasse Tee.

*

Feine Wassertropfen spritzten Iba ins Gesicht, als sie

sich über den Rand von Egges Segeljacht beugte. Sie hätte nicht gedacht, dass ihr dieser Törn solchen Spaß machen würde. Egge war ein erfahrender Skipper und hatte ihr nicht nur die Grundlagen der Schiffsführung erklärt, sondern sie gleich richtig mit anpacken lassen. Sie merkte selbst, dass sie sich recht geschickt dabei anstellte. Die Unterscheidung von „Steuerbord" und „Backbord" fiel ihr leichter als die Unterscheidung von „Links" und „Rechts". Es war herrlich, das Meer so nah zu erleben und die Kraft, die in dieser Naturgewalt steckte. Das lenkte sie ab und sie gewann dadurch neue Zuversicht.

Hinter dem Sperrwerk Leysiel befanden sie sich in der Leyhörn in ruhigem Fahrwasser und fuhren gemächlich in Richtung Greetsiel. Links vor ihnen tuckerte gemütlich ein Krabbenkutter.

„Ist das nicht wundervoll?" Egge zeigte über das grüne Gras, das nur an einer Stelle durch die weißen Tupfer einer Herde Deichschafe unterbrochen wurde.

Iba nickte zwar, aber ihr Blick war nicht in die Ferne gerichtet.

„Was ist los? Woran denkst du?"

„Machst du das eigentlich mit allen Mädchen? Ich meine, nimmst du sie alle mit auf solch einen Segeltrip?"

„Auch wenn du es mir nicht glauben magst, du bist tatsächlich die Erste, die ich auf diesem Boot mitnehme. Nach dem, was mir in Florida passiert ist, hatte ich kein Interesse mehr daran, jemandem zu zeigen, was ich gerne mache."

„Und wieso heißt die Jacht Sobine? Ich nehme nicht an, dass das der Name deiner Ex-Frau ist."

Egge lachte. „Ich bin froh, dass ich niemals auf diese Idee gekommen bin, denn sonst hätte ich die Jacht wohl vor drei Jahren versenkt. Nein, Sobine ist meine Grandma."

„Deine Großmutter?"

Egge nickte. „Grandma ist ein ganz besonderer Mensch für mich. Es gibt keinen herzlicheren Menschen als sie. Sie war schon immer ein Ruhepol in der Familie, und ich konnte stets mit meinen Problemen zu ihr kommen. Und sie hat mir viel von sich und ihrer Jugend erzählt. Ihretwegen wollte ich bereits als Kind nach Ostfriesland reisen. Aber als ich alt genug dafür war, habe ich mich nicht getraut. Dieses Land war wie ein Märchenland für mich, und ich hatte Angst, dass ich meine schöne Vorstellung zerstören würde, wenn ich die Wirklichkeit sehen würde. Aber im Endeffekt ist genau das Gegenteil geschehen." Egge lächelte. „Von meiner Großmutter habe ich aber nicht nur die Liebe zu Ostfriesland bekommen, sondern auch die Liebe zur Kunst. Bilder waren für sie Ausdruck von Gefühlen, und wenn sie Bilder betrachtet hat und darüber sinniert hat, was der Künstler dabei empfunden haben könnte, dann wurde sie sich dabei ihrer eigenen Gefühle bewusst. Wenn ihr ein Bild besonders wichtig war, und sie es sich leisten konnte, dann hat sie es gekauft und ihr Zimmer so eingerichtet, dass es zum Bild passte, mit allen Farben, Formen und Motiven. Es war dann so, als ob sie in diesem Gemälde leben würde. Irgendwann hatte sie das Gefühl überwunden, und das Zimmer wurde nach einem neuen Bild umgestaltet. Das hat ihr sehr dabei geholfen, sich in der neuen Welt zurechtzufinden. Das und ihre Liebe zu Tieren. Sie hatte einen Hund, einen Havaneser, den sie von der Straße aufgelesen hatte. Sie hatte ihn ‚Billy' genannt. Als er starb, hat ihr das fast das Herz gebrochen."

„Und du hast nach ihrem Tod deine Jacht nach ihr benannt. Das finde ich schön."

„Oh nein, Grandma lebt noch. Sie ist jetzt 91 Jahre alt und hat leider große gesundheitliche Probleme, sonst hätte ich sie schon längst hierhergeholt. Die Ärzte haben gesagt, das würde sie nicht verkraften, und ich muss den Ärzten vertrauen, denn es sind die besten, die es gibt, dafür habe ich gesorgt. Sie wird so gut betreut, wie es irgend geht. Ihretwegen fliege ich alle drei Monate zurück nach Florida."

Iba bemühte sich, nicht zu zeigen, wie sehr sie diese Worte berührten. Niemals hätte sie gedacht, dass dieser Macher-Typ vor ihr gleichzeitig so ein fürsorglicher und sensibler Mann sein könnte. „Billy - das ist ein schöner Name für einen Havaneser. Ich habe mir auch immer einen kleinen, weißen Hund gewünscht, aber das gehörte zu den Dingen, die wir uns nicht leisten konnten."

„Ich hatte mir eigentlich vorgenommen, mir solch einen Hund zu kaufen, und ihn Billy zu nennen, sobald ich einen Ort gefunden hätte, an dem ich bleiben will. Aber irgendwie habe ich das doch nicht gemacht. Ich arbeite so viel, und ich hätte ein schlechtes Gewissen, wenn er den ganzen Tag alleine bei mir in der Wohnung eingesperrt wäre."

Sie lenkten die Sobine in den Jachthafen und Iba wünschte sich, dass dieser Tag niemals enden würde.

*

Dirks saß auf dem Blumensofa in Wanda Boekhoffs Wohnzimmer. Die Frau, die für Tammenas Aktbilder Modell gestanden hatte, hatte nicht nur damals in der

Nähe von Bensersiel gewohnt, sondern war seitdem in Esens geblieben. Ihr Haus sah von außen gewöhnlich aus, aber der weiße Mercedes SLK, der davor parkte, spiegelte ihren wirklichen Lebensstandard wieder.

Wanda setzte sich Dirks gegenüber. Ihre wunderschönen, langen, schwarzen Haare, die Tammena in seinen Aktbildern verewigt hatte, waren so professionell getönt, dass sie fast natürlich aussahen, genauso waren ihre Haut sehr gepflegt und ihre Nägel sauber lackiert. Die Boekhoffs waren eine Sippe, der mehrere Pensionen und Ferienhäuser gehörten, und die in dieser Gegend so angesehen war, dass auch Wandas Ehemann ihren Namen angenommen hatte. Dirks war froh gewesen, dass die Frau sich dazu bereit erklärt hatte, sich so kurzfristig mit ihr zu treffen. „Sie wissen, warum ich hier bin?“

„Ich habe davon gelesen“, sagte Wanda. „Gestern in der Zeitung. Dass die Leiche des Malers gefunden wurde. Allerdings hätte ich nicht erwartet, dass Sie sich bei mir melden. Ich hätte nicht gedacht, dass sich mein Name in seinen Unterlagen befindet. Die Sache ist doch schon so lange her.“ Sie schenkte sich ein Glas Sekt ein. Vor Dirks stand eine Kaffeetasse, weil die Kommissarin gerne wissen wollte, wie der Espresso aus einer Kapselmaschine schmeckte und ob der größte Genuss an der Sache nicht nur darin bestand, an George Clooney zu denken.

„Was war Ihr erster Gedanke, als Sie die Todesnachricht gelesen haben? Trauer? Erleichterung?“

„Trauer. Aber nicht über Tammenas Tod. Sondern über die Erinnerung an früher. Wer wäre nicht gerne wieder jung? Obwohl ich die Erfahrung mit den Aktbildern nicht wiederholen würde. Ich bin froh, dass

Sie mich angerufen haben, als mein Mann nicht da war. Es wäre schön, wenn wir die Sache hinter uns bringen könnten, ohne dass er etwas davon mitbekommt."

„Schämen Sie sich dafür, als Aktmodell gearbeitet zu haben?"

Wanda schüttelte den Kopf. „Nein. Aber wenn mein Mann das erfährt, würde er etwas Falsches erwarten. Wahrscheinlich würde er versuchen, die Bilder zu kaufen, und das würde ihm auch gelingen, aber sobald er sie sehen würde, wäre er enttäuscht. Ich will mit ihm nicht darüber diskutieren." Sie seufzte. „Eigentlich will ich mich überhaupt nicht an die ganze Sache erinnern."

„Warum nicht? Hat Tammena etwas gemacht, was Sie nicht wollten?"

„In gewisser Weise ja. Ich hatte mir die Sache viel schöner vorgestellt, als sie war. Ich dachte, es würde prickeln, mich vor einem fremden Mann zu entblößen und von ihm studiert zu werden. Ich hatte mir sogar vorgenommen, etwas mit ihm anzufangen, wenn er nett ist. Nett war Tammena zwar, aber er war auch kalt. Im Endeffekt war es eine demütigende Erfahrung."

„Ich habe die Bilder gesehen."

„Es hat mich sehr getroffen, als er mir das Ergebnis unserer ersten Sitzung gezeigt hat. So hatte ich mich selbst noch niemals wahrgenommen. Es war anders als auf einem Foto. Er hat nicht einfach meinen Körper gemalt, sondern das, was ich ihm von mir erzählt hatte. Ich hätte das Bild gemocht, wenn er nicht total unzufrieden und genervt gewesen wäre. ‚Ich will keine Menschen malen', hat er gesagt. ‚Menschen sind hässlich'. Ich habe mich noch niemals so abgelehnt gefühlt wie in diesem Augenblick. Als er mich gefragt hat, ob ich am nächsten Tag wiederkommen würde, wollte ich eigentlich ablehnen, aber damals habe ich das Geld gebraucht."

„Warum haben Sie das Geld gebraucht? Ihre Familie hatte doch genug."

„Manchmal hat man eben Ausgaben, von denen die Eltern nichts mitbekommen sollen."

„Was hatten Sie denn angestellt?"

Wandas Augen wurden schmal. „Ich war mit dem Auto meines Vaters unterwegs gewesen und hatte einen Unfall. Ein Kumpel hat es noch in derselben Nacht wieder ausgebeult, so dass niemand etwas mitbekommen hat. Leider hat mein Kumpel ausschließlich auf Geld als Bezahlung bestanden."

Dirks nahm einen Schluck von ihrem Kaffee. „Wodurch ist denn die Beule im Auto damals entstanden? Durch einen anderen Verkehrsteilnehmer?"

„Durch einen Verkehrsteilnehmer namens ‚Laterne'. Keine Sorge, Frau Kommissarin, ich habe damals keine Fahrerflucht begangen. Es war eine aufregende Zeit gewesen, aber ich habe keine Leiche im Keller."

Dirks atmete tief ein. „Hatten Sie seit den Aktbildern damals noch jemals etwas mit Redolf Tammena zu tun?"

Wanda schüttelte den Kopf. „Mein Mann wollte vor einiger Zeit Bilder für eine unserer Pensionen kaufen und ist dafür zu Tammena ins Atelier gefahren. Normalerweise machen wir so etwas gemeinsam, aber ich habe mich damals herausgeredet und einen anderen Termin vorgeschoben."

„Wann genau war das?"

„Vor zwei Jahren. Im Herbst. Die Bilder gefallen mir sehr gut, sie passen super in den Frühstücksraum. Ich habe meinen Mann gefragt, ob er nicht noch unsere anderen Häuser mit diesen Bildern ausstatten wollen würde, aber er meinte, das wäre zu teuer."

Vor zwei Jahren, dachte Dirks. *Was mache ich hier eigentlich? Diese Frau hat vor dreißig Jahren als Modell für Tammena gearbeitet. Der Mord ist aber in der letzten Woche geschehen. Das macht es doch viel wahrscheinlicher, dass er mit einer Person zu tun hat, die Tammena in der letzten Zeit getroffen hat. Bin ich denn schon so verzweifelt?* Dirks wünschte sich, dass sie einen Anruf von Breithammer bekäme mit der Nachricht, dass sich Blumenwiese bei ihm gemeldet hätte.

*

Breithammer verbrachte den Nachmittag damit, den Lebenslauf Tammenas zu vervollständigen. Dafür baute er vor allem auf das Zeitungsinterview mit dem Maler. Die Journalistin hatte Breithammer die vollständige Audiodatei des Gesprächs zukommen lassen, denn für ihren Artikel hatte sie letztlich nur wenige Ausschnitte verwendet. Es fühlte sich seltsam an, einen Menschen sprechen zu hören, der inzwischen tot war. Tammena hatte eine angenehme Stimme, und Breithammer musste an das denken, was der Galerist über ihn gesagt hatte. *„Redolf war ein glücklicher Mensch, und ich habe ihn manches Mal für sein Leben beneidet."*

Breithammer erinnerte sich daran, wie er als Kind selbst gerne gezeichnet hatte, auch wenn er sich dabei hauptsächlich an den Figuren seiner Lieblingscomics orientiert hatte. Wer weiß, vielleicht hätte er auch einen eigenen Comic entwickeln können, so eine Art ostfriesischen Asterix? Der Ermittler schob diesen Gedanken beiseite. Er bedeutete, dass er sich nicht mehr richtig konzentrieren konnte. Nach elf Stunden im Büro war das auch kein Wunder. Breithammer beschloss, Feierabend zu machen, und hoffte, dass Dirks das auch tun würde. Sollte er sie noch anrufen und fragen, was sie herausgefunden hatte? Aber wenn es etwas Wichtiges wäre, dann hätte sie ihn gewiss schon selbst angerufen. Bevor er zur Tür ging, sendete er Dirks noch eine SMS. „Ich fahre jetzt nach Hause. Blumenwiese hat sich nicht gemeldet."

*

Diederike Dirks las die Kurznachricht auf ihrer Couch. Sie war nicht wirklich enttäuscht, denn sie hatte keine hohe Erwartung gehabt.

Vor der Kommissarin stand eine Flasche Bardolino. Dirks hatte immer zu wenig Essen im Kühlschrank; was sie jedoch immer da hatte, war eine Flasche Wein. Sie war kein Gourmet, und während einer langen Autofahrt konnte sie durchaus den Fast-Food-Bereich einer Autobahnraststätte besuchen, aber bei Wein achtete sie auf Qualität. Der Genuss bestand für sie nicht einfach im Geschmack des edlen Rebensaftes, sondern darin, die reichhaltigen Nuancen zu erkennen und von anderen Sorten zu unterscheiden. Ein Glas Wein zu trinken hatte etwas Detektivisches, und im Augenblick brauchte Dirks die Vergewisserung, dass sie ihren Sinnen vertrauen konnte.

Sie war viel zu lange bei Wanda Boekhoff gewesen. Obwohl sie schon bald der Überzeugung gewesen war, dass das ehemalige Aktmodell sie nicht weiterbringen würde, hatte sie ihr immer weitere Fragen gestellt. Nach dem Gespräch war sie sogar mit ihr in die Pension gefahren, wo Tammenas Bilder hingen.

Oder war Wanda Boekhoff doch wichtig? Bei den wenigen Personen, mit denen Tammena Kontakt gehabt hatte? *Würde ich mich nackt malen lassen? Wie hätte solch ein Bild von mir ausgesehen?*

Der Fall machte sie nervös. Jeder Mord musste aufgeklärt werden, aber es gab durchaus Opfer, mit denen man mehr Mitleid hatte als mit anderen. Hier war jemand umgebracht worden, der offenbar einfach nur sein Leben gelebt hatte, ohne irgendwelchen Dreck am Stecken zu haben. *So darf ich nicht denken. Menschen können dunkle Geheimnisse haben.* Jürgen, Ibas Ex, war das beste Beispiel dafür. Er hatte sein ganzes Liebesleben vor seiner Frau verborgen. *Allerdings hätte man dazu gewiss Spuren gefunden, wenn man sein Büro und seine privaten Dinge durchsucht hätte. Bei Tammena haben wir alles durchsucht, ohne irgendeinen Hinweis auf ein verborgenes Privatleben zu finden.*

Oder war es gar nicht der Fall selbst, sondern die Umstände rund um den Fall, die sie aus der Ruhe brachten? Dass die Leiche so dreist versteckt worden war? So als ob es dem Täter vollkommen egal gewesen wäre, ob die Polizei den Körper irgendwann finden würde.

Dirks wusste, dass sie sich eigentlich gut fühlen müsste, weil sie bisher sachlich alles richtig gemacht hatten. Bisher konnte sie keinen Fehler in ihren Ermittlungen entdecken. Sie gingen äußerst gründlich vor und waren für alle Möglichkeiten offen. Dirks hatte alle Zeit der Welt, und niemand setzte sie unter Druck. *Warum fühle ich mich trotzdem so, als ob ich mich rechtfertigen müsste?*

Das war immer so, wenn ich mit Iba zusammen war. Vor einer Woche hatte sie es nicht gestört, am Samstagabend zu Hause zu sitzen mit der Sportschau als Höhepunkt und sich daran zu freuen, dass Werder Bremen mal ein Spiel gewonnen hatte. Und natürlich der VFL Osnabrück. Aber nun war Iba da, und Dirks spürte wieder den Drang, etwas erleben zu wollen. Am liebsten mit ihrer Freundin. Iba strahlte so viel Lebenslust aus und gab sich niemals mit dem zufrieden, was da war. Für Iba zählten keine Fakten, sondern sie sah die Menschen mit ihren eigenen Augen. Oft hatte Diederike sie auf den Boden der Tatsachen zurückholen müssen, aber oft hatte sie dadurch auch die Dinge erlebt, die zu ihren schönsten Erinnerungen gehörten. *Bestimmt interessiert sich Egge Jansen deshalb für Iba und nicht für mich.*

Sie hätte gerne gewusst, wie das Frühstück mit dem Unternehmer gelaufen war, aber Iba hatte sich noch nicht bei ihr gemeldet. War sie etwa immer noch bei ihm? Warum nicht? Dirks erinnerte sich daran, dass Iba schon einmal während ihrer Schulzeit beschlossen hatte, eine Männer-Diät zu machen. Damals hatte sie immerhin eine Woche lang durchgehalten. Danach hatte sie allerdings einen schrecklichen Jo-Jo-Effekt erlebt: Der eine hieß Johannes, der andere Joachim. Dirks seufzte. Es fühlte sich nicht schön an, ihre gerade erst wiedergefundene Freundin teilen zu müssen.

Sie nahm ihr Smartphone zur Hand und rief die Doubleroom-App auf. Sie zögerte kurz, dann drückte sie den Button „Registrieren“. Welchen Benutzernamen sollte sie wählen? „Einzelkämpferin.“ Den Namen konnte sie ja später noch ändern.

Viel schwieriger war es zu entscheiden, wie sie ihr Profil ausfüllen sollte. Sollte sie die Wahrheit angeben? Schließlich loggte sie sich wieder aus, ohne irgendetwas ausgefüllt zu haben. Eigentlich hatte sie auf diesen ganzen Datingkram gar keine Lust. Es wäre einfach nur schön, nach Hause zu kommen und die Wohnung nicht leer vorzufinden.

Dirks rief ihre Anrufliste auf und wählte Ibas Telefonnummer.

*

Iba bemerkte das Leuchten ihres Smartphones nur aus dem Augenwinkel. Sie hatte es zwar auf Vibrationsalarm gestellt, aber die Platte vom Nachttisch verstärkte das unauffällige Surren zu einem lauten Brummen. Jedes Mal, wenn sich das Gerät meldete, durchzog sie selbst ein wohliges Zittern, welches allerdings nur zufällig zum selben Zeitpunkt stattfand und nicht durch eine Maschine erzeugt wurde, sondern durch den Mann unter ihr. Egge stöhnte und sorgte mit seinen wundervollen Händen dafür, dass sie nicht von seinem schweißglänzenden Körper rutschte, sondern in immer neue, lustvolle Sphären vorstieß. Dabei genoss Iba nicht nur ihn, sondern vor allem das grandiose Gefühl, es Jürgen heimzuzahlen.

Sie war lange nicht mehr so verwöhnt worden. Der ganze Tag war ein Traum gewesen. Erst der Segeltörn und dann der Abend auf Norderney. Zunächst waren sie in der *Weißen Düne* gewesen und hatten Champagner getrunken, während sie über die Dünenlandschaft geguckt hatten. Die untergehende Sonne hatte Paradiesfarben an den Himmel gemalt und die Hügel in ein Zauberland verwandelt, in dem die Kaninchen nur noch weiß hätten sein müssen. Im Anschluss waren sie zum Hotel Seesteg gefahren, wo sie gerade in einer

Penthouse-Suite den Höhepunkt dieses Trips erlebte.

Und das nicht nur einmal.

*

Oskar Breithammer beugte seinen Kopf noch einmal unter den harten Duschstrahl und ließ das heiße Wasser den letzten Rest seines Koffein-Shampoos aus dem Haar spülen. Normalerweise beendete er seine Dusche mit kaltem Wasser auf Knöcheln und Armgelenken, doch in Ausnahmefällen, wenn er sich ganz und gar wohlfühlen wollte, ließ er das bleiben. Er öffnete die Duschkabine nur einen Spalt, um nicht zu viel Wärme nach draußen zu lassen, während er das Handtuch hineinholte. Den Kopf rubbelte er sich nicht zu stark, weil er die Theorie vertrat, dass man dadurch den Haarausfall beschleunigte. Danach trocknete er seine Muskeln ab, die schon einmal härter und definierter gewesen waren. Etwas Wehmut später schlüpfte er in seine Adiletten und legte sich den Bademantel um, bevor er sein Gesicht im Spiegel freiföhnte.

Auf dem Bett lag sein superbequemer Pyjama, der allerdings mit solch einem Muster bedruckt war, dass ihn niemals irgendjemand auf dieser Welt zu Gesicht bekommen durfte. Aus irgendeinem Grund hatte Breithammer das Hauptthema von *Indiana Jones* als Ohrwurm und pfiff die Melodie, so gut es ging. Während er zwischen den beiden welken Pflanzen seines Schlafzimmerdschungels hin und her schlenderte, schaute er schließlich irgendwann auf sein Handy, das anzeigte, dass er eine Nachricht empfangen hatte.

Eilig nahm er das Gerät in die Hand. Über dem Symbol der Doubleroom-App war ein kleines, rotes

Herz erschienen. Die Nachricht stammte tatsächlich von Blumenwiese!

„Notruf", stand dort geschrieben. „Ich muss dich treffen. Sofort."

12. Blumenwiese

Breithammers Gedanken rasten. Er wollte Dirks' Telefonnummer wählen, aber in der Nachricht stand „sofort." Er guckte auf den exakten Zeitpunkt, an dem er die E-Mail erhalten hatte. „Sofort" war vor zwölf Minuten gewesen.

Wie lief so ein Treffen ab? Hatte Blumenwiese mehreren Leuten eine Nachricht geschickt, und derjenige, der sich zuerst meldete, bekam den Zuschlag? Dann musste er sich beeilen.

„Wo?", tippte er in sein Handy und schickte die Nachricht los. Er starrte weiter auf das App-Symbol, um ja nicht die Antwort zu verpassen, aber nichts geschah. Hatte er es vergeigt, nur weil er zu lange unter der Dusche gestanden hatte? Er musste sich eingestehen, dass er nicht wirklich daran geglaubt hatte, dass sie ihn kontaktieren würde. Vor allem nicht nach Feierabend, was natürlich Quatsch war, denn wenn man sich mit jemandem verabreden wollte, dann war Samstagabend dafür der beste Zeitpunkt.

Und wenn es gar keine Frau ist? Diese Person könnte Tammena ermordet haben. Oder ihn zu seinem Mörder geführt haben.

Breithammer wurde bewusst, dass es unsinnig war, vor dem Smartphone auf eine Antwort zu warten. Er sollte sich lieber für den Fall vorbereiten, dass eine Antwort kam. Dazu sollte er sich etwas Ordentliches anziehen. *Und ich sollte Diederike anrufen,* dachte er, während er sich die passenden Kleidungsstücke zurechtlegte. *Aber erst einmal muss ich wissen, ob ich mich überhaupt mit Blumenwiese treffe. Und wann und wo.* Er war gerade dabei, sich zwischen zwei schwarzen Oberhemden zu entscheiden, da gab sein Smartphone ein Signal von sich.

„Wie schnell kannst du in *Sam's Bar* sein?"

Breithammer googelte das Emdener Lokal und ließ sich die Route berechnen. „30 Minuten", schrieb er zurück. War das nicht zu lange? Würde er es mit Blaulicht nicht schneller schaffen?

Über dem Doubleroom-Symbol leuchtete erneut ein Herz auf. „Alles klar, bis gleich."

Breithammer zog das Hemd an, das er gerade in der Hand hielt, und schnappte sich seinen Autoschlüssel. Wenn er pünktlich sein wollte, musste er sich ganz schön beeilen, schließlich würde er noch parken und in die Innenstadt laufen müssen. *Und ich muss Diederike Bescheid sagen.* Plötzlich wurde ihm klar, dass Diederike den kurzfristigen Termin gar nicht einhalten konnte. Ihre Wohnung lag am anderen Ende von Aurich. Was, wenn auch sie gerade erst aus der Dusche kam?

Im Auto verband sich Breithammers Smartphone automatisch mit der Bordtechnik, und während er an der ersten roten Ampel stand, blätterte er zu Dirks' Nummer. Kurz bevor er die Schnellwahltaste drückte, sprang die Ampel jedoch auf grün, und Breithammer beschleunigte wieder.

Es ist besser, wenn ich mich alleine mit Blumenwiese treffe. Ich habe mich über mein privates Profil mit ihr verabredet und sie erwartet ein privates Treffen.

Als er das Ortsschild von Emden erreichte, war es definitiv zu spät, um Diederike noch dazu zu holen. Aber was sollte denn schon schief gehen, er war schließlich ein erwachsener Mann. *Das war Redolf Tammena auch, und trotzdem ist er ermordet worden. Was, wenn Blumenwiese nur ein Köder ist? Wenn sie mich weglockt? An den Ort, wo auch schon Redolf Tammena erschlagen wurde?*

Die Bar befand sich direkt im Zentrum von Emden, sie war Breithammer schon aufgefallen, als er gestern von der Kunsthalle gekommen war. Auch von innen machte das Lokal einen sehr gemütlichen Eindruck von der Art, dass man einen Hauch Wehmut darüber verspürte, dass man es nicht schon früher entdeckt hatte.

Breithammer hoffte, dass Blumenwieses Angaben aus dem Internet stimmten: rothaarig und über 1,70 Meter groß. Sein Blick wanderte durch den Raum. Er blieb bei einer rothaarigen Frau stehen, die sehr hübsch war. Konnte sie es sein? *Nein, so eine hat bestimmt einen Freund.* Es ging hier schließlich nicht um Wunschdenken, sondern um Fakten. Er blickte sich weiter um. Wahrscheinlich war es eher dieser Typ in der Ecke bei den Toiletten, der zwar einen Anzug trug, aber dazu ein Baseball-Cap nach Hip-Hop-Art auf dem Kopf hatte. Jetzt schaute der Kerl zu Breithammer hinüber. Sein Blick war intensiv und leicht irre. Breithammer wollte gerade zu seinem Smartphone greifen, um Dirks anzurufen, da sah er, wie die hübsche Frau ihm zuwinkte. Konnte es etwa doch sein, dass …? Schnell bahnte er sich einen Weg zu ihr.

„Blumenwiese?", fragte Breithammer, bevor er sich darüber klar wurde, dass das eine seltsame Begrüßung war, vor allem, wenn es sich um jemanden anderes handeln sollte.

„Blaulicht110?", fragte sie.

Er nickte.

„Da bin ich aber erleichtert. Ich dachte schon, ich

hätte ein Date mit dem verrückten Baseball-Cappie-Kerl dort in der Ecke."

Breithammer setzte sich ihr gegenüber. Er wusste, dass man einen Zeugen über seine Rechte aufklären musste, damit man die Aussage später verwenden durfte. Doch er war ja privat hier, das redete er sich zumindest ein. „Möchtest du etwas trinken? Einen Cocktail? Du bist natürlich eingeladen."

Sie lächelte vergnügt. „Ein Gentleman der alten Schule. Du gefällst mir immer besser."

Breithammers Puls beschleunigte sich. „Ich hoffe, ich bin nicht zu altmodisch, wenn ich ein Problem damit habe, dich weiterhin Blumenwiese zu nennen. Mein Name ist Oskar. Oskar Breithammer."

„Folinde. Folinde Fries."

Stimmte das? Aber was sollte er tun, um das herauszufinden? Jetzt über ihren Namen zu diskutieren oder sich ihren Ausweis zeigen zu lassen, wäre ganz sicher nicht so gut für das Gespräch. *Ich habe mich dafür entschieden, es auf diese Weise zu machen, also muss ich das auch durchziehen.* Die Bedienung erschien, und nachdem Folinde einen White Russian bestellt hatte, orderte Breithammer ein „eiskaltes Weizen".

Folinde sah wirklich bezaubernd aus. Ihre rote Haarfarbe war natürlich, und Breithammer war entzückt von ihrer hellen, mit Sommersprossen gesprenkelten Haut. Vielleicht war ihr Spitzentop etwas zu freizügig geschnitten, Breithammer redete sich allerdings ein, dass die große, dioptrinlose Brille ihr einen äußerst seriösen Eindruck verlieh. Über dreißig sollte sie sein? Breithammer fiel es schwer, das einzuschätzen. Überhaupt fiel es ihm immer schwerer, sich zu konzentrieren. „Und was machst du so beruflich?", fragte er so beiläufig wie möglich.

„Ich bin Grundschullehrerin." Ihr Bein suchte das seine. „Am liebsten unterrichte ich Deutsch, Mathematik und Musik."

„Interessant", grunzte Breithammer.

„Und du?" Sie lächelte. „Lass mich raten. Blaulicht110? Bist du bei der Feuerwehr?"

„Das wäre die 112." Breithammer rückte mit seinen Stuhl etwas nach hinten, doch Folindes Beine waren zu lang, um ihnen zu entkommen.

„Schade." Sie verzog die feuerroten Lippen zu einem Schmollmund. „Ich habe mir das schön vorgestellt, wenn du nur deinen Helm aufhast. Feuerwehrmänner sind sehr stark, oder?"

„Bei der Polizei müssen wir auch viel trainieren."

„Polizei?" Folinde hielt sich verspielt erschrocken die Hand vor den Mund.

„Keine Angst. Solange man sich an das Recht hält, braucht man die Staatsmacht nicht zu fürchten." Breithammer merkte selbst, wie lahm das klang.

„Und wenn ich ein böses Mädchen bin?" Ihre Augen funkelten provokativ.

„Was hast du denn angestellt?" Die Schnapsidee, dass dies der perfekte Zeitpunkt dafür wäre, den Mord an Tammena zu gestehen, verflog so schnell, wie sie gekommen war.

„Hast du denn deine Handschellen dabei, um mich zu verhaften?" Folinde rückte noch näher an ihn heran und begann, danach zu suchen.

„Möchtest du deine Hände nicht lieber über den Tisch tun?" Breithammer giggelte. „Dein Cocktail sieht doch so lecker aus."

„Im Moment habe ich nur Appetit auf dich."

„Nein, wirklich, bitte nimm deine Hände da weg. Wir sind hier in einer Bar!"

„Die einzige Möglichkeit, wie du meine Hände loswirst, ist, dass du sie irgendwo ankettest."

„Ich habe keine Handschellen dabei!"

„Dann fahren wir zu mir, zu Hause habe ich alles, was wir brauchen. Wenn du willst, dann kannst du mich *Miss Grey* nennen."

„Ich finde ‚Folinde' gut."

„Komm schon, lass uns gehen. Die Blumenwiese ist feucht und braucht eine kräftige Biene."

Breithammer verschluckte sich und bekam einen Hustenanfall. So stark, dass er für einen Moment den Kopf freibekam. „Es tut mir leid, Folinde, aber wir können jetzt nicht gehen. Du bist eine wichtige Zeugin im Mordfall Redolf Tammena, und ich bin hier, um dich zu vernehmen." Breithammer zählte ihre Rechte auf, und das stumpfe Referieren dieser Sätze half ihm dabei, sich wieder in den Dienst zu versetzen.

„Das ist ja wohl die Höhe", empörte sich Folinde. „Also diesen Doubleroom-Dating-Dienst habe ich ein für alle Mal gefressen, da erlebt man ja nur Enttäuschungen."

„Das Treffen mit Redolf Tammena am Dienstag war also eine Enttäuschung?"

„Wer zum Teufel ist Redolf Tammena? Ich kenne niemanden, der so heißt."

„Es geht um den Maler, der ermordet wurde. Er hatte den Nutzernamen Bergsteiger und hatte letzten Dienstag um 18:30 Uhr ein Date mit Ihnen."

„Der ermordete Maler war *Bergsteiger*?" Folinde rupfte frustriert das Schirmchen aus ihrem Glas und trank den Cocktail in einem Zug aus. „Ich hatte mich so auf das Treffen mit ihm gefreut. So ein Nutzername klingt schließlich äußerst vielversprechend. Ich hatte mir extra mein Dirndl angezogen und war bereit dazu, den Gipfel der Lust zu erklimmen, aber dann ist er einfach nicht gekommen.“ Sie schüttelte den Kopf. „Nun weiß ich wenigstens, warum.“

*

Diederike Dirks war gerade das Wunder zuteil geworden, endlich einzuschlafen, da klingelte ihr Handy. Widerwillig streckte sie den Arm unter der wohlig warmen Decke heraus, um das Störending zum Schweigen zu bringen.

„Blumenwiese hat sich gemeldet“, tönte Breithammers Stimme aus einem anderen Universum. „Sie will sich mit mir treffen.“

Sofort war Dirks hellwach. „Wo? Wann? Ich bin in fünf Minuten bei dir.“

„Nicht nötig, das schaffe ich schon alleine. Es ist schließlich 2:00 Uhr in der Nacht.“

„Quatsch, natürlich komme ich mit.“

Breithammer räusperte sich. „Ich habe mich schon mit ihr getroffen.“

„Warte mal, ich muss mich erst mal kneifen, um zu wissen, ob ich nicht noch träume.“

„Du träumst nicht. Ich bin in Emden und komme gerade aus der Bar, in der wir waren.“

Dirks richtete sich auf. „Wieso? Wie um alles in der Welt kommst du auf die Idee, so etwas zu tun?“

„Ich wollte dich ja anrufen. Aber irgendwie habe ich das dann doch nicht getan.“

„Ach so.“

„Kennst du das nicht? Man sucht im Radio nach einem Sender, findet nichts Passendes, und schließlich bleibt man doch bei der Schlagermusik hängen, für die man sich eigentlich schämt."

„Nein, das kenne ich nicht!" Die Hauptkommissarin massierte sich angestrengt die Stirn. Es fiel ihr immer noch schwer zu glauben, dass das hier die Wirklichkeit war.

„Ich dachte einfach, dass ich mehr herausfinde, wenn ich mich nicht gleich als Polizist zu erkennen gebe. So kann ich Blumenwiese am besten kennenlernen und abschätzen, ob sie glaubwürdig ist oder nicht."

„Du weißt selbst, dass das Blödsinn ist. Verdammt, Oskar! Wenn du dich lange nicht mehr mit einer Frau getroffen hast, dann musst du doch nicht ausgerechnet mit einer Zeugin wieder anfangen. Sie ist wichtig! Sie könnte die letzte Person gewesen sein, die Tammena lebend gesehen hat."

„Hat sie aber nicht. Tammena ist einfach nicht zu ihrer Verabredung erschienen. Das ist alles."

Dirks schluckte. „Erzähl mir bitte genau, was du sie gefragt hast, und wie sie darauf geantwortet hat." Die Ermittlerin stand auf und ging zu ihrem Schreibtisch, wo sie einen Kugelschreiber und einen Notizblock hatte.

„Puh, sie hat so viel erzählt. Wir haben lange gequatscht, weißt du. Sie ist eine richtige Quasselstrippe. Oder wie ihr Exfreund sie genannt hat: eine ‚Quasselstripperin'." Breithammer kicherte.

„Bist du betrunken?"

„Vielleicht. Ein bisschen."

Dirks schleuderte den Kugelschreiber in die Ecke. Sie musste irgendetwas tun, um Stress abzubauen. Mit dem Handy am Ohr, ging sie rüber ins Wohnzimmer zu ihrem Laufband. „Was hat sie am Dienstag gemacht, nachdem Tammena nicht zum Date erschienen ist? Ist sie einfach nach Hause gefahren?"

„Ja."

„Ist sie sofort nach Hause gefahren, oder hat sie Tammena vielleicht angerufen, um zu erfahren, wo er bleibt?"

„Das ist ein unverbindlicher Dating-Dienst und nichts, wo man sich Sorgen umeinander macht. Wenn jemand nicht erscheint, dann hat er's sich eben anders überlegt."

Dirks stellte das Laufband auf die höchste Geschwindigkeit. „Du hast etwas von einem Exfreund gesagt. Hast du dich nach ihm erkundigt? Ist er eifersüchtig und aggressiv?"

„So aggressiv, wie jemand sein kann, der eine Waldorfschule besucht hat. Außerdem hatte er mit Folinde Schluss gemacht, nicht umgekehrt."

„Bist du dir sicher, dass sie die Wahrheit sagt? Sie könnte dich von vornherein verarscht haben. Dein Nutzername ist nicht gerade unauffällig."

„Sie hat mich für einen Feuerwehrmann gehalten. Lustig, nicht? Sie hat 110 und 112 verwechselt!"

„Wenn sie bei einem Dating-Dienst mitmacht, ist klar, dass sie gerne eine Nummer schiebt. An welcher Schule arbeitet sie?"

„Das ist doch egal."

„Sie ist eine Zeugin, Oskar! Für eine Befragung gibt es Vorschriften! Hast du wenigstens ihre Adresse?"

„Sie wollte mich mit zu sich nach Hause nehmen. Aber ich wollte nicht."

Dirks war vollkommen entnervt. Sie hatte ihren Kollegen nur einmal zuvor betrunken erlebt, aber damals hatte er Geburtstag gehabt. „Und warum bist du nicht zu ihr gegangen? Ihr habt euch ja offensichtlich prächtig verstanden."

„Ich will nach Dienstschluss nicht die Uniform eines Streifenpolizisten tragen, auch wenn es nur im Schlafzimmer ist! Und wenn ich einem Mörder Handschellen anlege, dann will ich dabei nicht an meine Freundin denken. Privates und Berufsleben müssen klar voneinander getrennt werden. "

„Du hast gerade beides miteinander vermischt."

„Sie weiß nichts, Diederike! Sie war sehr offen. Zu offen. Sie hat mir so viel von sich erzählt, das wollte ich gar nicht alles erfahren."

„Wenn sie doch mehr mit dem Fall zu tun hat und uns die Sache um die Ohren fliegt, dann sorge ich persönlich dafür, dass du in eins der neuen Bundesländer versetzt wirst."

„Ich werde ihre Angaben genauestens überprüfen", quetschte Breithammer hervor. „Name, Adresse, Exfreund. Am Montag hast du alles auf dem Schreibtisch."

„Gut."

„Außerdem würde ich morgen gerne mit dem Rad die Routen abfahren, die Tammena in der Woche vor seinem Tod unternommen hat. Glaubst du, das ist sinnvoll?"

„Wieso fragst du mich? Du machst doch sowieso nur, was du selbst denkst." Dirks legte auf.

13. Zweite Besprechung

Den Sonntag verbrachte Dirks gemeinsam mit Saatweber am Kleinen Meer beim Häuschen der Riekens. Ein Taucher durchsuchte den Kanal nach Tammenas Smartphone und seinem Autoschlüssel.

Niemals hätte sie gedacht, dass sie einmal mit dem Staatsanwalt im Garten einer Meerbude auf einer Hollywoodschaukel sitzen und dem Platschen eines Froschmanns lauschen würde. Sie schwiegen und ließen sich die Sonne auf die Nase scheinen. Das schätzte sie an Saatweber, dass man mit ihm zusammen schweigen konnte. Wahrscheinlich genoss er diesen Moment wirklich und nahm diesen Tag in Ostfriesland als eine willkommene Auszeit von seiner Familie.

Es musste schön sein, durch seine Familie einen gewissen Ausgleich zur Arbeit zu haben und nicht nur den Beruf als Verpflichtung zu verspüren. Dirks merkte, dass sie diesen Fall so verkrampft betrachtete wie ihren ersten Mordfall in Osnabrück. Dies hier war ihr erster Mordfall in Ostfriesland, und sie musste sich wieder neu beweisen.

Der Sonnenschein tat gut, doch er hob ihre Stimmung nur unwesentlich. Natürlich war sie noch wütend auf Breithammer. Dirks hatte größte Lust, ihn für sein Verhalten zur Rechenschaft zu ziehen. Jetzt wäre die perfekte Gelegenheit dazu, den Staatsanwalt über diese Ermittlungspanne zu unterrichten. Aber was würde sie damit erreichen? Sie wollte nicht, dass Breithammer einen Eintrag in seine Akte erhielt. Sie wollte ihn nicht als Kollegen verlieren, er war schließlich das Einzige, was sie aus Osnabrück mitgebracht hatte. Außerdem erinnerte sie sich an die Lesung, wo sie auch lieber mit Egge Jansen privat geredet hätte, anstatt ihn zu verhören. Man musste einfach nur hoffen, dass Folinde Fries' Aussage stimmte und Breithammer so ein Ding nicht wieder durchziehen würde. Viel wütender als über den Alleingang ihres Kollegen war sie in Wirklichkeit ja darüber, dass wieder eine Spur im Sande verlaufen war. Oder konnte Folinde Fries doch noch etwas zu dem Fall beitragen? Wenn Breithammer ihr morgen die Adresse geben würde, dann könnte sie sie ja selbst noch einmal befragen.

Dirks erhob sich von der Hollywoodschaukel, ging vor das Haus und versuchte noch einmal, Iba anzurufen. Erneut meldete sich nur die Mailbox, und diesmal beschloss Dirks, darauf zu warten, dass sich ihre Freundin von selbst meldete.

Als sie wieder nach vorne ging, war der Taucher gerade dabei, aus dem Kanal zu steigen. In seiner Hand befand sich ein Netz voller Gegenstände, beim größten handelte es sich um einen Gummistiefel. Gespannt schauten Dirks und Saatweber, was der Froschmann noch gefunden hatte. Neben einer Sonnenbrille und einer Angelrolle gab es noch die Actionfigur eines amerikanischen Comichelden, den Saatweber kannte, weil er die gleiche Figur seinem Sohn zu Weihnachten geschenkt hatte. Das einzige technische Gerät unter den Fundgegenständen war ein Weltempfängerradio, aber es gab kein Smartphone. Genauso wenig wie einen Autoschlüssel oder eine Brieftasche.

Der Taucher ging noch einmal ins Wasser, um den Kanal auf Höhe der Nachbargrundstücke zu durchsuchen. Dirks erhoffte sich davon jedoch keine besseren Ergebnisse. Der Täter hatte das Smartphone und die Brieftasche des Opfers wahrscheinlich schon am Tatort entfernt, bevor er die Leiche in das Auto gezerrt hatte. Hier am Fundort gab es eigentlich nur noch die Möglichkeit, den Autoschlüssel zu finden. Wenn jedoch schon am Lenkrad keine Fingerabdrücke waren, so waren gewiss auch keine am Autoschlüssel zu finden.

Wenigstens bekam sie gegen 17:00 Uhr eine Textnachricht von Iba, ob sie am Montag zusammen Mittagessen wollten. Dirks sagte zu, während sie insgeheim hoffte, dass der Bericht ihrer Freundin nicht spannender sein würde als die Besprechung der Mordkommission am Vormittag.

*

Der Montagmorgen war dunkel und regnerisch. Bis auf den Vertreter der Gerichtsmedizin war der Besprechungsraum in Aurich mit denselben Leuten wie am Freitag gefüllt. Die Akten auf den Tischen waren dicker geworden, und man konnte an den Wänden Breithammers Rekonstruktionsversuche der letzten Tage Redolf Tammenas bewundern.

Dirks bat die Kollegen, reihum ihre Ermittlungsergebnisse zusammenzufassen.

„Wir haben die Geschäfte und Lokale in der Innenstadt von Emden abgeklappert. Niemand, der am Dienstag gearbeitet hat, konnte sich an Redolf Tammena erinnern."

„Bei der Durchsicht von Tammenas Geschäftsunterlagen haben wir keine Auffälligkeiten entdeckt. Es gab in letzter Zeit nur wenige Kontobewegungen, seine Kreditkarte hat er überhaupt nicht benutzt. Wir haben übrigens keine Belege von Tankstellen gefunden und können somit nicht sagen, wann er das letzte Mal sein Auto vollgetankt hat."

„Ich bin der Frage nachgegangen, wie der Täter von der Hieve weggekommen ist. Die Taxiunternehmen haben am Dienstag keine Fahrt von den Meeren verbucht. Weder die Riekens noch die direkten Nachbarn, die Hansens, vermissen ihr Boot. Von den anderen Meerbudenbesitzern haben wir noch nicht alle erreicht, aber nach dem, was wir selbst gesehen haben, fehlt nirgendwo ein Schiff."

„Bei der Überprüfung von Tammenas Handynummer und seines Festnetzanschlusses sind wir auf keine außergewöhnlichen Nummern gestoßen. Ein Callcenter, das ihm eine Versicherung anbieten wollte, hat sich täglich gemeldet. Am Dienstag hat der Maler mit niemandem telefoniert."

Altmann war der nächste in der Reihe. „Bei den Genspuren in Tammenas Haus haben wir uns vor allem auf Mareika Weinbeckers DNS konzentriert. Sie wurde hauptsächlich in Tammenas Atelier gefunden. Außerdem befand sie sich an ein paar Stellen im Wohnzimmer und in der Küche. Im Schlafzimmer konnte ausschließlich Tammenas DNS nachgewiesen werden. Ansonsten haben wir zwar eine Menge Genspuren gesammelt, aber ohne die Gegenproben eines Verdächtigen haben sie keine Aussagekraft." Er prüfte den Sitz seiner Brille. „Da das Opfer in seinem eigenen Fahrzeug weggeschafft wurde, ist es wahrscheinlich, dass Tammena auch in der Nähe seines Autos ermordet wurde. Vielleicht ist das ja geschehen, während er im Parkhaus ins Auto steigen wollte, deshalb haben wir dort nach Blutspuren gesucht, aber keine gefunden."

Saatweber atmete hörbar entnervt aus. „Haben wir die Alibis aller Personen überprüft, die mit Tammena zu tun hatten?"

„Die Kollegen in Hamburg haben sich nach Immo Petersens Alibi erkundigt, und sein Sohn hat bestätigt, dass der Galerist am Dienstagnachmittag bei ihm war. Außerdem haben wir überprüft, was Redolf Tammenas Bruder Uwe an dem Tag gemacht hat. Er war dort Gastgeber seiner Doppelkopfrunde gewesen."

„Was ist mit Herrn Weinbecker?"

„Mareikes Vater hat am Dienstag bis spät gearbeitet."

„Und diese Folinde Fries?" Saatweber wandte sich direkt an Breithammer.

„Bei ihr stirbt man höchstens im Bett. Und zwar vor Erschöpfung."

Sven Holm lachte.

Saatweber nicht. „Was ist mit ihrem Umfeld?"

„Ihr Umfeld besteht vor allem aus Grundschülern. Alle weiteren Bekanntschaften haben Alibis."

„Was haben denn die Hinweise aus der Bevölkerung ergeben?" Dirks blickte den Kollegen an, der dafür zuständig war.

„Wie aus den Protokollen ersichtlich ist, haben sie wenig Substanz. Denjenigen, die am Donnerstag vor elf Tagen Tammenas Atelier besucht haben, ist nichts Außergewöhnliches am Maler aufgefallen."

Dirks zog seinen Bericht aus der Akte. „Was ist mit dem Fischverkäufer aus Norddeich Mole, der angibt, Tammena am Dienstag um 19:45 Uhr Heringssalat verkauft zu haben?"

Holm räusperte sich. „Den habe ich besucht. Er hat mir seine Aussage bestätigt, dass er sich ganz sicher sei, den Maler um diese Uhrzeit gesehen zu haben."

Dirks' Puls beschleunigte sich. „Und? War Tammena alleine? War er mit seinem Auto dort? Hat der Verkäufer noch etwas gesagt?" Verwirrt blätterte sie die Seiten durch, aber fand keinen Bericht dazu. „Wieso erfahre ich erst jetzt davon?"

Holm schluckte. „Nun, bevor ich den Verkäufer noch weiter zu Tammena vernommen habe, habe ich ihm erst mal ein Foto gezeigt, dass ich ausgedruckt hatte. Ich habe es ihm vor das Gesicht gehalten und gefragt: ‚Sind Sie sich wirklich hundertprozentig sicher, dass dieser Mann bei Ihnen am Dienstag um 19:45 Uhr Heringssalat gekauft hat?' Der Fischverkäufer hat genickt und gesagt: ‚Hundertprozentig.' Und dann habe ich geantwortet: ‚Herzlichen Glückwunsch. Dann haben Sie am Dienstag Ex-Bundeskanzler Gerhard Schröder bedient.'" Der Polizist blickte sich grinsend um. „Versteht ihr? Ich habe dem Verkäufer gar kein Foto von Tammena gezeigt, sondern eines vom Schröder! Ich habe ihm empfohlen, einen Augenarzt aufzusuchen, und bin wieder gefahren."

Dirks beschloss, sich ein Foto von Holm auszudrucken, um ihn mit Dartpfeilen bewerfen zu können.

Saatweber sprach das ernüchternde Fazit laut aus. „Wir haben nichts."

„Es gibt keine Enttäuschungen", behauptete Altmann. „Auch ein negatives Ergebnis ist ein Fortschritt, denn man kann damit eine Möglichkeit ausschließen. Letztlich muss das wahr sein, was übrig bleibt."

„Was bleibt denn übrig?"

Ratloses Schweigen füllte den Raum. Solches Schweigen mit Kollegen mochte Dirks gar nicht.

Breithammer brach die Stille. „Tammena hatte um

18:30 Uhr eine Verabredung, ist aber nicht erschienen. War er um diese Zeit schon tot? Oder war er gerade auf dem Weg zu seinem Mörder?“

Dirks stutzte. „Warum ist er aus Emden weggefahren, wenn er um 18:30 Uhr ein Date hatte?“ Sie stand auf und stapfte hin und her. „Warum hat er das gemacht? Ist irgendetwas vorgefallen? Hat er irgendjemanden getroffen und deshalb seinen Plan geändert? Es muss irgendetwas geschehen sein, wodurch das Treffen mit Folinde Fries plötzlich unwichtig geworden ist.“

Saatweber bremste ihre Begeisterung. „Selbst, wenn er die Kunsthalle erst um 17:00 Uhr verlassen hat, dann hatte er noch anderthalb Stunden Zeit bis zu seinem Treffen. Er könnte also auch geplant haben, wieder um 18:30 Uhr in der Stadt zu sein.“

Breithammer schüttelte den Kopf. „Tammena hat bereits seinen Ausgeh-Anzug getragen, er war auf ein Date eingestellt. Es gab keinen Grund für ihn, nach dem Besuch der Kunsthalle noch mal zu seinem Auto zu gehen und woandershin zu fahren. Ich wäre an solch einem Tag noch ruhig durch die Stadt geschlendert, hätte einen Espresso getrunken und einen Blumenstrauß gekauft. Aber das alles hat Tammena nicht getan.“

„Nur weil ihn niemand in der Innenstadt gesehen hat, heißt das noch lange nicht, dass er nicht dort war“, entgegnete Saatweber. „Er war eben ein unauffälliger Mensch.“

„Aber wie ist dann die Leiche in sein Auto gekommen, wenn er nicht noch einmal weggefahren ist? Hat der Mörder den Volvo etwa später aus dem Parkhaus geholt, um ihn zur Leiche zu bringen? Das ist doch wohl sehr unwahrscheinlich.“

„Wenn Tammena die Kunsthalle schon um 16:00 Uhr

oder noch früher verlassen hätte, dann wäre es kein Problem für ihn gewesen, wieder um 18:30 Uhr in Emden zu sein. Vielleicht hat er jemanden in der Kunsthalle getroffen und hat sich spontan entschlossen, mit ihm mitzufahren." Dirks blickte zu Breithammer. „Wir müssen noch einmal in die Kunsthalle. Wir müssen noch einmal Ingeborg befragen, ob ihr am Dienstag irgendetwas aufgefallen ist. Ob sie sich noch an irgendeinen besonderen Vorfall erinnern kann oder an einen anderen Gast an diesem Tag."

„Das habe ich gestern schon getan", sagte Breithammer. „Aber sie sagte, das einzig Seltsame an diesem Tag wäre gewesen, dass an einem der Bücher im Museumsladen das Preisschild fehlte."

„Das sind doch alles nur Spekulationen", warf Saatweber ein. „Er kann auch so die Kunsthalle um 16:00 Uhr verlassen haben und auf dem Weg in die Innenstadt jemanden getroffen haben. Er ist einfach einer Eingebung gefolgt. Oder er hat eine Nachricht auf seinem Smartphone bekommen. Vielleicht war er noch auf einer anderen Dating-Plattform unterwegs."

„Verdammt!" Dirks schlug mit der Faust auf den Tisch. „Tammena war ein erfolgreicher Künstler, ein geliebter Sohn, und er wurde von seiner Nachbarstochter bewundert. Ich werde morgen auf dem Friedhof stehen, und wenn mich seine Eltern fragen, was ich herausgefunden habe, dann kann ich ihnen nichts antworten!" Sie schluckte. Sie war zur Polizei gegangen, um nicht machtlos zu sein gegenüber dem Verbrechen, aber im Augenblick fühlte sie sich genau so. „Dem Täter war es offensichtlich egal, dass die Leiche gefunden wird. Und zwar weil er glaubt, dass wir niemals eine Verbindung zu ihm ziehen können. Aber diese

Verbindung existiert. Wir müssen nur tiefer graben. Wir müssen alle Personen aufsuchen, die uns etwas zu ihm sagen können, Jugendfreunde, Lehrer, Babysitter."

„Das ist doch die Suche nach der Nadel im Heuhaufen! Woran sollen wir denn erkennen, dass es sich um den entscheidenden Hinweis handelt, wenn wir ihn sehen?"

„Ganz einfach: Es muss etwas sein, woraus sich ein Mordmotiv ableiten lässt. Eine Demütigung, eine Leidenschaft oder etwas, das einen großen Wert besitzt. Vielleicht ist Tammena jemandem auf die Füße getreten, ohne es zu wollen. Und irgendeine Person kann uns davon berichten."

„Vielleicht müssen wir diese Person gar nicht selbst finden", sagte Breithammer. „Vielleicht kommt sie ja zu uns."

„Wie meinst du das?"

„Nun, die Beerdigung morgen ist öffentlich. Es werden alle Leute kommen, denen der Maler so viel bedeutet hat, dass sie sich von ihm verabschieden wollen. Jeder, der dort sein wird, hat wirklich etwas über Tammena zu sagen. Vielleicht kommt dort ja auch die Person, die uns den entscheidenden Hinweis geben kann."

Auf Dirks' Gesicht bildete sich ein Lächeln. Auch wenn sie immer noch ein bisschen sauer wegen Samstagabend war - genau wegen solcher Momente arbeitete sie so gerne mit Breithammer zusammen. „Dann müssen wir dafür sorgen, dass möglichst viele von der Beerdigung erfahren. Die Zeitungen sollen in ihren Online-Ausgaben davon berichten. Und wir brauchen eine Karte vom Friedhof, um zu planen, wo wir unsere Leute platzieren."

*

Diederike traf Iba im Hotel-Restaurant *Goldener Adler*. Ihre Freundin strahlte vor Glück. „Na, dir geht es ja gut." Diederike konnte gar nicht anders, als auch zu grinsen.

„Und dir? Wie kommst du mit deinem Mordfall voran?"

„Schleppender, als mir lieb ist. Jetzt erzähl aber endlich von deinem Wochenende."

„Es war unglaublich! Wir sind erst heute Morgen zurückgekehrt." Iba zog den Schlüsselbund aus ihrer Handtasche und wedelte damit vor Diederikes Nase herum. „Ich wohne jetzt bei ihm!"

„Wie bitte?" Diederike schluckte. „Ist das nicht ein bisschen arg schnell? Ich bin ja schon überfordert, wenn du mir nur davon erzählst."

„Verrückt, nicht wahr? Ich kann es selbst kaum glauben. Aber wir haben uns von Anfang an prima verstanden und gleich gespürt, dass wir mehr wollen als nur eine Nacht."

Bei Diederike schrillten innerlich die Alarmglocken, automatisch meldete sich der Schutzinstinkt, den sie in Bezug auf Iba hatte.

„Stell dir vor, er hat dasselbe erlebt wie ich. Seine Frau hat ihn vor drei Jahren betrogen! Seitdem hat er sich auf niemanden mehr eingelassen, ich bin die Erste, bei der er sich wieder geöffnet hat. Weißt du, was er zu mir gesagt hat? ‚Ich habe noch niemals so eine Frau erlebt wie dich. Du hast schon einiges im Leben hinter dir, aber du hast dein Lächeln nicht verloren.'"

„Schön, dass er dich versteht. Aber daran siehst du

auch, wie lange es dauert, um so ein Erlebnis zu verarbeiten. Drei Jahre! Bei dir sind gerade einmal drei Tage vergangen."

„Darüber haben wir geredet. Ich habe ihm gesagt, dass ich nicht weiß, ob ich mich schon auf eine neue Beziehung einlassen kann. Dass ich noch zu verletzt bin. Dass ich ihn nicht einfach dafür benutzen will, meinen Schmerz abzuladen. Aber er hat gesagt: ‚Und wenn ich es nicht anders will? Du hast alle Freiheiten. *No strings attached*, fühl dich nicht zu etwas verpflichtet. Lass uns einfach sehen, wie es läuft.' Und genau das will ich auch."

„Aber wie soll denn dein Herz damit klarkommen? Am Donnerstag hast du nur geheult."

„Ja, und ich habe keine Lust mehr zu weinen. Ich will das Leben genießen. Egge tut mir gut, Diederike! Es ist schön, wieder begehrt zu werden. Ich habe gar nicht gemerkt, wie lange das her war. Bei Jürgen war es nachher nur noch anstrengend, sich für ihn hübsch zu machen und dann doch übersehen zu werden. Bei Egge fühle ich mich endlich wieder wertvoll. Ich will das nicht aufgeben, nur weil ich Angst habe."

„Du hast also Angst."

„Natürlich!" Iba senkte den Blick. „Am Wochenende, wo ich die ganze Zeit über mit Egge zusammen war, war alles gut. Aber vorhin, als er zur Arbeit gegangen ist und ich plötzlich ganz alleine in seinem Haus war, da habe ich Angst bekommen. Was, wenn mein neues Glück auch wieder nur eine Einbildung ist? Was, wenn Egge mich auch belügt und betrügt? Was, wenn Egge auch ein zweites Leben hat? Auf seinem Segelboot habe ich mich so geborgen gefühlt, aber plötzlich war die Haustür zu und alle Sicherheit war wieder verschwunden. Hat mich dieses Arschloch von Jürgen etwa vollkommen beziehungsunfähig gemacht? Darf ich denn gar nicht mehr glücklich werden?"

Diederike umschloss Ibas Hände und blickte ihr in die Augen. „Sei nicht so hart zu dir selbst. Setz dich nicht so sehr unter Druck."

„Ich will nicht warten." Iba flossen Tränen über das Gesicht. „Ich kann nicht warten. Jürgen hat mich so viel Zeit meines Lebens gekostet, und jetzt kommt Egge, und ich fühle mich so, als ob ich auf einmal alles, was ich verloren hatte, wiederbekomme. Mehr noch, es ist, als ob alles plötzlich einen Sinn ergibt. Als ob ich nur durch das, was ich erlebt habe, überhaupt Zugang zu Egge habe. Ich will, dass das klappt! Noch niemals habe ich mir so sehr gewünscht, dass etwas klappt, und ich habe Angst, dass ich es kaputt mache, weil ich Egge nicht vertrauen kann."

Diederike schaute ihre Freundin verständnisvoll an. „Ich glaube schon, dass du das schaffen kannst, Iba. Aber nicht alleine. Du brauchst Hilfe. Professionelle Hilfe."

Iba strahlte durch ihre Tränen hindurch. „Das habe ich mir auch schon gedacht. Würdest du das wirklich tun, Diederike? Würdest du Egge für mich überprüfen und ihn beschatten lassen?"

Dirks starrte sie entsetzt an. „Ich meinte, dass du dir einen Psychologen suchst! Das Problem liegt bei dir, Iba, nicht bei Egge. Es hilft dir gar nichts, wenn du *weißt*, dass mit Egge alles stimmt, sondern es geht hier um deine Gefühle."

Iba schaute etwas eingeschnappt und wirkte nicht wirklich überzeugt.

Diederike zog eine ihrer Visitenkarten heraus und

schrieb eine Telefonnummer darauf. „Die Psychologin, mit der wir von der Polizei zusammenarbeiten, ist sehr nett. Es geht nur darum, mit ihr zu sprechen! Sie kann dir sicherlich ein paar Tipps geben."

Widerwillig steckte Iba die Karte ein.

„Versprich mir, dass du sie anrufst!"

„Ja, ja."

Diederike wollte ihre Freundin nicht weiter drängen, sie konnte sie ja später noch einmal daran erinnern. Und sie sollte sie jetzt auch nicht wieder in Egges Haus zurückgehen lassen, sondern sie irgendwie ablenken. „Was hältst du davon, wenn wir gemeinsam shoppen gehen? Hast du schon ein Outfit für die Beerdigung?"

14. Beerdigung

Der Himmel zauberte fantastische Wolkenformationen über die Kirche und spielte mit Licht und Schatten, als wolle er sich vor dem Künstler verneigen, der der Natur stets mit so viel Ehrfurcht gegenübergetreten war. Die Beerdigung fand in Esens statt, und aufgrund des großen Gästeandrangs hielt man den Trauergottesdienst in der St.-Magnus-Kirche ab.

Breithammers Idee, dass jemand auf der Beerdigung erscheinen könnte, der ihnen etwas Wichtiges über Redolf Tammena erzählen könnte, hatte etwas Bestechendes, auch wenn Dirks versuchte, die Erwartungen so gering wie möglich zu halten. Sie redete sich ein, heute Morgen in erster Linie Redolf Tammena Respekt zu erweisen.

Das musste auch der Hauptaspekt dieses Tages sein, denn dem im Hintergrund laufenden Polizeieinsatz waren sehr enge Grenzen gesteckt. Es ging nicht darum, am Ende ein genaues Protokoll aller anwesenden Gäste zu haben oder willkürlich Gespräche zu belauschen. Es ging einfach darum, noch einen weiteren Zeugen zu finden, der einen Aspekt vom Leben des Malers beleuchten konnte, der auf den ersten Blick vielleicht vollkommen belanglos erschien, aber dennoch wichtig war. Die Kollegen verteilten sich auf den umliegenden Parkplätzen, um nach Nummernschildern zu sehen, die nicht aus der näheren Umgebung stammten. Breithammer koordinierte alles und war über Funk mit seiner Vorgesetzten verbunden. In Dirks' Ohr steckte ein unauffälliger Knopf und das Mikrofon war in einer Brosche am Jackett ihres schwarzen Hosenanzugs verborgen.

Es gab drei Abschnitte an diesem Vormittag: Den Trauergottesdienst, die Beisetzung auf dem Friedhof und zum Schluss den Leichenschmaus im Haus des Malers. Beim ersten Teil waren natürlich die meisten Menschen dabei, am wichtigsten würden jedoch diejenigen sein, die auch noch mit nach Bensersiel fahren würden.

Schon gestern hatte Dirks von Uwe Tammena die Liste der offiziellen Gäste erhalten. Darunter waren natürlich der Bürgermeister und einige Vertreter der Kurverwaltung. Außerdem wollte jemand vom ADFC kommen, denn als „Maler auf dem Fahrrad" hatte sich Redolf Tammena als ein besonderer Botschafter dieses umweltfreundlichen Verkehrsmittels gezeigt.

Der Galerist Immo Petersen war da, aber auch Kunsthallendirektor Dr. Harald Westermann, gemeinsam mit seiner Frau. Iba saß neben Egge Jansen in der zweiten Reihe. *Die beiden geben wirklich ein tolles Paar ab.* Auch Fenna war anwesend. *Wie hat sie es wohl aufgenommen, dass ihre Tochter schon wieder ausgezogen ist?* Vielleicht war sie ja ganz froh darüber, sie hatte sich schließlich die letzten Jahre über an ein Leben alleine gewöhnt.

Dirks setzte sich in die letzte Reihe, um den größten Überblick zu haben. Am anderen Ende der Bank erkannte sie Wanda Boekhoff.

Es knackte leise in Dirks' rechtem Ohr, und Breithammers Stimme erklang. „Die meisten Autos haben Kennzeichen aus dieser Gegend. WTM, AUR, NOR. Es gibt auch vier Fahrzeuge aus Emden, aber die gehören dem Kunsthallendirektor, Immo Petersen und Egge Jansen. Nur einen magentafarbenen VW Beetle konnten wir nicht zuordnen. Uwe Tammenas Mercedes hat natürlich ein Hamburger Kennzeichen. Aber wir haben auch jemanden aus Stuttgart unter den Gästen."

„Handelt es sich dabei um einen dunkelroten Fiat 500?"

„Genau. Er ist sogar so dusselig geparkt, dass wir ihn abschleppen lassen könnten."

„Lasst das mal lieber, das ist nämlich Ibas." Dirks seufzte. „Sonst nichts?"

„Nein. Das heißt - Moment. Ich sehe hier noch einen silberfarbenen Audi aus Osnabrück."

„Osnabrück!" Dirks versuchte zu flüstern. „Dort hat Redolf Tammena doch studiert."

„Vielleicht ist es ein Kommilitone."

„Behalte dieses Fahrzeug im Auge. Ich sage dir Bescheid, wenn der Gottesdienst vorbei ist."

Während des Gottesdienstes sprach nicht nur der Pastor. Fenna trug ein Gedicht über den Tod vor mit der Aussage, dass ein Mensch in den Herzen der Menschen, die ihn geliebt haben, weiterlebe. Immo Petersen sagte, dass ein Maler in jedem Pinselstrich seiner Bilder weiterlebe. Der Bürgermeister sagte, dass Tammena in den Erinnerungen aller Leute weiterlebe, die gesehen haben, wie er auf seinem Fahrrad durch die Dörfer und Höfe gefahren ist. Alle redeten davon, dass der Künstler auf irgendeine Weise weiterleben würde, und nur Hillgriet und Otto Tammena saßen schluchzend in der ersten Reihe und mussten irgendwie damit klarkommen, dass ihr Sohn endgültig tot war und sie nie wieder eine Tasse Tee mit ihm trinken konnten. *Vor genau einer Woche ist er ermordet worden.* Am Schluss des Gottesdienstes trat Uwe Tammena ans Pult und lud alle zum Leichenschmaus im Haus seines Bruders ein.

Trotz dieser Einladung war die Trauergesellschaft auf dem Weg zum Friedhof erwartungsgemäß erheblich kleiner. Dirks folgte der schweigenden Prozession erneut als Letzte. Alles konnte wichtig sein, und alles konnte unwichtig sein.

Sie versuchte, die Leute einzuordnen. Die meisten der Anwesenden gehörten zu den Generationen von Redolf Tammena und von seinen Eltern. Den Altersdurchschnitt senkte vor allem Familie Weinbecker mit Mareika. Außerdem befand sich noch eine junge Frau unter den Gästen, deren Gesicht von einem schwarzen Schleier verhüllt war. Auch ihr üppig verziertes Spitzenkleid wäre nur vor 150 Jahren unauffällig gewesen. *Wer ist das? Hatte der Maler vielleicht eine Tochter, von der niemand etwas weiß?*

Dirks beugte sich zu ihrer Brosche, um Breithammer eine Anweisung zu geben. „Haltet nach einer jungen Frau Ausschau. Schwarzer Schleier, Spitzenkleid."

„Was genau bedeutet ‚jung'?"

„Unser Alter."

Breithammer schwieg höflich.

„Ihr werdet sie schon erkennen."

Die Menschen verteilten sich rund um das Grab. Die Dame neben Dirks begann laut zu husten, und Dirks bot ihr einen Halsbonbon an. Danach nahm die Tüte ihren eigenen Weg, und Dirks fand sich damit ab, dass sie sie niemals wiedersehen würde.

Der Pastor sprach die liturgische Formel „Asche zu Asche, Staub zu Staub" und warf ein Schäufelchen Erde in das Grab.

Alle Gäste bewahrten ihre Fassung, nur Mareika weinte hemmungslos, nachdem sie eine Rose auf Redolf Tammenas Grab geworfen hatte. Dirks erinnerte sich daran, wie sie selbst als Kind auf der Beerdigung ihres Großvaters gewesen war und um ihn geweint hatte. Man hatte ihr erzählt, dass er im Zweiten Weltkrieg mehr als nur ein Mitläufer gewesen war, aber sie selbst hatte ihn als freundlichen alten Mann kennengelernt, der alles für sie getan hätte.

Nach und nach erwiesen die Gäste dem Künstler die letzte Ehre. Die meisten verteilten sich danach auf der benachbarten Wiese. Einige verließen den Friedhof jedoch auch in Richtung Ausgang.

Dirks funkte Breithammer an. „Gleich werden wieder einige Leute bei euch auftauchen. Achtet vor allem auf den Audi und den Beetle."

„Alles klar."

Iba kam auf Diederike zu.

„Wo ist Egge? Fährt er nicht mit nach Bensersiel?"

Iba schüttelte den Kopf. „Er hat noch einen Termin mit einem Zulieferer in Oldenburg. Gut siehst du aus! Unsere Shoppingtour gestern hat echt Spaß gemacht. Machen wir später wieder was zusammen?"

„Das kann ich jetzt noch nicht sagen. Wegen der Arbeit, verstehst du?"

„Natürlich." Das klang alles andere als verständnisvoll.

Es knackte, und Breithammer meldete sich in Dirks' Ohr. „Egge Jansen betritt gerade den Parkplatz und geht zu seinem Fahrzeug."

„Was ist los mit dir?", fragte Iba. „Du wirkst so abwesend."

Dirks blickte ihre Freundin an. „Es tut mir leid, aber was ich gerade tue, ist wichtig. Ich rufe dich nachher an." Sie ließ Iba stehen und ging zu einer Stelle, an der sie unauffälliger in ihre Brosche sprechen konnte.

„Was passiert jetzt, Oskar?“

„Die *junge* Frau, von der du gesprochen hast, ist gerade bei mir aufgetaucht. Sie geht zu dem magentafarbenen VW Beetle aus Emden.“ Breithammer stutzte. „Irgendwie kommt sie mir bekannt vor.“

„Wie bitte?“

„Warte. Jetzt nimmt sie den Hut ab, mit dem Schleier kann man ja auch schlecht Auto fahren. Ach du meine Güte!“ Breithammer bekam leichte Panik in der Stimme.

„Was ist?“

„Das ist Folinde Fries.“

„Blumenwiese? Was macht sie denn hier, wenn sie Tammena gar nicht gekannt hat?“

„Vielleicht wollte sie einfach nur die Gelegenheit nutzen, um die Schule zu schwänzen. Wenn sie zum Leichenschmaus fährt, kannst du sie ja fragen.“

„Und wenn nicht, dann habe ich ihre Adresse. Behalte du lieber den Audi im Auge.“

Dirks schaute sich um, ob es hier noch jemanden gab, mit dem sie sprechen wollte. Ihr fiel niemand auf. Da sie in Bensersiel nicht die Letzte sein wollte, verließ sie den Friedhof.

Breithammer gab einen weiteren Zwischenbericht. „Der Parkplatz leert sich immer mehr, aber der Audi steht noch da. Wie viele Leute sind denn noch da?“

„Einige streunen noch herum und schauen sich die Grabsteine an. Aber die meisten fahren schon nach Bensersiel. Keine Sorge, der Fahrer wird sein Auto schon nicht den ganzen Tag auf dem Parkplatz stehen lassen.“

„Und wenn der Audi gar keinem der Trauergäste gehört? Vielleicht ist der Besitzer aus einem ganz anderen Grund in Esens.“

Dirks atmete tief ein. „Dann können wir das auch

nicht ändern. Ich fahre jetzt zu Tammenas Haus."

Sie fuhr zum Nordring und bog in die Bensersieler Straße ein. Der Weg war nicht allzu weit. Die Parkplätze an der Straßenseite waren alle schon belegt. Dirks' Puls beschleunigte sich, als sie den Beetle sah. Dahinter konnte sie ihr eigenes Auto abstellen.

Im Haus wurde es schnell eng. Uwe Tammena hatte keine Kosten gescheut. Was die Caterer aufgetischt hatten, würde ausreichen, um halb Bensersiel während der Hauptsaison zu sättigen. Hillgriet und Otto Tammena saßen wie verloren auf zwei Sesseln, ihre bleichen Gesichter waren steif und regungslos. Fenna stand in einer Ecke und hörte Frau Weinbecker zu. *Wo ist denn Iba? Ist sie etwa schon nach Hause gefahren?* Egal, Dirks konnte sich jetzt keine Gedanken über sie machen.

„Der Fahrer des Audis ist gerade erschienen", berichtete Breithammer. „Es ist ein älterer Herr, ich schätze ihn zwischen 65 und 75 Jahre alt. Er trägt einen schwarzen Anzug und einen dunklen Mantel, also war er auch auf der Beerdigung."

„Sehr gut. Folge ihm."

„Im Augenblick programmiert er noch sein Navi. Jetzt ist er fertig. Er verlässt den Parkplatz."

„Gib mir sofort Bescheid, wenn klar ist, wo er hin will."

Der Pastor unterhielt sich sehr erregt mit Folinde Fries. Dirks erlöste ihn von der Versuchung. „Ich bin überrascht, Sie hier zu treffen, Frau Fries. Haben Sie also doch mehr mit Tammena zu tun gehabt, als Sie uns weismachen wollten?" Sie zeigte der Lehrerin ihren Ausweis.

„Hören Sie mal! Ich hätte fast etwas mit einem berühmten Künstler gehabt, und dann noch an dem

Abend, an dem er ermordet wird. Wenn das mal keine persönliche Verbindung ist!" Folinde Fries flüsterte. „Außerdem hatte ich ja die leise Hoffnung, Ihren Kollegen hier zu treffen. Wollte er nicht kommen?"

„Er hat dienstlich zu tun."

Breithammer meldete sich in Dirks' Ohr. „Der Audi fährt nach Bensersiel".

„Bewundernswert, solch ein Arbeitseifer", sagte Folinde. „Ich habe gesehen, dass er selbst am Sonntag gearbeitet hat! Da ist er um mein Haus geschlichen. Leider ist er nicht reingekommen. Würden Sie ein Foto von mir machen und es ihm geben? Sie können ihm auch ausrichten, dass ich mir extra schwarze Wäsche für heute gekauft habe. Wenn er mich trösten will, kann er mich nachher gerne besuchen."

Dirks machte tatsächlich ein Foto von Folinde Fries, aber nicht, um es Breithammer zu zeigen, sondern um später mal ihre Kinder vor dieser Lehrerin zu warnen. *Kompliment, Oskar, dass du standhaft geblieben bist.*

Es knackte in Dirks' Ohr. „Der Audi fährt gerade an Tammenas Haus vorbei. Er sucht eine Parkmöglichkeit. Jetzt hat er sie gefunden. Er steigt aus und geht an mir vorbei. Soll ich ihm folgen?"

Dirks wandte sich von Folinde Fries ab. „Bleib lieber im Auto. Was macht er jetzt?"

„Er steht vor Tammenas Schaukasten. Gleich müsste er bei dir sein."

Dirks behielt die Haustür im Auge. Niemand kam herein.

Jetzt kam jemand, aber das war nur Herr Weinbecker.

Dirks funkte Breithammer an. „Hier kommt kein älterer Herr. Steht er immer noch draußen?"

„Nein, er hat die Gartenpforte geöffnet und ist

reingegangen."

Natürlich, wenn es jemand ist, der mit Tammenas Studium zu tun hat, dann interessiert er sich vor allem für seine Bilder. Dirks drängelte sich durch die Leute, verließ das Wohnhaus und ging ins Atelier.

Der ältere Herr saß auf dem Hocker vor der weißen Leinwand und fixierte irgendeinen Punkt in seinem Inneren. Dirks war überrascht, dass niemand sonst hier war, aber hier gab es schließlich auch nichts zu essen.

„Ich habe immer gewusst, dass aus ihm ein erfolgreicher Künstler werden würde", sagte der Mann.

„Darf ich fragen, wer Sie sind?"

Der Mann erhob sich und reichte Dirks die Hand. „Mein Name ist Bröcker. Ich war Professor für Malerei an der Universität Osnabrück." Er lächelte. „Sie haben auch mal in Osnabrück gearbeitet, nicht wahr? Sie sind die Kommissarin aus dieser Fernsehsendung!"

Dirks rümpfte die Nase, es war ihr unangenehm, auf diese Geschichte angesprochen zu werden. „Haben Sie zu allen ihren Studenten so ein inniges Verhältnis, dass Sie zu deren Beerdigung kommen?"

„Glücklicherweise werden die meisten von ihnen nicht vor mir sterben", entgegnete der Professor. „Aber ja, es gibt einige Studenten, deren Laufbahn ich mit größtem Interesse verfolge. Ich habe mich sehr über das gefreut, was Redolf erreicht hat. Begabung ist eine Sache. Aber um erfolgreich zu sein, braucht man auch Disziplin und darf sich nicht von seinem Weg abbringen lassen."

„Hätten seine Noten nicht besser sein müssen, wenn er so begabt war?"

„Von mir hat er die beste Note bekommen, die ich jemals vergeben habe. Allerdings hatte er nur einen einzigen Kurs bei mir belegt."

„Und was für ein Kurs war das?"

Prof. Bröcker setzte sich wieder hin, und Dirks lehnte sich an Tammenas Schreibtisch.

„Ich war nicht nur Lehrkraft, sondern auch Restaurator. Früher habe ich deshalb manchmal ein Praxisseminar gegeben, im Rahmen dessen jeder Student ein Bild seiner Wahl kopiert hat. Redolfs Arbeit ist nahezu perfekt gewesen."

Dirks stutzte. „Was meinen Sie mit ‚kopieren'? Fälschen?"

Der Professor lächelte. „Eine Fälschung ist es nur, wenn man damit eine betrügerische Absicht verbindet. Das war hierbei aber nicht der Fall. Es ging um eine Übung, sich intensiv mit einem anderen Künstler zu beschäftigen, sich in ihn hineinzuversetzen und sich seinen Stil anzueignen. Das haben wir dann mit einem konkreten Projekt abgeschlossen."

„Sie sagten, Redolfs Arbeit sei nahezu perfekt gewesen."

„Oh ja! Ich war wirklich erstaunt. Farben, Pinselführung - sein Einfühlungsvermögen war unglaublich. Er wäre ein großartiger Restaurator geworden, aber er wollte nicht. Er wollte seinen eigenen Stil finden und seine eigenen Bilder malen, wofür ich natürlich vollstes Verständnis hatte. Glücklicherweise hatte er nach dem Studium die Möglichkeit dazu. Es gibt nichts Befriedigenderes für einen Künstler, als unter seinem eigenen Namen bekannt zu sein."

Dirks stand auf und ging ein paar Schritte hin und her. Konnte das wichtig sein, was der Professor ihr gerade erzählt hatte? Offenbar hatte Tammena eine besondere Fähigkeit besessen, eine Fähigkeit, mit der man viel Geld verdienen konnte. „Was, wenn er trotzdem noch weiter Bilder kopiert hat? Ich meine, nur ab und zu, um sein Gehalt aufzubessern."

Prof. Bröcker zog die Stirn in Falten. „Meinen Sie das ernst?"

„Es könnte ein Grund sein, um ermordet zu werden." Sie wollte ihm nicht sagen, dass sie bisher kein anderes Motiv gefunden hatten.

„Sehen Sie sich doch um." Der Gelehrte breitete die Arme aus. „Das hier ist ein normales Atelier, keine Fälscherwerkstatt."

„Wie sieht denn eine Fälscherwerkstatt aus?"

„Bücher, man braucht jede Menge Bücher! Man muss schließlich alles über den Künstler lernen, über sein Leben und seine Zeit. Man braucht Fotografien des Originals und Vergrößerungsaufnahmen von Details. Und dann muss man Experimente machen, um die Farben so herzustellen, wie sie zu jener Zeit gemacht worden sind. Man muss die Leinwand auf spezielle Weise bearbeiten. Vielleicht muss man sogar einen Rahmen herstellen. In einem Atelier werden hauptsächlich Bilder gemalt, aber ein Kopist muss alle möglichen Handwerksarbeiten ausführen, und am Ende steht nur ein einziges Bild."

„Dann hat Tammena seine Kopien eben nicht hier gemalt, sondern woanders." Dirks richtete ihren Zeigefinger auf Bröcker. „Sie haben gerade davon gesprochen, dass man auch einen Rahmen für das Bild herstellen muss. Dazu muss man Holz bearbeiten, nicht wahr? Dann müsste dort auch ein Zimmermannshammer herumliegen."

„Das könnte sein."

Dirks stellte über ihre Brosche eine Verbindung zu

Breithammer her. „Fahr in die Polizeidienststelle, Oskar. Durchforste Tammenas Unterlagen danach, ob er noch irgendwo eine Immobilie besessen hat. Oder ob er mal für einen längeren Zeitraum eine angemietet hat. Vielleicht sogar eine Meerbude."

„Wieso das?"

„Tu es einfach. Und setz auch die Kollegen daran. Geht noch mal seine Kontoauszüge durch. Und die Verbindungsdaten seines Handys, ob er es über einen längeren Zeitraum von einer anderen Stelle als seiner Heimatadresse benutzt hat. Überprüft alles, verstehst du?"

„Ich mache mich sofort auf den Weg. Und was machst du?"

„Sobald die Trauergesellschaft dieses Haus verlassen hat, suche ich hier nach einer Spur."

15. Durchsuchung

Iba fuhr in die Einfahrt von Egge Jansens Villa, das Garagentor öffnete sich automatisch. Sie hatte keine Lust auf den Leichenschmaus gehabt und war direkt nach Emden zurückgefahren. Was sollte sie denn in Bensersiel, wenn Diederike nur „arbeitete"? Sie hatte heute schon genug traurige Leute gesehen. Sie ging ins Haus und warf ihren Mantel auf die Kommode. Im Wohnzimmer schaltete sie mit voller Lautstärke Salsa-Musik an und schnappte sich eine Packung Pralinen. Bereits nach dem ersten Stück Schokolade fühlte sie sich besser.

Dieses Gefühl hielt allerdings nicht lange an. Und nach der fünften Praline meldete sich das schlechte Gewissen und erinnerte sie an ihre Figur.

Iba blickte sich um. Egges Haus war äußerst geschmackvoll eingerichtet, alle Gegenstände waren farblich aufeinander abgestimmt, die Möbel und Accessoires waren von hochwertiger Qualität. Der Unternehmer hatte viel Platz. *Zu viel.* Die Räume wirkten leer.

Selbst die fröhlichen Latino-Rhythmen konnten dieses Haus nicht mit Leben füllen. Im Gegenteil, die Musik wurde von der Sterilität und Einsamkeit vergiftet und passte nicht mehr. Verwirrt schaltete Iba die Stereoanlage aus.

Was Egge wohl gerade macht? Sie konnte es sich nicht vorstellen. Er hatte ihr heute Morgen den Namen der Zulieferfirma genannt, aber sie hatte ihn im selben Moment wieder vergessen. Und nach seinem Besuch in Oldenburg wollte er noch woanders hinfahren, wo war das noch mal gewesen?

Soll ich ihn anrufen? Iba verwarf diesen Gedanken wieder. *Ich will ihn nicht nerven.*

Sie könnte etwas lesen, um sich abzulenken. Aber auf dem Couchtisch lagen nur Segelmagazine. Sie könnte zu einem Kiosk gehen, um sich eine Zeitschrift zu kaufen, die sie interessierte. Stattdessen schnappte sie sich ihren Tablet-PC, um sich ihre liebsten Webseiten anzusehen. Die Überschriften sprachen sie dabei weniger an als ein Werbebanner, das eine Uhr von Michael Kors zum Sonderpreis offerierte. Ein paar Klicks weiter verflog jedoch auch die Freude am Online-Shopping.

Ich könnte zum Jachthafen fahren und der Sobine einen Besuch abstatten. Es wäre bestimmt schön, über die Planken zu gehen und an den Segeltrip vom Wochenende zu denken. Aber auch auf der Jacht würde sie alleine sein und nicht wissen, was Egge gerade machte.

Ich muss ihm vertrauen. Egge ist nicht Jürgen! Iba wischte sich die Schweißperlen von der Stirn.

Ihr fiel Diederikes Visitenkarte mit der Telefonnummer der Psychologin ein. *Ich brauche keinen Seelenklempner. Das wird schon klappen mit Egge. Wir müssen nur weiterhin offen miteinander sein, dann wird alles gut werden.*

Aber es ging ja gar nicht um eine Therapie. Erst mal ging es nur um ein Gespräch. *Fürs Reden habe ich doch Diederike.* Iba griff wieder nach der Pralinenschachtel. *Warum will sie mir denn nicht helfen und Egge überprüfen? Das müsste doch ein Klacks für sie sein, sie müsste doch nur seinen Namen in den Computer eintippen. Schließlich ist sie Polizistin.* Iba lief ein kalter Schauer über den Rücken, als ihr klar wurde, was das bedeutete. *Es ist Diederikes Beruf, den Menschen zu misstrauen. Sie hat gewiss schon ganz schreckliche Geschichten erlebt. Was Jürgen getan hat, war für sie bestimmt gar kein Schock, sie kennt noch viel tiefere Abgründe. Sie weiß genau, wozu Menschen fähig sind. Sie weiß, dass alle Menschen ein Geheimnis verbergen.*

Iba wandte sich wieder ihrem Tablet-PC zu. Es war ja wohl nicht verboten, den Namen seines Partners zu googeln.

*

Dirks hatte sich die Handynummer von Prof. Bröcker notiert, falls sie noch weitere Fragen an ihn haben sollte. Er blieb noch einen Tag im Norden und wollte in Dangast übernachten.

Gegen 14:00 Uhr baten Hillgriet und Otto Tammena ihren Sohn Uwe darum, nach Hause gehen zu dürfen. Danach löste sich die Gesellschaft schnell auf. Nur noch Frau Weinbecker blieb, um das übriggebliebene Essen zu verpacken, während die Caterer das Geschirr und die Servierplatten einsammelten.

Dirks beschloss, dass jetzt der Zeitpunkt gekommen war, um Tammenas Haus nach einem Hinweis auf den Standort einer Fälscherwerkstatt zu durchsuchen. Sie hatte schon bei ihrem ersten Besuch oberflächlich in den Fotoalben geblättert, die sich in der Schrankwand im Wohnzimmer befanden, das wollte sie nun ausführlicher tun. Sie stammten von Tammenas Großeltern und zeigten ihn folglich nur als jungen Mann. Vielleicht gaben sie trotzdem einen Hinweis auf einen Ort, der für den Maler besonders wichtig gewesen war. *Vielleicht haben seine Großeltern ihm ja nicht nur dieses Haus vermacht.*

*

Iba ging in die Küche, um sich einen Tee zu kochen. Oder sollte sie sich doch lieber einen Longdrink gönnen?

Ihre Internetrecherche über Egge hatte nicht viel Neues ergeben. Im Wesentlichen war es genau das gewesen, was ihr Fenna schon nach der Lesung erzählt hatte, und womit sie ihn bereits beim Frühstück im Parkhotel konfrontiert hatte. Nun hatte sie nur noch mehr Details über seine Familie in Florida erfahren und nicht nur Fotos seiner Eltern gesehen, sondern auch von seiner Exfrau und seinem ehemals besten Freund. Ein amerikanisches Wirtschaftsmagazin hatte kürzlich einen Artikel über die beiden geschrieben und sie zum „Powercouple des Jahres" gekürt. Offenbar kandidierte der Typ für ein politisches Amt, und Iba konnte nun besser verstehen, warum Egge Miami verlassen hatte. *Es muss schrecklich sein, wenn der Kerl, der einem die Frau weggenommen hat, auch noch überall von Plakaten grinst.* Es hatte sie überrascht, dass Egges Exfrau ein ähnlicher Typ war wie sie selbst. *Nur, dass bei mir alles natürlich ist.* Aber war das nicht eigentlich ein gutes Zeichen?

Der Wasserkocher sprudelte laut auf, aber Iba widmete ihm nur einen kurzen Blick. Mittlerweile hatte sie sich doch für einen Longdrink entschieden. Sie ging zur Hausbar und griff nach der blauen Flasche Bombay Sapphire, um sich einen Gin Tonic zu mischen.

Die Standuhr begann zu schlagen. *15:00 Uhr. Erst in vier Stunden will Egge zurückkommen.*

Iba trank den Longdrink schneller aus, als es ihm gebührte. Dann ging sie die Treppe hinauf, um herauszufinden, was Egge in seinem Schlafzimmerschrank versteckte.

*

Dirks klappte das letzte Fotoalbum zu. *Das war vergeudete Zeit.* Sie stellte das Buch zurück an seinen Platz. *Wo kann ich noch etwas über einen Ort herausfinden, der Tammena wichtig war?* Sie blickte sich um, sah auf den Entspannungssessel, auf die Stereoanlage und auf den Kachelofen mit der alten Häkeldecke. In diesem Raum würde sie niemals einen Hinweis finden.

Und wenn ich Uwe Tammena frage? Aber der lebte in Hamburg, woher sollte er wissen, ob sein Bruder noch irgendwo ein Gebäude angemietet hatte? Das wüssten dann schon eher die Eltern, aber die wollte Dirks heute auf keinen Fall mehr fragen.

Wenn es so aufwändig ist, ein Bild zu kopieren, dann muss sich Tammena lange Zeit in seiner Werkstatt aufgehalten haben und kann in dieser Zeit nicht zu Hause gewesen sein. Doch war der Maler nicht gerade in den letzten Wochen gerne wegen Mareika hier gewesen?

Dirks ging erneut ins Atelier des Malers. Vielleicht konnte man ja anhand seiner Bilder etwas über seine mögliche Fälschertätigkeit herausfinden. Wenn es zum Beispiel eine längere Phase gegeben hatte, in der er keine eigenen Bilder gemalt hatte, dann würde das darauf hinweisen, dass er sich mit etwas anderem beschäftigt hatte. Solch eine Phase müsste sich in einer geringeren Anzahl von Bilderverkäufen niedergeschlagen haben, wozu auch Immo Petersen etwas sagen könnte.

Dirks dachte daran, wie der Galerist Redolf Tammena beschrieben hatte. *„Er wusste genau, wer er war und was er wollte. Er hatte einen starken Willen und feste Prinzipien.*

Egal, wie viel Geld man ihm bot - wenn er etwas nicht wollte, dann konnte man ihn nicht umstimmen. Malen bedeutete für ihn Freiheit, und die hätte er für nichts in der Welt aufgegeben." So wirklich passte das nicht zu jemandem, der nebenbei Fälschungen herstellte, denn damit hätte Tammena seine Freiheit aufs Spiel gesetzt. War es überhaupt möglich, beides zu machen, oder schloss die Karriere des Künstlers die Karriere des Fälschers aus? Wie sollte man denn seinem eigenen Stil treu bleiben können, wenn man sich zwischendurch immer wieder einen vollkommen fremden Stil aneignete? Je mehr Dirks darüber nachdachte, desto unwahrscheinlicher erschien ihr diese Theorie.

Ärgerlich schlug sie gegen die Wand des Ateliers. Sie wollte die Idee einer Fälschertätigkeit Tammenas nicht aufgeben, dennoch würde sie das wahrscheinlich tun müssen.

Vielleicht denke ich einfach nur zu groß. Tammena musste ja nicht gleich ein ganzes Fälscherbusiness aufgebaut haben. Und er musste auch kein Bild aus eigenem Antrieb gefälscht haben. Es war auch möglich, dass jemand ihn dazu gezwungen hatte, ein berühmtes Bild zu fälschen. Dann würde es um Erpressung gehen!

Wahrscheinlich ist das auch noch zu groß gedacht. Dirks versuchte, sich ausschließlich auf die Fakten zu konzentrieren. *Bisher weiß ich nur von einer einzigen Kopie, die Tammena angefertigt hat, und die ist vor dreißig Jahren entstanden.*

Dirks stutzte. *Vielleicht reicht das ja. Vielleicht geht es nur um dieses eine Bild.*

Sie holte ihr Smartphone hervor und den Notizzettel mit Prof. Bröckers Telefonnummer. Es klingelte zweimal, dreimal, viermal. Schließlich meldete sich die

Mailbox.

Ungeduldig wartete Dirks auf den Piepton, um eine Nachricht zu hinterlassen. „Herr Professor, hier ist Hauptkommissarin Dirks. Es geht um das Bild, das Redolf Tammena damals in Ihrem Kurs angefertigt hat. Sicherlich erinnern Sie sich noch, um welches Bild es sich dabei gehandelt hat. Bitte rufen Sie mich so schnell wie möglich zurück."

Dirks legte auf. Sie wollte nicht untätig darauf warten, bis der Professor sich meldete. Stattdessen machte sie sich daran, das Bild von sich aus zu suchen. Da es irgendein besonderes Bild war, würde sie es hoffentlich erkennen, sobald sie es in den Händen hielt.

*

In Egges Kleiderschrank hingen drei riesige Hawaii-Hemden, die er hoffentlich niemals in Deutschland anziehen würde. Darüber hinaus hielten sich die Modesünden in Grenzen. Auch im Rest des Schlafzimmers stieß Iba auf wenige Überraschungen. Unter dem Bett staubte irgendein seltsames Fitnessgerät ein. Außerdem benutzte Egge eine spezielle Anti-Aging-Pflege-Serie, von der Iba noch niemals etwas gehört hatte. Lächelnd las sie sich die Liste der Inhaltsstoffe durch. Ihrer Meinung nach konnte man nicht zu früh mit Kosmetikprodukten anfangen.

Als nächstes ging sie in Egges Arbeitszimmer. *Das hätte ich mal gleich machen sollen. Hier werde ich wahrscheinlich viel eher etwas über seine Geheimnisse herausfinden.* Der Raum war sehr aufgeräumt, die Bücher in den Regalen standen so gerade, als habe sie jemand mit einer Wasserwaage ausgerichtet. Es wirkte nicht so, als ob sich Egge häufig hier aufhalten würde, sondern eher, als ob er zu viele Zimmer besitzen würde, die mit Sinn gefüllt werden mussten.

Auf dem Schreibtisch stand ein maßstabsgetreues Modell seiner Segeljacht. Aus dem breiten, silbernen Fotorahmen daneben lächelte freundlich eine ältere Dame. *Das ist wohl die echte Sobine.* Ansonsten lag nur noch ein Laptop auf der dunklen Schreibtischplatte.

Iba setzte sich auf den Chefsessel. Sie öffnete die erste Schublade. Darin befanden sich mehrere Boxen mit Sets aus Kugelschreiber und Füllfederhalter, die Egge wahrscheinlich mal als Werbegeschenke erhalten hatte. Dazwischen gab es aber auch ein kleines Ledeetui, welches zwei USB-Sticks enthielt.

In der Schublade darunter fand Iba Briefpapier samt passenden Umschlägen. Noch tiefer waren Collegeblöcke und Haftnotizen. Im linken Fuß des Schreibtischs verbarg sich ein Laserdrucker mit den dazu passenden Tonern und Druckerpapier.

Iba klappte den Laptop auf und drückte auf den Startknopf, so dass das Betriebssystem hochfuhr. Zu ihrer Überraschung war der Computer nicht passwortgeschützt.

Auf der Arbeitsoberfläche fand sie keinerlei auffällige Ordner, das Ganze war so übersichtlich wie dieses Zimmer. *Irgendwelche Dokumente muss er doch hier haben.* Iba klickte sich durch ein paar Symbole und öffnete schließlich einen Ordner mit dem Namen „Friesenhus“. Darin befanden sich einige Geschäftsbriefe, die sie nur überflog, denn besonders spannend waren sie nicht. *Die wichtigsten Sachen bewahrt er wahrscheinlich in seinem Büro im Firmengebäude auf.*

Trotzdem wollte sie sichergehen, zog erneut die

oberste Schreibtischschublade auf und holte das kleine Etui mit den USB-Sticks hervor. Sie nahm den linken und stöpselte ihn in die Seite des Laptops.

Leider befand sich darauf lediglich die Sicherheitskopie des Friesenhus-Ordners, den sie sich gerade angesehen hatte. Sie zog das Speichermedium wieder aus dem Computer und griff nach dem zweiten USB-Stick.

Plötzlich hörte sie ein Geräusch.

*

Dirks kniete auf dem Dachboden und durchsuchte die alten Kisten von Redolf Tammena. Er hatte das Bild während seines Studiums gemalt, also war die Wahrscheinlichkeit hoch, dass es sich auch zwischen seinen alten Unterlagen befand. Sie fand eine Menge Mitschriften, Skizzenbücher und Ausstellungskataloge aus den 80er Jahren, doch kein besonderes Bild.

Und wenn es zwischen den Leinwänden mit den Aktbildern steht? Dirks konnte sich allerdings nicht daran erinnern, dass sie dort irgendein anderes Bild gesehen hätte. Trotzdem blätterte sie die Leinwände noch einmal durch.

Bei dem Detailbild eines Fußes fiel ihr auf, dass über dem Knöchel ein relativ großer, dunkler Fleck war. Sie überprüfte, ob sich dieses Mal auch auf anderen Bildern befand, und sie erkannte es gleich auf mehreren wieder. *Ich muss Wanda Boekhoff fragen, ob sie einen Leberfleck an ihrem rechten Fuß hat.*

Jetzt ging es aber um etwas anderes. Dirks räumte noch ein paar Kisten beiseite, um zu sehen, ob dahinter noch mehr Leinwände stehen würden. *Hoffentlich ruft*

Professor Bröcker gleich an. Ich sollte zumindest wissen, nach welchem Bild ich suche.

*

Iba saß angespannt in Egges Schreibtischstuhl und lauschte. Was war das für ein Geräusch gewesen? Etwa die Haustür?

Egge wollte erst gegen 19:00 Uhr zurück sein, das war erst in zwei Stunden. Da sie weiter nichts hörte, wandte sie sich wieder dem Laptop zu. *Bestimmt habe ich mir das Geräusch nur eingebildet.*

Iba wollte gerade den zweiten USB-Stick in den Computer stecken, da hörte sie wieder etwas, diesmal lauter. Hastig klappte sie den Laptop zu und schloss die Schreibtischschublade. *Der USB-Stick, was soll ich damit machen?* Ihr Herz raste. Sie nahm den Stick in die Hand und stand auf.

Immer mehr Geräusche drangen zu ihr. Was sollte sie tun? Sich verstecken? *Ich muss raus hier.*

Panisch lief sie zur Tür, riss sie auf und trat auf den Flur.

Vor ihr stand Egge.

*

Diederike Dirks hustete. Dieser verdammte Staub hier oben! Außerdem nervte es sie, dass es so wenig Licht im Dachboden gab und sie sich zwischendurch nicht aufrecht hinstellen konnte. Kniend streckte sie die Arme und den Rücken und lockerte die Hüften. Diese kurze Pause pumpte den wenigen Sauerstoff auch in Körperteile, die in letzter Zeit gar keinen bekommen hatten.

Ihr Klingelsong erklang und Dirks schreckte auf. Schnell nahm sie das Smartphone in die Hand. Schon auf dem Display sah sie, wer anrief.

*

Ibas Herz hämmerte. „Du bist ja schon da!“ Sie hielt beide Arme hinter dem Rücken, Egge durfte auf keinen Fall sehen, dass sie seinen USB-Stick in der Hand hielt.

„Ich habe meinen letzten Termin abgesagt.“

„Wie schön.“ Iba lächelte gequält.

Egge schaute an ihr vorbei in sein Arbeitszimmer. Dann blickte er ihr wieder in die Augen. „Ist alles in Ordnung?“

„Ja!“

„Wieso hältst du deine Arme hinter dem Rücken?“

„Ach, nur so.“

Egge lächelte. „Hast du etwa eine Überraschung für mich?“

Iba schüttelte den Kopf.

„Komm, gib mir deine Hände. Ich habe nämlich eine Überraschung für dich.“

„Noch eine? Du hast mich doch gerade schon überrascht!“

Egge zog ihre Hände zu sich und spielte so mit ihnen, dass er genau fühlen konnte, ob sich etwas darin befand.

Der USB-Stick war nicht mehr dort. Glücklicherweise hatte sich Iba heute Morgen für einen Schlüpfer entschieden, der genug Stoff hatte, um solch ein Stück Plastik am Körper zu halten.

„Komm mit.“ Egge ging die Treppe hinunter und zog Iba hinter sich her.

„Was hast du vor?"

„Zieh dir ein paar Schuhe an, die dreckig werden können."

Besaß sie so etwas überhaupt? *Ist das nicht ein Widerspruch in sich?* Sie nahm das erste Paar, das ihr vor die Augen kam, und griff auch noch nach ihrer Handtasche. Egge ging in die Garage zu seinem Auto. Iba blieb an der Tür stehen. „Wo fahren wir denn hin?"

„Das wirst du sehen, wenn wir da sind. Komm schon. Steig ein."

*

Dirks hielt sich ihr Handy ans Ohr und lauschte gespannt den Worten von Prof. Bröcker.

„Das Ölbild, das Redolf Tammena damals kopiert hat, heißt ‚Die blauen Fohlen' und stammt von Franz Marc. Marc hat es 1913 gemalt. Es ist nicht besonders groß, etwa 60 mal 40 cm."

„Handelt es sich dabei wirklich um Fohlen oder nur um irgendwelche Striche?"

„ Es ist ein abstraktes Bild, aber die Fohlen kann man sehr gut erkennen. Marc hat viele Tierbilder gemalt, sein berühmtestes ist ein zwei Meter hohes Gemälde mit dem Titel ‚Der Turm der blauen Pferde'. Die Nationalsozialisten erklärten es zur ‚entarteten Kunst', trotzdem erwarb es Hermann Göring für seine persönliche Sammlung. Seit 1945 gilt es als verschollen."

„Wie viel ist solch ein Bild denn eigentlich wert? Was würde man zum Beispiel für ‚Die blauen Fohlen' heutzutage bezahlen?"

„Es gibt keinen wirklichen Markt für Marc-Gemälde, weil sein Werk sehr übersichtlich ist. Soweit ich mich erinnere, wurde 2009 eines seiner Bilder bei Christie's für über 4 Millionen Euro versteigert."

Das ist schon ziemlich beachtlich, es wurden auch schon Menschen für weniger ermordet. Dirks spürte, dass sie hier auf etwas Wichtiges gestoßen war, allerdings war sie im Moment zu aufgeregt, um klar zu denken. „Vielen Dank für diese Auskunft, Herr Professor."

„Dafür nicht."

Dirks beendete das Gespräch und beschloss, hinunter in die Küche zu gehen, um sich einen Tee zu kochen.

*

Iba saß steif auf dem Beifahrersitz. Der Sicherheitsgurt spannte auf ihrer Haut, und der USB-Stick drückte in ihrem Gesäß. Beides war ihr egal, sie achtete nur auf Egge. Der Unternehmer überprüfte im Innenspiegel, ob sich das elektrische Einfahrtstor hinter ihm zuschob. Ein bisschen froh war Iba darüber, dass sie nicht mehr in Egges Haus war, doch in diesem Auto fühlte sie sich noch unwohler.

Auf beiden Seiten der Straße lagen weite Felder, aber vor ihnen zeichneten sie die Häuser Emdens ab. Die Sonne stand schon tief, und bald würde Zwielicht einsetzen.

Iba wusste, dass es idiotisch war, aber sie hatte Angst. Sie öffnete die Handtasche auf ihrem Schoß und griff mit der Hand hinein. Ihre Finger umschlossen die kleine Dose Pfefferspray, die sie für Notfälle bei sich trug.

Egge schaltete das Mediasystem ein, und Radio Nordseewelle beglückte sie mit einem Song von Phil Collins.

*

Während Dirks Tammenas Wasserkocher füllte, überlegte sie. *Wenn man schon einmal etwas in dem Stil gemalt hat, kann man das dann nicht noch einmal tun? Was, wenn er auch noch eine Kopie vom ‚Turm der blauen Pferde' angefertigt hat?* Sie schüttelte den Kopf. *Professor Bröcker hätte bestimmt davon gehört, wenn ein verschollenes Gemälde plötzlich wieder aufgetaucht wäre.* Sie nahm das Teesieb in die Hand und füllte es mit der Ostfriesenmischung des Malers. *Ich wollte doch nicht mehr davon ausgehen, dass Tammena weitere Bilder gefälscht hat. Das passt nicht zu ihm.* Sie stellte sich Kluntje und Sahne bereit. *Dieses eine Bild, das er damals hergestellt hat, „Die blauen Fohlen", das ist doch wertvoll genug. Darauf muss ich mich konzentrieren.* Sie steckte den Sahnelöffel in das Kännchen. *Wo ist dieses Bild? Hier im Haus ist es offensichtlich nicht. Was hat Tammena damit gemacht?*

Er hat es als Original ausgegeben und verkauft. Als der Käufer hinter diesen Betrug kommt, ermordet er den Künstler. Der Wasserkocher schaltete sich aus, und Dirks ließ die heiße Flüssigkeit über den Tee fließen. *Aber Tammena brauchte doch gar kein Geld. Oder sollte das Geld nicht für ihn sein, sondern für jemanden anders? Für Mareika?*

Aber wir haben kein Geld auf Tammenas Konten gefunden. Außerdem kann solch ein Betrug doch gar nicht funktionieren. Niemand hält das Bild für das Original, wenn das Original irgendwo anders hängt. Dirks stutzte.

Wo befand sich das Original eigentlich? Danach hatte sie den Professor gar nicht gefragt. Dirks nahm ihr Smartphone zur Hand und wählte erneut Prof. Bröckers Nummer.

Diesmal meldete er sich sofort. „Was kann ich für Sie

tun, Frau Kommissarin?“

„Es geht noch einmal um ‚Die blauen Fohlen‘. Wissen Sie, wo das Originalbild ist? Hängt es in einem Museum oder befindet es sich in Privatbesitz?“

„Hatte ich das noch nicht erwähnt?“

Dirks hörte die Antwort und konnte sie nicht glauben. „Wie bitte?“

Bröcker wiederholte, was er gesagt hatte.

Dirks schaute auf die Uhr. Jetzt würde es nicht mehr gehen, es sei denn, sie würde ein paar Hebel in Bewegung setzen. Doch dazu schien ihr ihre Idee zu verrückt zu sein, sie wollte das erst überprüfen, bevor sie mit jemandem darüber sprach. „Professor Bröcker? Bitte treffen Sie mich dort morgen früh um 10:00 Uhr.“

*

Iba bekam immer weniger Luft. Sie nahm kaum noch etwas von ihrer Umgebung wahr. Sie merkte nur, dass sie die Wohnviertel der Stadt verließen und in ein Industriegebiet fuhren. War das links nicht der Binnenhafen? Wollte Egge etwa wieder zum Jachtklub? Bei dem Gedanken an die Sobine entspannte sich Iba etwas, doch da setzte Egge den Blinker und bog nach rechts in einen schmalen Weg ein. Die hohen Zäune waren oben mit Stacheldraht abgesichert. Auf beiden Seiten standen alte Fabrikhallen, bei der ersten waren die Scheiben kaputt und die Wände voller Graffiti. Ibas Hand verkrampfte sich um das Pfefferspray.

Egge stoppte den Wagen. „Da sind wir.“ Er öffnete seine Tür. „Komm!“

„Nein.“ Iba schüttelte den Kopf. „Ich steige nicht aus.“

Egge schaute sie verwundert an. „Warum denn nicht?"

Ibas Herz raste.

„Komm schon, Iba. Ich brauche deine Hilfe."

„Meine Hilfe? Wofür?"

„Du weißt doch genau, wo wir sind."

„Nein, das weiß ich nicht!"

„Aber du hörst doch die Geräusche."

Erst jetzt achtete Iba darauf. *Hundebellen.* Und das stammte nicht nur von einem Vierbeiner. Ihr Blick fiel auf das Schild über dem Eingang des Industriegebäudes. „Das Tierheim?"

Egge nickte. „Ich will, dass du mitentscheidest, welchen Hund wir aufnehmen."

Iba konnte nicht antworten.

„Du warst vorhin so traurig, als ich gesagt habe, dass ich erst gegen Abend zurückkomme. Da dachte ich: Jetzt ist es Zeit für einen Hund. Dann bist du nicht mehr so einsam und hast etwas zu tun, während ich arbeite."

16. Skandal

Am Mittwoch fuhr Dirks bereits um 9:00 Uhr nach Emden und gönnte sich ein ausgiebiges Frühstück im Henri's. Sie wollte alleine sein und noch einmal über alles nachdenken, bevor sie sich mit Breithammer und dem Professor traf. Doch auch heute, nachdem sie darüber geschlafen hatte, kam sie immer wieder zum selben Schluss. Genervt beobachtete sie die Enten, die im Stadtgraben planschten.

Gestern war sie nicht mehr ins Polizeirevier gefahren. Sie hatte sich nur telefonisch bei Breithammer erkundigt, wie die Nachforschungen der Kollegen vorankamen. „Wir haben noch nichts gefunden", hatte er geantwortet. „Bis jetzt gibt es keinen Hinweis darauf, dass Tammena eine zweite Immobilie besessen oder für einen längeren Zeitraum angemietet hatte."

Ihr Handy gab einen Signalton von sich. Dirks lächelte. Iba hatte ihr ein weiteres Selfie von sich und Billy geschickt. Der kleine, weiße Hund schaute drollig in die Kamera und streckte seine rosa Zunge raus. Man sah ihm förmlich an, dass er gleich sein Frauchen abschlecken würde. Das war wirklich eine gute Idee von Egge gewesen, mit Iba zusammen einen Hund zu kaufen. Früher hatte sie sich immer einen gewünscht! Allmählich begann Dirks doch daran zu glauben, dass aus den beiden etwas werden könnte.

Sie schaltete das Telefon aus und schaute auf die Uhr. *Fünf vor zehn, ich sollte bezahlen.* Punkt 10:00 Uhr verließ Dirks das Café.

Vor dem Eingang der Kunsthalle wartete bereits Breithammer und blickte sie fragend an.

„Moin."

„Was machen wir hier eigentlich, Diederike?"

„Wir überprüfen eine Idee."

„Was für eine Idee?"

„Wir schauen uns ein Bild an. ‚Die blauen Fohlen'. Das war das Lieblingsbild von Henri Nannen und ist das Prunkstück seiner Sammlung. In der aktuellen Ausstellung kann man es wieder bewundern."

„Was hat dir dieser ältere Herr aus Osnabrück erzählt? Du hast mir immer noch nicht gesagt, wer das eigentlich ist."

„Du lernst ihn gleich kennen."

Prof. Bröcker kam den Fußweg vom Parkhaus entlang, und Dirks stellte ihn Oskar vor. „Also dann, gehen wir rein."

Weil die Kunsthalle gerade erst öffnete, mussten sich die Besucher erst sortieren. Eine Schulklasse gruppierte sich im Foyer um eine junge Frau. Die Museumspädagogin verteilte Kärtchen und erklärte sie. „Darauf steht zum Beispiel: ‚Das lässt mich träumen' oder: ‚Das finde ich blöd'. Wenn ihr durch die Kunsthalle geht, dann sollt ihr für jedes eurer Kärtchen ein Bild finden."

„Tolle Idee", sagte Breithammer.

„Das kannst du ja mal nach Dienstschluss machen", entgegnete Dirks.

Ingeborg verkaufte ihnen mit schwitzenden Händen die Tickets.

Die Ausstellungsräume waren wie das Foyer weiß und hell erleuchtet. Teilweise kam von oben sogar natürliches Licht herein. Der Boden und die Decke waren aus hellem Holz, und es gab breite Bänke, auf denen Ausstellungskataloge auslagen. Dirks sah einige Gemälde, denen sie gerne einen zweiten Blick gönnen würde, aber sie suchten ja nur ein Bestimmtes.

„Henri Nannen hat sich für seine Sammlung immer nur von seinen Gefühlen leiten lassen und das gekauft, was ihn besonders bewegt hat“, sagte Prof. Bröcker. „Er hat Kunst nie als Geschäft betrachtet. Eine weniger leidenschaftliche Persönlichkeit hätte auch niemals dieses Museum zustande gebracht.“

„Und Franz Marc, der Maler der ‚Blauen Fohlen‘? Was war das für ein Mensch?“, fragte Dirks.

„Er war sicher auch jemand, den ich bewundert hätte, wenn ich 1901 an der Münchner Kunstakademie gelehrt hätte. Leider ist er nur 36 Jahre alt geworden. Wie so viele andere hatte er sich voller Begeisterung freiwillig zum Ersten Weltkrieg gemeldet, die Ernüchterung kam natürlich schnell. 1916 wurde er in die Liste der bedeutendsten Künstler Deutschlands aufgenommen und vom Kriegsdienst freigestellt. An seinem letzten Diensttag wurde er jedoch während eines Erkundungsritts von zwei Granatsplittern getroffen und starb.“

Im nächsten Ausstellungsraum befand sich das Gemälde. Beeindruckt blieben sie vor dem Kunstwerk stehen. Dirks hatte sich das Bild bereits im Internet angesehen, aber in Wirklichkeit wirkte es viel faszinierender. Es zeigte drei blaue Pferde, zwei davon groß im Vordergrund und eins weit hinten. Der Hintergrund bestand aus Farbflächen, gelb, grün und rot. Die Fohlen standen nicht still, man sah deutlich die Muskeln der Tiere, sie strahlten Lebendigkeit und Kraft aus.

„Warum hat Marc so viele Tierbilder gemalt?“, fragte Dirks den Professor.

„Er sagte, dass er den Menschen als hässlich empfand, Tiere dagegen viel reiner und schöner. Die

Harmonie von Natur und Tier hat ihn fasziniert."

„Die Menschensicht hat er mit Redolf Tammena gemeinsam. Vielleicht hat Tammena sich deshalb in Ihrem Kurs ein Bild von ihm ausgewählt."

„Und was hat es mit der Farbe auf sich?", fragte Breithammer. „Warum sind die Fohlen blau?"

„Farben hatten für Marc eine ganz wesentliche Bedeutung. Blau steht für das Männliche, Herbe und Geistige. Dagegen bedeutet Gelb das Weibliche, Sanfte und Sinnliche. Rot ist die brutale und schwere Materie, die von Gelb und Blau besiegt werden muss."

„Sie sollten mit Ihrer Begutachtung beginnen", mahnte Dirks. „Bevor hier lauter Schulkinder herumwuseln. Außerdem sehe ich gerade keinen Wachmann."

Prof. Bröcker öffnete seine Aktentasche und holte eine Lupenbrille hervor. „Damit kann ich mir das Bild mit zwanzigfacher Vergrößerung ansehen." Der Professor trat dichter an das Gemälde heran. So dicht, dass der Bewegungssensor an der Wand aufblinkte und ein Alarmton erklang. Alle Kameras im Raum drehten sich automatisch in seine Richtung.

Auch ein Wachmann eilte herbei. „Gehen Sie sofort von dem Bild weg! Halten Sie gefälligst einen angemessenen Abstand!"

„Schon gut, schon gut." Prof. Bröcker trat einen Schritt zurück. „Beruhigen Sie sich, ich werde das nicht wieder tun."

Der Alarmton verstummte, aber der Wachmann beruhigte sich nicht. „Was machen Sie da eigentlich? Was ist das für ein Ding auf Ihrer Nase?"

„Möchten Sie es mal aufsetzen?" Das Angebot des Professors trug nicht zur Entspannung der Situation bei.

„Ich verspreche Ihnen: Wir gucken nur und fassen

nichts an", sagte Dirks.

Das Funkgerät des Sicherheitsangestellten rauschte. „Was ist da los?"

„Vorerst Entwarnung", meldete der Wachmann. „Aber ich behalte die Risikopersonen im Auge." Er stellte sich demonstrativ neben das Bild.

„Ich würde ja auch gerne wissen, was hier los ist", sagte Breithammer.

Dirks wandte sich an Prof. Bröcker. „Soll ich uns eine offizielle Genehmigung besorgen?"

„Nicht nötig." Der Gelehrte steckte die Lupenbrille zurück in seine Tasche. „Ich habe alles gesehen, was ich brauche."

Dirks' Puls beschleunigte sich. „Und?"

Sie gingen in den nächsten Raum. „Sie hatten recht." Der Blick des Professors war voller Anerkennung. „Das Bild ist nicht das Original. Es ist Redolf Tammenas Kopie."

Dirks schluckte. „Sind Sie sich wirklich sicher? Sie haben sich das Bild doch nur so kurz angesehen."

„Dafür habe ich es damals ausgiebig begutachtet. Ich war so fasziniert von der Ähnlichkeit, dass ich unbedingt die Fehler finden wollte, und werde sie deshalb niemals vergessen. Ich weiß noch haargenau, an welchen Stellen sich Tammenas Werk vom Original unterschied. Dieses Bild ist hundertprozentig Redolfs Kopie."

Breithammer konnte nicht glauben, was er da hörte. „Was soll das bedeuten?"

„Wir wissen jetzt endlich, warum Tammena ermordet worden ist", erklärte Dirks triumphierend. „Nämlich, um einen Gemäldediebstahl zu vertuschen."

*

Wenig später befanden sie sich auf dem Weg ins Büro von Kunsthallendirektor Dr. Harald Westermann.

„Ein Gemäldediebstahl?" Breithammer hatte immer noch Schwierigkeiten, die neuen Informationen zu begreifen.

„Das ist das Ereignis, weswegen Tammena sein Date plötzlich egal war", sagte Dirks. „Er hat sich zunächst ganz entspannt die Ausstellung angesehen. Das persönliche Highlight ist dabei das Bild, welches er vor dreißig Jahren als Student kopiert hat. Er steht davor und freut sich. Wahrscheinlich erinnert er sich an früher, an den Kurs von Professor Bröcker und an die hervorragende Note, die er bekommen hat. Doch dann stutzt er. Er weiß noch ganz genau, welche Stellen ihm damals nicht ganz perfekt gelungen sind, und er erkennt genauso schnell wie Professor Bröcker, dass er nicht das Original vor sich hat, sondern sein eigenes Bild. Was macht Tammena also?"

Breithammer schaltete schnell. „Er verlässt schlagartig die Kunsthalle und fährt zu derjenigen Person, die die Kopie besessen hat. Und diese Person ermordet ihn."

„Die Frage ist also: Wem hat Redolf Tammena die Kopie verkauft?"

„Das finden wir heraus, wenn wir diesen Coup aufklären."

„Genau", bestätigte Dirks. „Ab sofort steht nicht mehr der Mord an Tammena im Mittelpunkt unseres Interesses, sondern der Gemäldediebstahl. Wer hat das Original mit der Kopie vertauscht? Wenn wir das wissen, dann haben wir auch den Mörder."

Sie kamen in den Lichthof, und Dirks klopfte an die Tür des Direktorenbüros.

„Ja, bitte?"

Dr. Westermann saß hinter seinem Schreibtisch, der diesmal aufgeräumter war.

„Sie schon wieder." Der Direktor klang leicht genervt. Die Nachricht, die sie ihm brachten, war nicht dazu geeignet, seine Stimmung zu heben.

„Die ‚Blauen Fohlen' wurden gestohlen. Das Glanzstück Ihrer Ausstellung ist eine Fälschung."

„Wie bitte?" Westermann schaute Dirks ratlos an. „Versuchen Sie sich etwa als Comedian? Dann sollten Sie Ihr Programm dringend überarbeiten."

„Wenn ich Ihnen meine Begleitung vorstellen darf? Das hier ist Professor Bröcker, Restaurator und Dozent an der Universität Osnabrück."

Dr. Westermann stand auf, um dem Professor die Hand zu reichen. „Ich habe von Ihnen gehört. Sie genießen einen ausgezeichneten Ruf. Bis jetzt. Was soll dieser Schmus?"

„Leider ist es kein Schmus. Ich habe mir das Bild genau angesehen. Es ist eindeutig eine Kopie."

„Ich will Ihre Kompetenz nicht infrage stellen, Herr Professor, aber Sie werden verstehen, dass ich mich hierbei nur auf die Expertise meiner eigenen Restauratoren verlassen kann. Die kennen das Bild nämlich am besten."

„Machen Sie das", sagte Bröcker. „Aber Sie werden schnell herausfinden, dass ich recht habe." Er wandte sich an Dirks. „Auf der Rückseite des Originals wurde 2013 ein zweites, bisher unbekanntes Bild von Franz Marc entdeckt. Es zeigt zwei Katzen. Davon konnte Redolf vor dreißig Jahren natürlich nichts wissen und hat seine Leinwand dementsprechend auch nur normal bearbeitet."

Westermann lachte auf. „Sie meinen das wirklich ernst? Bitte sehr, dann spielen wir diesen Scherz mit! Wir haben ja nichts Besseres zu tun." Sarkasmus stand dem Direktor so wenig wie sein Jackett.

„Während sich Ihre Mitarbeiter das Bild ansehen, brauchen wir von Ihnen alle verfügbaren Informationen über das Sicherheitssystem der Kunsthalle", forderte Dirks. „Wir müssen herausfinden, wie es möglich war, das Bild auszutauschen."

„Das ist unmöglich!" Auf der Stirn des Direktors bildeten sich Schweißperlen. „Nach dem furchtbaren Kunstraub in Rotterdam 2012 wurden alle Museen überprüft, und wir haben unser Sicherheitssystem auf den neuesten Stand gebracht. Klar, theoretisch gesehen kann immer eine Gruppe von Bewaffneten irgendwo eindringen, gegen pure Gewalt kann man kaum etwas tun. Aber dass jemand heimlich ein Bild abhängt und mit einem anderen austauscht, das ist unmöglich."

„Ach ja?" Breithammer schaltete sich in das Gespräch ein. „Das Bild ist frei zugängig und befindet sich nicht hinter Panzerglas."

„Weil niemand ein Gemälde hinter Glas betrachten will!", ereiferte sich Westermann. „Heutzutage wollen die Zuschauer Kunst hautnah erleben, ohne Vitrinen, Glasbruchmelder und übertriebene Personalpräsenz. Das Prinzip heißt deshalb: ‚Diskret deutlich'. Der Besucher soll sich nicht gestört fühlen, aber dennoch die Sicherheitstechnik bemerken. Und die Technik hat sich enorm verbessert."

„Wo befindet sich denn die Wachzentrale, in die die Videobilder übertragen werden?", fragte Dirks.

„Wir haben unser Sicherheitssystem an einen externen Dienstleister abgegeben, und zwar an die *Winkelstück Security GmbH*. Die Wachzentrale befindet sich auf dem Firmensitz in der Nähe von Bremen. Ich werde sofort anrufen, damit sie in vollem Umfang mit Ihnen kooperieren." Westermanns Hand zitterte, während er die Adresse der Firma aufschrieb. „Das wäre eine Katastrophe", murmelte er, „wenn das wirklich wahr ist, dann wäre das eine Katastrophe."

Dirks nahm den Notizzettel entgegen. „Bitte sorgen Sie dafür, dass so wenig Leute wie möglich von dieser Sache erfahren. Es wäre sowohl für unsere Ermittlungen als auch für die Kunsthalle fatal, wenn die Presse irgendwelche Gerüchte verbreiten würde."

„Sie können sich auf uns verlassen." Westermann schwitzte immer stärker. „Ich hoffe allerdings immer noch, dass mit dem Bild alles in Ordnung ist."

Draußen bedankte sich Dirks bei Prof. Bröcker und verabschiedete sich von ihm. „Bitte erzählen Sie niemandem von dem, was Sie gerade miterlebt haben."

„Nur unter der Bedingung, dass Sie mich über die weitere Entwicklung auf dem Laufenden halten."

„In Ordnung."

Auf dem Weg nach Bremen unterrichtete Dirks Saatweber. Er versprach, sofort nach Emden zu kommen. Eine Besprechung mit der ganzen Mordkommission setzten sie erst für den nächsten Tag an, denn Dirks wollte auf keinen Fall ihre Ermittlungen unterbrechen.

„Das ist ein Riesenskandal!", wetterte Saatweber über das Telefon. „Zigtausend Kunsthallenbesucher aus dem In- und Ausland haben sich eine Fälschung angesehen!"

„Wir müssen unbedingt dafür sorgen, dass diese

Information vorerst nicht an die Öffentlichkeit dringt", sagte Dirks. „Es ist ein Vorteil für uns, wenn der Täter noch nicht weiß, dass sein Betrug aufgeflogen ist."

„Richtig. Ich hoffe, die Sache hat in der Kunsthalle selbst noch nicht zu viel Staub aufgewirbelt."

Dirks beendete das Telefonat. Sie war gespannt darauf, was sie in Bremen herausfinden würden. Das Gemälde auszutauschen konnte nicht einfach sein, sie hatten ja selbst erlebt, was passierte, wenn man einem Bild zu nahe trat.

17. Videoüberwachung

Dirks und Breithammer wurden von Sebastian Winkelstück persönlich empfangen. Der smarte Mitvierziger verzichtete nicht nur auf eine Krawatte, sondern auch auf überflüssige Kalorien. Dabei half ihm wahrscheinlich das futuristische Rennrad, das an der Rückwand seines Büros lehnte.

Nach Breithammers Onlinerecherche hatte der Vater die Firma einst gegründet, aber erst unter der Führung des Sohnes war die Winkelstück Security GmbH zu einem *Hidden Champion* im Bereich der Sicherheitstechnik aufgestiegen.

„Herr Doktor Westermann hat mich angewiesen, Ihnen alle Informationen zu geben, die Sie brauchen", sagte Winkelstück. „Worum geht es denn?"

„Sie sind für die komplette Sicherheit der Kunsthalle zuständig?", fragte Dirks. „Also auch für die Wachleute?"

Winkelstück nickte. „Ein Sicherheitssystem setzt sich aus drei Elementen zusammen: Personal, mechanische Sicherheit und elektronische Überwachung. Alle drei Bereiche müssen aufeinander abgestimmt sein und sich gegenseitig ergänzen. Das funktioniert am besten, wenn der Service aus einer Hand kommt."

„Herr Westermann sagt, die Technik befände sich auf dem neuesten Stand?"

„Selbstverständlich. Alle Komponenten bis hin zu den Akkus für die Notstromversorgung sind VdS-zertifiziert. In jedem Raum gibt es Alarmknöpfe, die direkt mit der Polizei verbunden sind, damit ein Wachmann auch bei einem Raubüberfall schnell Hilfe anfordern kann. Bei den Bildermeldern handelt es sich um sogenannte Dualbewegungsmelder, bei denen neben Passiv-Infrarot auch die Optik als Auswertungskriterium analysiert wird, wodurch es keine Falschalarme mehr gibt. Die Sensoren besitzen außerdem eine Antiblockierfunktion, es wird also schon bei Sabotageversuchen Alarm ausgelöst. Auch von außen kann man nur schwer in das Gebäude eindringen. Es handelt sich um ein modernes Bauwerk, das natürlich viel besser zu schützen ist als eine Kirche oder ein historisches Gebäude, bei dem man die Fenster und Türen austauschen muss, um sie einbruchssicher zu machen."

„Trotzdem hat es jemand geschafft, das wichtigste Bild in der Ausstellung durch eine Kopie zu ersetzen."

„Wie bitte?" Winkelstücks gebräuntes Gesicht verlor an Farbe. „Folgen Sie mir bitte in die Sicherheitszentrale."

Während sie im Flur auf den Fahrstuhl warteten, redete sich der Firmenchef seine Aufregung von der Seele. „Ein Kunstdiebstahl ist heutzutage nicht nur wegen der modernen Sicherheitstechnik unglaublich schwierig, sondern es hakt dabei vor allem an einem ganz klassischen Problem: Es ist fast unmöglich, einen Käufer für das gestohlene Bild zu finden. In den meisten Fällen werden daher die Versicherer der Kunstwerke erpresst. Aber das geschieht üblicherweise nicht in Museen, sondern in Galerien. Hier haben es die Täter bedeutend leichter, Galeristen sind nämlich nicht dazu verpflichtet, eine hochwertige Alarmanlage zu installieren. Und solange die Versicherungen trotzdem zahlen, haben sie auch keinen Anreiz dazu."

Bei der Sicherheitszentrale handelte es sich um einen

großen Raum mit mehreren Arbeitsplätzen, bei denen jeder Mitarbeiter eine ganze Wand von Bildschirmen vor sich zu stehen hatte. Der Raum war viel größer, als Dirks erwartete hatte, aber die Firma betreute ja auch nicht nur die Kunsthalle, sondern eine ganze Reihe von Objekten in Norddeutschland. Für die Kunsthalle Emden war heute ein stämmiger Mitarbeiter namens „Benni" zuständig.

„Wir überwachen alle Exponate per Videotechnik", sagte Winkelstück. „Die Aufzeichnung der Videos geschieht in einem Ringspeicherverfahren, das bedeutet, die Aufnahmen werden immer wieder überschrieben. Sobald die Bewegungsmelder allerdings einen Alarm auslösen, werden die Videos automatisch in einer speziellen Datei gespeichert."

„Heute Morgen gab es einen Zwischenfall in der Kunsthalle." Benni tippte etwas in seine Tastatur und rief ein Video auf. Auf den Bildern war deutlich zu erkennen, wie Prof. Bröcker sich mit seiner Lupenbrille dem Gemälde näherte. „Geht es um diesen Verrückten?"

„Wir suchen keinen Verrückten", sagte Dirks. „Im Gegenteil, derjenige, den wir suchen, ist ausgesprochen klug."

„Lass mich mal ran." Winkelstück setzte sich an Bennis Arbeitsplatz. Der Geschäftsführer öffnete ein spezielles Programm und ließ sich ein Protokoll anzeigen. „Es gab in den letzten vier Jahren nur zwei weitere Zwischenfälle. In beiden Fällen ging es um Vandalismus, und die Täter konnten identifiziert und zur Rechenschaft gezogen werden."

„Dann muss der Bildertausch vor 2012 geschehen sein", sagte Breithammer.

„Sicherheitslücken in einem Objekt entstehen

eigentlich nur, wenn kein Normalbetrieb herrscht", erzählte Winkelstück. „Also zum Beispiel, wenn das Gebäude aufgrund von Baumaßnahmen eingerüstet ist, oder während eines Events wie einer ‚Museumsnacht'. Da sind dann aber besonders die kleinformatigen Kunstgegenstände in der Nähe von Ausgängen gefährdet."

Dirks schüttelte den Kopf. „Das Bild wurde erst nach 2013 ausgetauscht. Bröcker hat gesagt, dass in dem Jahr auf der Rückseite des Gemäldes noch ein Bild mit zwei Katzen entdeckt wurde. Dabei muss es sich noch um das Original gehandelt haben."

Breithammer wandte sich an Winkelstück. „Gab es irgendwelche Störungen im System? Kann es von einem Softwarespezialisten manipuliert werden?"

„Wir garantieren unseren Kunden größtmögliche Sicherheit. Das ist unser Kapital. Es ist das Qualitätsmerkmal unserer Technik, dass die Aufzeichnungen vor Gericht verwendet werden können. Das geht nur, wenn gewährleistet wird, dass man sie im Nachhinein nicht verändern kann."

„Vielleicht wurde das Bild ja auch nicht getauscht, während es ausgestellt war, sondern während es sich im Magazin befand", mutmaßte Dirks.

Winkelstück schüttelte den Kopf. „So ein Magazin gleicht einem Tresor. Es darin auszutauschen wäre noch weniger möglich als während einer Ausstellung."

„Was geschieht eigentlich bei einem Ausstellungswechsel?", fragte Breithammer. „Wenn die Mitarbeiter der Kunsthalle die Bilder abhängen, wollen sie ja nicht andauernd den Alarm auslösen."

„Natürlich kann die Videoüberwachung in solchen Fällen abschaltet werden."

„Und wie macht man das?“

„Das geht nur von hier aus durch den zuständigen Mitarbeiter. Die Abschaltung muss mit einer gewissen Vorlaufzeit angemeldet werden. Dazu brauchen wir die Unterschriften von zwei leitenden Mitarbeitern Objektes.“

„Während dieser Zeit sind die Bilder vollkommen ungeschützt?“

„Es gibt ja auch noch die Alarmanlage des Gebäudes und das Wachpersonal.“

„Und die Abschaltung geschieht nur während der Ausstellungswechsel?“

„Nun, ab und zu auch mal für ein paar Stunden zwischendurch“, sagte Benni. „Das hängt ehrlich gesagt vom Kunsthallendirektor ab, wie überzeugt er von seinem Ausstellungskonzept ist. Der Direktor vor Herrn Westermann war ziemlich häufig mit der Anordnung seiner Bilder unzufrieden und hat manchmal noch Wochen nach der Ausstellungseröffnung einzelne Bilder umgehängt. Er hat behauptet: ‚Die Wirkung eines Bildes hängt ganz stark von den Bildern daneben ab‘. Bei Doktor Westermann ist das aber eher selten.“

„Bitte drucken Sie uns eine Liste aller Zeiten aus, in denen die Videoüberwachung ausgestellt worden ist“, sagte Dirks. „Und auch, wer das jeweils autorisiert hat.“

Winkelstück öffnete eine Datei, gab ein Passwort ein, klickte auf ein paar Häkchen, und wenig später kam ein Papier aus dem Drucker.

Dirks und Breithammer beugten sich über das Dokument. Die Zeiten der Ausstellungswechsel waren leicht zu identifizieren. Interessanter waren die Zeiten zwischendurch. Breithammer las einen Eintrag vor: „4. Oktober 2013, 18:00 bis 19:00 Uhr, Grund: Umhängung.“

„Klingt normal", erklärte Winkelstück. „Die Bevollmächtigung zeigt keinerlei Auffälligkeiten, es gibt zwei Unterschriften."

Dirks zeigte auf den nächsten Eintrag in der Liste. „Hier ist nur eine Unterschrift."

„Was?"

„17. Januar 2014, 23:00 bis 1:00 Uhr, Grund: Überprüfung."

Winkelstück starrte ungläubig auf das Protokoll. „Diese Uhrzeit ist wirklich ungewöhnlich."

„Wer hat denn die Abschaltung befugt?", fragte Dirks.

„Das ist Doktor Westermanns Unterschrift", entgegnete der Firmenchef. „Wer hat von uns an diesem Tag Dienst gehabt?" Er suchte nach dem Kürzel seines Mitarbeiters. „Benni?"

Der Sicherheitsmann schluckte. „Ich hatte ihm damals gesagt, dass ich die Autorisierung eines zweiten Mitarbeiters brauche. Aber Herr Westermann hatte mich um einen persönlichen Gefallen gebeten." Er drehte sich zu Dirks. „Ich war früher direkt bei der Kunsthalle angestellt und habe es nur ihm zu verdanken, dass ich von dieser Firma übernommen wurde. Ich dachte, ich kann ihm vertrauen!"

Dirks fotografierte den Ausdruck ab, um das Foto an Saatweber zu schicken. Dann wählte sie seine Nummer.

„Ja?"

„Wir brauchen sofort einen Haftbefehl für Doktor Harald Westermann."

Fünf Minuten später saßen Dirks und Breithammer wieder im Auto und fuhren in Richtung Autobahn.

„Es war also der Kunsthallendirektor, der die Bilder vertauscht hat", sagte Breithammer. „Er hat uns angelogen. Tammena war letzten Dienstag direkt zu ihm gegangen, nachdem er die Fälschung entdeckt hatte."

Dirks nickte. Es ergab Sinn, dass Westermann hinter der Tat steckte. Er tauschte das wertvollste Bild der Sammlung aus, verkaufte das Original und sackte dafür das Geld ein. Hatte er Schulden? Oder hatte er das für die Kunsthalle getan? Dirks erinnerte sich an Westermanns Worte, wonach es äußerst kostspielig war, solch ein Museum zu betreiben. *Oder hat er das Bild behalten, und es hängt bei ihm zu Hause in einem geheimen Raum?* Aber das war unwahrscheinlich, als Kunsthallendirektor konnte er das Bild doch ohnehin so oft sehen, wie er wollte.

„Hoffentlich treffen wir ihn überhaupt noch in der Kunsthalle an", sagte Breithammer. „Leider haben wir ausgerechnet ihm erzählt, dass wir von dem Tausch wissen, und er wird sich denken können, dass wir früher oder später auf ihn kommen."

„Vielleicht glaubt er aber auch, dass sein kleiner Alleingang nicht auffällt, und wenn doch, dass Benni ihn deckt."

„Sobald der Haftbefehl da ist, können wir ein paar Kollegen in die Kunsthalle schicken", sagte Breithammer. „Wir sind frühestens in einer Stunde da."

Wie bestellt klingelte das Telefon, und Saatweber meldete sich. „Wir bekommen keinen Haftbefehl, Diederike. Westermann ist ein angesehener Mann, und die Beweislage ist viel zu dünn. Bevor der Richter nicht einmal eine offizielle Bestätigung dafür hat, dass es sich bei dem Bild in der Kunsthalle um eine Fälschung handelt, ist Westermann kein Verdächtiger, sondern ein Zeuge."

Dirks beendete das Gespräch und drückte das

Gaspedal herunter. „Setz unser Blaulicht auf das Auto, Oskar. Es wäre doch gelacht, wenn wir den Weg nicht auch schneller schaffen."

Fünfundvierzig Minuten später hielt Dirks direkt vor dem Eingang der Kunsthalle. Die Leute, die am Bootsanleger saßen, blickten empört zu ihnen. Dirks und Breithammer ignorierten sie und rannten in das Foyer.

„Wo ist Doktor Westermann?", rief Dirks Ingeborg zu.

„In seinem Büro, glaube ich", rief Ingeborg überrascht zurück.

Dirks drückte die Klinke herunter, aber der Raum war abgeschlossen. „Es gibt innen noch eine Tür, vom nächsten Büro aus kommen wir rein."

Die beiden Mitarbeiterinnen im nächsten Zimmer sprangen erschrocken auf. An die mit den braunen Haaren konnte sich Dirks erinnern, denn sie hatte ihnen bei ihrem ersten Besuch einen Computerausdruck gebracht. „Susanne, nicht wahr?"

Die Frau nickte.

„Wir müssen zu Herrn Westermann ins Büro."

„Harald ist nicht da", entgegnete sie. „Er hat sich schon heute Vormittag abgemeldet. Kurz nachdem Sie hier waren. Die Leute von der Restaurationsabteilung sind schon ganz aufgebracht, weil sie ihn nicht erreichen können. Sie rufen alle dreißig Minuten hier an, und ich kann mich kaum auf die Arbeit konzentrieren." Das Telefon klingelte erneut.

„Verdammt!", fluchte Breithammer und schaute auf die Wanduhr. „Er hat jetzt drei Stunden Vorsprung."

Das Telefon klingelte immer noch.

„Nun gehen Sie schon ran!", rief Dirks. „Und wenn es wieder die Restaurationsabteilung ist, dann geben Sie mir den Hörer."

Susanne nahm den Anruf entgegen. Kurz darauf wich alle Farbe aus ihrem Gesicht. Der Telefonhörer fiel ihr aus der Hand, und sie starrte die Kommissarin mit schreckgeweiteten Augen an. „Das war Frau Westermann. Sie ist gerade nach Hause gekommen und hat Harald in der Garage gefunden. Er … er hat sich erhängt!"

18. Garage

Das Haus der Westermanns stand in Uphusen. Dirks und Breithammer fuhren erneut mit Blaulicht und erreichten die Villa sogar noch vor dem Notarzt.

In der Einfahrt stand ein roter Golf. Frau Westermann saß regungslos hinter dem Steuer, die rechte Hand umklammerte das Smartphone.

„Sie steht unter Schock", rief Dirks.

Das war bei diesem Anblick auch nicht verwunderlich. Das Garagentor war hochgefahren, und in dem hell erleuchteten Raum sah man deutlich den Körper, der von der Decke baumelte.

In diesem Moment traf auch ein Krankenwagen ein.

„Kümmern Sie sich um Frau Westermann", wies Dirks einen der Sanitäter an. Dann rannte sie zusammen mit dem Arzt in die Garage.

„Wir müssen ihn abhängen!", rief Breithammer. „Vielleicht schlägt sein Herz noch."

„Dazu ist es bereits zu spät." Der Arzt umfasste Westermanns Handgelenk. „Er ist schon steif."

Dirks schluckte.

„Sie sind von der Polizei?", fragte der Arzt.

Dirks nickte.

„Dann können Sie sich ja um den Rest kümmern. Ich stelle gleich den Totenschein aus."

Die Kommissarin knabberte auf der Unterlippe. „Bitte sehen Sie sich die Leiche ganz genau an. Gibt es irgendeinen Hinweis darauf, dass es sich nicht um Selbstmord handelt?"

Der Mediziner blickte Dirks überrascht an. Er fragte jedoch nicht weiter nach, sondern zog eine kleine

Taschenlampe hervor und widmete sich Westermann. „Auf den ersten Blick ist kein Anzeichen für ein atypisches Erhängen erkennbar", sagte er. „Er trägt zwar noch seine Kleidung, aber wenn es äußere Verletzungen gäbe, würde man zumindest Blutflecken sehen." Er leuchtete auf den Hals. „Auch hier kann man nichts erkennen außer der Verletzung durch die Schlinge. Wäre er vorher durch eine fremde Hand stranguliert worden, gäbe es noch eine zweite, waagerechte Strangfurche. Meiner Meinung nach ist es eindeutig Selbstmord." Der Arzt wurde von dem Sanitäter gerufen, der sich um Frau Westermann kümmerte. „Wir werden sie ins Klinikum bringen", sagte er zu Dirks.

„Wann kann ich mit ihr reden?"

„Nicht vor morgen." Der Arzt verabschiedete sich.

Dirks telefonierte mit der Zentrale und forderte einen Leichenwagen an. „Außerdem brauche ich Altmann und ein Spurensicherungsteam." Sie legte auf.

„Wollen wir Westermann nicht doch abschneiden?", fragte Breithammer. „Es macht mich nervös, wenn er da noch weiter hängt."

Dirks hörte nicht auf ihn, sondern blickte sich um.

„Wonach suchst du?"

Dirks öffnete die Beifahrertür von Westermanns BMW, wurde aber auch dort nicht fündig. „Siehst du irgendwo einen Abschiedsbrief?"

Breithammer zog die Stirn in Falten. „Vielleicht hat er ihn in seinem Arbeitszimmer geschrieben."

„Und warum hat er sich nicht auch dort erhängt?"

Breithammer nickte. „Er brauchte keinen Abschiedsbrief. Wir kennen ja sein Motiv. Er hat sich das Leben genommen, bevor der Skandal um das vertauschte Bild öffentlich wird. Und er hat sich geschämt dafür, dass er Redolf Tammena ermordet hat." Er seufzte. „Wie es aussieht, war es das. Unser Fall ist abgeschlossen."

Wirklich? Dirks wollte es nicht wahrhaben. Plötzlich war alles so schnell gegangen. Aber Breithammer hatte recht. Sie rief sich die Fakten des Falls in Erinnerung und stellte fest, dass alles zusammenpasste. *Westermann hat wahrscheinlich schon vor zwei Jahren versucht, Tammena für seine Malschule zu gewinnen, und fährt zu ihm nach Bensersiel. Dort sieht er die Kopie der „Blauen Fohlen", und als Fachmann erkennt er sofort, wie gut sie ist. Er kauft sie dem Maler ab und vertauscht sie mit dem Original. Vor einer Woche fällt Tammena der Schwindel auf, und er geht direkt zum Kunsthallendirektor, um ihn zur Rede zu stellen. Dieser erschlägt ihn.*

„Wo hat Westermann Tammena ermordet?", fragte Dirks. „In seinem Büro in der Kunsthalle?"

Breithammer überlegte. „Bei dem Trubel? Da hätten doch jederzeit seine Mitarbeiter in den Raum platzen können. Und bei all den Papieren, die dort rumliegen, kann man nur schwer einen Zimmermannshammer finden, wenn da überhaupt einer ist. Das Blut, das dabei auf all die Sachen spritzt, bekommt man nie wieder weg! Und wie soll er von dort die Leiche in den Volvo bekommen? Er kann sie ja unmöglich durch das Foyer schleifen."

Dirks ging durch die Garage zu einem Regal, in dem auch ein Werkzeugkasten stand. „Dann hat er es hier getan. Unter irgendeinem Vorwand hat Westermann Tammena dazu gebracht, sich hier mit ihm zu treffen. Vielleicht hat er ihm gesagt, dass sich das Originalbild bei ihm zu Hause befindet, und Tammena wollte sichergehen, dass Westermann es wieder zurücktauscht.

Also fahren sie beide hierher in die Garage. Aber als sie ins Haus gehen wollen, nimmt Westermann sich einen Hammer und erschlägt den Maler." Sie wandte sich wieder an Breithammer. „Wir müssen unbedingt herausfinden, wo das Originalbild ist, oder was Westermann damit gemacht hat. Bei der derzeitigen Sachlage wird uns wohl jeder Richter einen Durchsuchungsbefehl geben."

Diesmal hörte Breithammer nicht zu, denn er untersuchte den Garagenboden. „Siehst du hier irgendetwas, das ein Blutfleck sein könnte?"

Dirks musste das verneinen. Der einzige Fleck auf dem Boden stammte vom Speichelausfluss des Erhängten. „Worauf willst du hinaus?"

„Ich weiß nicht genau", erwiderte Breithammer. „Es ist nur so: Dass Westermann ein Bild in der Kunsthalle austauscht, das traue ich ihm noch zu. Aber einen Mord? Der Mann ist Kunsthistoriker! Selbst wenn er Tammena im Affekt ermordet - würde er es wirklich schaffen, die Leiche danach so zu entsorgen, dass er keine Spur hinterlässt?"

„Du meinst, derjenige, der Tammena auf dem Gewissen hat, kennt sich so gut aus, dass es ihm auch gelingen würde, einen Selbstmord von Westermann vorzutäuschen?" Dirks vergegenwärtigte sich den Fund von Tammenas Leiche. *Die Leiche wurde über ein Brett in den Kofferraum seines Autos gezogen.* Sie blickte sich um. In dieser Garage gab es zwar einen Zimmermannshammer, aber es war nirgendwo ein Brett zu sehen.

Sie ging zu Westermann, kniete sich hinter ihn und hob sein Jackett an.

„Was machst du da?" Breithammer war entsetzt. „Wieso betrachtest du seinen Hintern?"

„Ich suche etwas." Dirks starrte weiter auf Westermanns Hose. „Hast du mal eine Pinzette?"

Breithammer zog sein Taschenmesser hervor und reichte Dirks das gewünschte Werkzeug. Sie zog damit etwas aus dem Jeansstoff und zeigte es ihrem Kollegen.

„Ein Holzsplitter", stellte er erstaunt fest.

„Jede Wette, dass der aus demselben Brett stammt wie die Splitter, die die Spurensicherung in Tammenas Kleidung gefunden hat. Das bedeutet, dass auch Westermann in seinem eigenen Auto hierhergebracht wurde." Dirks stand wieder auf. „Der Bestatter kann ihn sofort nach Oldenburg zur Obduktion fahren. Die Gerichtsmediziner müssen die Leiche möglichst schnell auf Gift untersuchen."

Breithammers Stimme zitterte. „Du meinst, Westermann wurde betäubt, hierhergefahren und dann aufgehängt?"

„Hoffen wir, dass er davon nicht allzu viel mitbekommen hat." Dirks nahm ihren Kollegen am Arm. „Komm schon, machen wir uns an die Arbeit. Wir müssen in Westermanns Unterlagen einen Hinweis auf den Täter finden. Das wird ein langer Abend werden."

19. Dritte Besprechung

Am Donnerstagmorgen war kein Wölkchen am Himmel zu sehen. Normalerweise war Iba nicht so früh auf den Beinen, aber mit einem Hund war das eben etwas anderes.

Iba atmete die Sonne ein. Sie konnte es nicht glauben, dass sie erst vor einer Woche nach Ostfriesland gekommen war. Die Worte, die Diederike damals gesagt hatte, kamen ihr in den Sinn. *„Nach ein paar Tagen sieht die Welt schon ganz anders aus. Das ist die Magie des Nordens.“* Iba grinste. Da hatte sie wirklich ein paar ganz besonders magische Tage erlebt.

Billy bellte und rannte fröhlich den Feldweg entlang. Offenbar hatte er alle seine Geschäfte erledigt. Sie gingen zurück zum Haus.

Egge war schon weggefahren, er musste heute den ganzen Tag in seiner Firmenzentrale verbringen. Aber heute machte das Iba nichts aus, denn Billy füllte die Zimmer mit Leben.

Den USB-Stick hatte Iba wieder zurück in den Schreibtisch in Egges Arbeitszimmer gelegt. Sie wollte gar nicht mehr wissen, was darauf für Dateien gespeichert waren.

Egge hatte ihr einen lilafarbenen Schein auf die Kommode gelegt, damit sie für Billy noch ein paar Sachen kaufen konnte. Leider stellte Michael Kors nichts für Hunde her, aber vielleicht würde es ja trotzdem eine Tasche geben, die mit der Leine harmonierte, und in der man gut Hundekotbeutel verstauen könnte.

„Da freust du dich, nicht wahr, Billy? Wir gehen zusammen shoppen!“

Leider war es noch etwas zu früh dafür, die Geschäfte waren noch geschlossen. *Aber die Cafés haben schon auf.* Iba nahm ihren Mantel und freute sich auf ein leckeres Frühstück im *Cafétje*.

*

Im Besprechungsraum der Polizeidienststelle in Aurich begrüßte Diederike Dirks die Anwesenden nur kurz. Außer den dicker gewordenen Akten hatten die meisten eine Tasse Kaffee vor sich zu stehen. Vielen war die Müdigkeit ins Gesicht gezeichnet, und nachdem Dirks bisher jeden Blick in einen Spiegel gemieden hatte, begriff sie in diesem Moment, wie sie selbst aussehen musste.

Die Hauptkommissarin eröffnete selbst die Vorstellung der Fakten. „Gestern hat es im Zusammenhang mit dem Mordfall an Tammena leider ein weiteres Todesopfer gegeben. Außerdem sind wir auf ein Verbrechen gestoßen, das sich schon vor zwei Jahren in der Kunsthalle Emden ereignet hat. Seit heute früh haben wir die offizielle Bestätigung, dass es sich bei dem seitdem ausgestellten Bild der ‚Blauen Fohlen' um eine Fälschung handelt."

„Wie bitte?", fragte Holm. „Ich war erst vor drei Wochen mit meinem Patenkind dort! Bekommen wir jetzt den Eintrittspreis zurück?"

Dirks verkniff sich die Frage, ob sie das Geld für die Kopfschmerztabletten zurückbekommen könnte, die sie wegen Holm brauchte. „Diese Angelegenheit ist nicht nur ein Skandal für die Kunsthalle, sondern ein Schaden für die gesamte Region. Wir versuchen, sowohl den Bildertausch als auch den Mord an Westermann zunächst nicht öffentlich werden zu lassen. Unser Interesse dabei ist, dass der Täter möglichst lange glauben soll, wir würden ihm Westermanns Selbstmord abnehmen und den Kunsthallendirektor für den alleinigen Schuldigen halten. Staatsanwalt Saatweber befindet sich gerade im Gespräch mit Politikern von Region und Land, und man feilt an einer gemeinsamen Presseerklärung. Die Kunsthalle bleibt heute geschlossen, offiziell aufgrund eines Wasserschadens. Die Angestellten sind natürlich viel zu mitgenommen von den Ereignissen, um heute arbeiten zu können."

„Ein *Wasserschaden?*", fragte ein Beamter. „Diese Ausrede wird nicht lange halten, die Presse ist ja nicht blöd."

„Deshalb sollten wir uns wieder auf das Wesentliche konzentrieren", mahnte Breithammer. „Es steht jetzt also zweifelsfrei fest, dass Westermann sich nicht selbst erhängt hat, sondern ermordet wurde?"

Dirks übergab dem Vertreter der Gerichtsmedizin das Wort.

„Wir konnten bei der Leiche ein Betäubungsmittel nachweisen. Es gab keinen Einstich einer Spritze, er hat es also mit einem Getränk oder Essen aufgenommen. Der Tod ist dann durch Ersticken eingetreten. Wahrscheinlich ist Westermann noch einmal wach geworden, als er mit der Schlinge nach oben gezogen wurde, aber das Betäubungsmittel hat jede Gegenwehr verhindert. Der Täter musste nur noch die Füße seines Opfers anheben und auf den Gehirnkollaps warten. Wenn wir die Leiche übrigens nicht sofort nach Giften untersucht hätten, dann hätte sich das Betäubungsmittel zersetzt, und der objektive Befund wäre Selbstmord gewesen."

„Der Täter hat also auch hier bewiesen, dass er sich auskennt." Dirks nickte Altmann zu. „Welche Spuren hat denn die Kriminaltechnik gefunden?"

„Wie vermutet stammt der Holzsplitter aus Westermanns Hose von demselben Brett, auf dem auch Tammena in sein Auto gezogen wurde. Das ist aber auch schon alles, was wir gefunden haben. Wie schon im Volvo haben wir auch in Westermanns Auto keinerlei Genspuren des Täters entdecken können. Auch das verwendete Seil gibt uns keinen Hinweis." Altmann räusperte sich. „Neben den Spuren des Täters haben wir außerdem nach dem Blut von Redolf Tammena gesucht. Aber weder in Westermanns Garage noch in seinem Büro in der Kunsthalle wurden wir fündig."

„Was ist mit Westermanns Haus?", fragte jemand.

„Wir haben jede Menge Unterlagen sichergestellt", sagte Breithammer. „Aber die Überprüfung braucht viel Zeit. Westermanns Vermögensverhältnisse sind viel aufwändiger zu überprüfen als bei Tammena, weil er viel mehr Vermögen hatte, das breiter gestreut war. Er hat sogar ein Schweizer Nummernkonto besessen."

„Was ist mit seiner Frau? Vielleicht kann sie uns einen Hinweis darauf geben, mit wem ihr Mann zusammengearbeitet hat."

„Frau Westermann liegt im Krankenhaus und ist im jetzigen Zustand nicht vernehmbar. Sie würde es nicht verkraften, wenn sie erfahren würde, dass ihr Mann ein Bild in der Kunsthalle vertauscht hat."

„So, wie ich es verstanden habe, ist Westermann mit dem Auto zum Mörder gefahren. Wurde sein Navi überprüft?"

„Leider wurde gestern keine Adresse einprogrammiert. Er hat den Mörder also gekannt und wusste, wie er zu ihm kommt.“

Dirks fasste die bisherigen Erkenntnisse zusammen. „Wir haben es mit drei Verbrechen zu tun. Zeitlich geordnet stellt es sich so dar: Zuerst gab es den Bildertausch, der vor zwei Jahren stattfand. Als zweites den Mord an Redolf Tammena vor zehn Tagen. Und gestern wurde der Kunsthallendirektor ermordet.“ Sie schrieb alle drei Ereignisse nebeneinander an das Flipchart. „In welchem Zusammenhang stehen diese Verbrechen? Nun, eigentlich geht es nur um den Gemäldediebstahl, und die beiden Morde dienen der Vertuschung. Mit Tammenas Tod wird der gesamte Coup vertuscht. Bei Westermanns Tod ist der Schwindel aber bereits aufgeflogen, und der Täter vertuscht damit nur die Spur zu sich selbst.“

„Warum tut er das?“, fragte Breithammer. „Ich meine, warum fährt Westermann zu einer Person, die schon Redolf Tammena ermordet hat? Warum trinkt er dort etwas?“

„Vielleicht wusste er nicht, dass Tammena von dieser Person ermordet worden ist.“

„Wie das?“

„Weil er nicht wusste, dass Tammena die Kopie hergestellt hat. Er hat nur das Bild ausgetauscht, aber er hat nicht gewusst, woher die Fälschung kam. Er kannte Tammena nur als Landschaftsmaler.“ Dirks schrieb die Namen „Tammena“ und „Westermann“ an die Tafel. „Tammena hat die Kopie hergestellt, und Westermann hat den Tausch durchgeführt. Wer aber hat den Coup geplant?“ Dirks zeichnete über die Namen einen Kreis mit einem Fragezeichen an das Flipchart. Dann zog sie einen Pfeil vom Fragezeichen zu Tammena und einen zu Westermann. „Westermann und Tammena kennen sich zwar flüchtig, aber diese Beziehung tut in diesem Fall nichts zur Sache. Westermann weiß nicht, dass Tammena die Kopie angefertigt hat, und Tammena weiß nicht, dass Westermann das Original mit der Fälschung ausgetauscht hat." Sie zeichnete einen Pfeil von Tammena zum Fragezeichen. „Tammena fährt in die Kunsthalle und entdeckt den Schwindel. Also fährt er zum unbekannten Dritten, dem er die Kopie verkauft hat. Das wird ihm zum Verhängnis, denn dieser erschlägt ihn und versteckt die Leiche bei einer Meerbude." Dirks zeichnete einen Pfeil von Westermann zum Fragezeichen. „Westermann erfährt von uns, dass wir von dem Bildertausch wissen, und fährt ebenfalls zum unbekannten Dritten. Vielleicht will er das Bild zurücktauschen. Wenn er das gemacht hätte, dann hätten wir plötzlich ziemlich blöd ausgesehen. Aber der unbekannte Dritte will oder kann das Originalbild nicht wieder hergeben. Er versichert Westermann trotzdem, dass er dazu bereit sei, und der Direktor beruhigt sich. Er trinkt ein Glas Wein, in das der Täter ein Schlafmittel gemischt hat. Dann hievt der Täter Westermann in das Auto und bringt ihn in sein Haus nach Uphusen, wo er den Selbstmord inszeniert."

Dirks wollte gerade die Diskussion eröffnen, da sprang die Tür auf, und eine Polizistin erschien. „Schaut mal ins Online-Portal der Emder Zeitung! Jemand hat der Presse den Bildertausch gesteckt!"

*

Iba saß in dem selbsternannten „Wohlfühlcafé" und versuchte, Billy zu motivieren, auf ihren Schoß zu klettern. Sie wollte Diederike noch ein Selfie schicken.

Der Hund hatte aber offensichtlich schon gelernt, was Sache war, wenn Frauchen in der linken Hand ein Smartphone hielt, und lümmelte sich lieber weiter unter dem Tisch herum.

Der Radiosender, der im Hintergrund lief, spielte ein Lied, das Iba mochte, aber bei dem sie weder wusste, wer es sang, noch wie es hieß. Das Lied verstummte, und der Moderator sprach von einer aktuellen Meldung. Iba hörte auch noch die Worte „Kunsthalle Emden", und wie einer der Gäste am anderen Tisch laut auflachte und rief: „Unglaublich!"

Sie rief auf ihrem Smartphone die Internetseite der Emder Zeitung auf. Sofort sprang ihr das Titelbild ins Auge, ein Ölbild mit drei blauen Pferden. „Ach du meine Güte", flüsterte sie, als sie den Artikel las. „Das wichtigste Bild in der Kunsthalle ist eine Fälschung!" Sie wusste, dass Diederike gestern in der Kunsthalle zu tun hatte, und deshalb fiel es ihr nicht schwer, den Zusammenhang herzustellen. „Sieh mal, Billy!" Sie zeigte dem Hund den Online-Artikel. „Daran arbeitet Tante Diederike gerade. Deshalb hatte sie noch keine Zeit, um dich kennenzulernen."

Billy bellte und wedelte mit dem Schwanz.

„Wenn es in der Zeitung steht, dann wird es auch offiziell sein." Iba winkte der Kellnerin, um zu zahlen. „Komm, Billy, das zeigen wir Egge. Er hat sich doch so für Diederikes Arbeit interessiert." Sie lächelte. „Wir werden Egge in seinem Büro besuchen."

*

Dirks rief die Webseite auf ihrem Laptop auf und projizierte sie an die Leinwand des Besprechungsraums.

Sie überflog den Artikel. „Bisher scheinen sie nur von dem vertauschten Bild zu wissen, aber noch nichts über Westermanns Tod. Sie schreiben nur, dass der Kunsthallendirektor nicht für eine Stellungnahme zu erreichen ist. Außerdem stellen sie noch keinen Zusammenhang zwischen dem Bildertausch und Tammena her."

„Wer macht so etwas?", regte sich Holm auf. „Wer gibt der Zeitung solche geheimen Informationen?"

„Das muss gar nicht mit Absicht geschehen sein", sagte Dirks. „Wenn man Ingeborg ein bisschen unter Druck setzt, dann bekommt man die richtigen Antworten, auch wenn sie nichts sagt. Es ist aber auch egal, wer mit den Journalisten gesprochen hat. Wichtig ist, dass der Täter noch nicht weiß, dass wir den Selbstmord als Mord erkannt haben." Sie stellte den Beamer wieder aus. „Wir müssen uns jetzt auf den Täter konzentrieren. Wer steckt hinter dem Gemäldediebstahl? Wer ist der unbekannte Dritte?"

„Er muss jemand sein, der unbedingt das Originalbild besitzen will", sagte der Beamte neben Breithammer. „Dabei ist es ihm egal, dass jeder denkt, das Original würde weiterhin in der Kunsthalle hängen. Er hat also nicht vor, mit dem Bild zu prahlen oder es öffentlich zu zeigen."

„Sehr gut!", lobte Dirks den Kollegen. „Wer könnte das sein? Ein Sammler, der schon mehrere Bilder von Franz Marc besitzt?"

„So, wie ich es verstanden habe, befinden sich nur sehr wenige Marc-Bilder in Privatbesitz. Und so jemand würde sich wohl auch nicht damit zufrieden geben, das Bild nur für sich selbst zu besitzen. Ich dachte eher an jemanden, der eine ganz persönliche Verbindung zu genau diesem Bild hat."

„Wir müssen also möglichst viel über die Geschichte der ‚Blauen Fohlen' herausfinden", sagte ein anderer und schlug seine Aktenmappe auf. „Henri Nannen hat das Bild 1979 gekauft. Aber wer waren die früheren Besitzer?"

Dirks machte sich eine Notiz.

„Der Täter muss noch mehr Bedingungen erfüllen, als die, dass er unbedingt das Bild haben will", sagte Breithammer. „Das Besondere an unserem Fall ist, dass der Täter nicht extra eine Kopie des Bildes herstellen lassen musste, sondern dass diese Kopie bereits existierte. Am Anfang stand also nicht der Plan des Täters, sondern erst, als er von der Kopie erfahren hat, hat er den Plan gefasst. Der Täter hat eine Gelegenheit erkannt und sie genutzt."

„Das würde bedeuten, dass der Täter aus dem Umfeld von Tammena und Westermann kommt", führte Dirks Breithammers Gedanken fort. „Er muss einerseits einen guten Draht zu Redolf Tammena haben, damit der Maler ihm von der Kopie erzählt und sie ihm verkauft. Andererseits muss er sich aber auch gut mit Westermann verstehen, damit dieser die Kopie gegen das Original vertauschen kann. Auf wen trifft diese Konstellation zu?" Dirks überlegte. Westermann hatte mit sehr vielen Menschen zu tun gehabt, Tammena war derjenige gewesen, der nur wenige Beziehungen gepflegt hatte.

„Immo Petersen!", rief Breithammer. „Er handelt mit Tammenas Bildern, im Zuge dessen könnte er auch von der Kopie erfahren haben. Und als Fördermitglied der ‚Freunde der Kunsthalle' steht er in engem Kontakt mit Westermann."

„Als Galerist kennt er vielleicht sogar jemanden, der ihm das Bild unter der Hand abkauft!"

„Allerdings hat er für den Tag, an dem Tammena ermordet worden ist, ein Alibi." Dirks versuchte, auch ihre eigene Euphorie zu bremsen. „Sein Sohn hat bestätigt, dass er sich bei ihm in Hamburg aufgehalten hat."

„Der Sohn könnte ihn decken", sagte Breithammer. „Die Kollegen sollten das noch einmal genauestens überprüfen."

„In Ordnung." Dirks erhob sich. „Ich werde gleich mit Hamburg telefonieren und Petersen noch einmal vernehmen. Aber um ihn festzunehmen, brauchen wir Beweise, und die müssen wir in Westermanns Unterlagen finden." Sie wandte sich an Breithammer. „Bitte leite du diese Besprechung weiter, Oskar! Koordiniere die Aufgaben und unterrichte Saatweber, wenn er kommt. Ich fahre nach Emden."

*

Iba ging mit Billy über den Parkplatz der *Friesenhus Import-Export GmbH*. Bei Tageslicht wirkte die Firmenzentrale viel sachlicher als am Abend von Fennas Lesung. Hinter welchem Fenster befand sich wohl Egges Büro? Guckte er gerade hinaus und sah sie?

Am Empfang erklärte man ihr den Weg zur Chefetage.

Die Sekretärin in Egges Vorzimmer war für Ibas Begriffe viel zu hübsch, aber sicherlich konnte sie ihn nicht einfach bitten, sie zu entlassen. „Ich möchte gerne zu Egge."

„Herr Jansen ist nicht hier."

„Und wo ist er?"

„Und wer sind Sie?"

„Ich bin Iba Gerdes, seine Freundin."

Die Sekretärin zeigte ein leichtes Lächeln und legte den Kopf schief. „Ach, dann ist der Hund dort Billy! Herr Jansen wird sehr erfreut sein, Sie beide zu sehen. Allerdings ist er gerade nicht da. Er hat vor dreißig Minuten sein Büro verlassen, ohne zu sagen, wo er hingeht. Aber er hat in zwanzig Minuten einen Termin, also wird er gewiss gleich wiederkommen."

„Dann warte ich in seinem Büro auf ihn."

„Wie Sie wünschen. Darf ich Ihnen ein Heißgetränk bringen?"

„Danke, aber ich habe gerade gefrühstückt."

Iba betrat den hellen und freundlichen Raum. Er war ähnlich aufgeräumt wie das Arbeitszimmer in Egges Haus, aber viel gemütlicher. *Er ist ja auch viel häufiger hier.* Auch Billy freute sich darüber, sein Herrchen zu schnuppern und begab sich auf die Suche nach einem Lieblingsplatz.

Iba setzte sich auf den komfortablen Chefsessel und drehte sich damit im Kreis. Sie fischte ihr Smartphone aus der Handtasche und wählte Egges Nummer.

Schon nach dem zweiten Klingeln ging er ran. „Hallo Iba! Schön, dass du anrufst."

„Ich bin gerade mit Billy unterwegs und dachte mir, ich melde mich mal." Fröhlich gab Iba dem Drehsessel neuen Schwung. „Wo bist du gerade?"

„Wo ich bin?" Egge lachte. „In meinem Büro natürlich. Ich sitze gerade in meinem Chefsessel am Schreibtisch."

*

Bevor Diederike Dirks das Auto verließ, überprüfte sie ihre Dienstwaffe. Wenn Immo Petersen wirklich ein Doppelmörder war, dann musste sie auf alles gefasst sein.

Schon vor der Galerie sah Dirks durch das Schaufenster, dass Petersen gerade Kundschaft hatte. Die Türglocke bimmelte, als sie den Laden betrat, Petersen blickte kurz zu ihr und registrierte, wer sie war.

Die Kommissarin widmete sich den zahlreichen Bildern an den Wänden, während der Galerist seinen Kunden versprach, ihre Bilder neu rahmen zu lassen. Nachdem das Ehepaar die Galerie verlassen hatte, drehte Petersen das „Offen"-Schild an der Tür um und verschloss den Laden.

Er wandte sich Dirks zu. „Was führt Sie zu mir, Frau Kommissarin?"

„Ein zweiter Mord."

Petersen stolzierte zu seinem Schreibtisch, ließ sich nieder, holte mit zitternder Hand eine silberfarbene Thermoskanne hervor und goss sich mühsam eine Tasse Kaffee ein, wobei nicht die ganze Flüssigkeit in der Tasse landete.

Wäre er überhaupt fit genug, um Tammenas massigen Körper in ein Auto zu zerren und Westermann die Beine nach oben zu ziehen, während er von der Decke baumelt?

„Wer ist es?", fragte Petersen. „Kenne ich ihn auch?"

„Sagen Sie mir lieber, welche von den Bildern hier Redolf Tammena gemalt hat. Ich meine, außer denen, unter denen sein Name steht. Hat er nicht vielleicht auch dieses dort gemalt, oder jenes? Aber nein, diese Bilder sind natürlich viel zu billig."

„Was soll das?" Petersens Atem ging schneller.

„Reden Sie nicht so über Redolf!"

„Tun Sie nicht so, als ob Sie nichts von seiner außerordentlichen Fähigkeit wüssten! Wann haben Sie die Kopie von den ‚Fohlen' das erste Mal gesehen? Haben Sie sie ihm sofort abgekauft oder erst später?"

„Wovon reden Sie?"

„Wann haben Sie den Plan gefasst, das Bild auszutauschen? Oder waren es gar nicht Sie, der auf die Idee gekommen ist, sondern Ihr Freund Harald Westermann, als er das Bild bei Ihnen gesehen hat? Wo ist das Originalbild jetzt? Haben Sie es verkauft und Hälfte-Hälfte gemacht? Aber sicher haben Sie ihm einen falschen Preis gesagt und den größeren Teil für sich selbst behalten."

„Ich verstehe rein gar nichts von Ihren Worten. Ich höre, dass sie deutsch klingen, aber ich verstehe sie nicht."

„Sie denken doch wohl nicht ernsthaft, dass wir keine Spur von Westermann zu Ihnen finden werden! In diesem Augenblick stellen wir seine Villa in Uphusen auf den Kopf, es ist alles nur eine Frage der Zeit. Also, reden Sie schon!"

Petersen erhob sich, auch wenn er sich am Schreibtisch festhalten musste, um stabil zu stehen. „Sagen Sie mir bitte, wer ermordet wurde!"

„Was haben Sie am Dienstag letzter Woche gemacht?"

„Ich war in meiner Galerie in Hamburg! Das habe ich doch schon gesagt, und das hat Ihnen mein Sohn auch bestätigt."

„Meine Kollegen in Hamburg haben Ihren Sohn noch einmal aufgesucht und ihn über die Folgen informiert, die es für ihn haben würde, wenn er seine Aussage unter Eid vor Gericht wiederholen würde. Und siehe da: Ihr Sohn hat seine Aussage widerrufen."

Der Galerist schluckte.

„Also." Dirks blickte Petersen fest in die Augen. „Was haben Sie am Dienstag gemacht?"

Petersen sackte auf seinen Stuhl zurück. „Ich hatte ein Rendezvous mit einer netten jungen Dame." Mehr schien er nicht sagen zu wollen.

„Und wie heißt diese nette junge Dame? Wo wohnt sie? Sie werden sicher verstehen, dass wir dieses Alibi auch überprüfen werden."

„Ich kenne ihren richtigen Namen nicht", entgegnete Petersen. „Ich kenne nur ihren Benutzernamen auf der Internetplattform, wo ich sie kennengelernt habe. Sie hat sich ganz kurzfristig bei mir gemeldet, weil ihre eigentliche Verabredung sie sitzengelassen hat."

Dirks hob eine Augenbraue. „Lassen Sie mich raten. Lautet dieser Benutzername ‚Blumenwiese'?"

Petersen sah sie verdattert an. „Woher wissen Sie das?"

„Wieso haben Sie uns nicht gleich davon erzählt?"

„Ich weiß nicht." Petersen zuckte mit den Schultern. „Wahrscheinlich habe ich mich geschämt. Ich meine, ich habe nicht geglaubt, dass sich auf dieser Dating-App wirklich jemand bei mir meldet."

Dirks ärgerte sich, dass Breithammer bei Folinde Fries so schlampig gearbeitet hatte. Hatte es eine Bedeutung für den Fall, dass Petersen Folindes Ersatzdate für Dienstagabend gewesen war? *Wenn Petersen den Abend mit Folinde Fries verbracht hat, ist er wohl doch noch ziemlich fit. Andererseits wirkt seine Reaktion auf meine Fragen überzeugend, er scheint wirklich nichts von Westermanns Tod zu wissen.*

„Doktor Westermann wurde ermordet“, sagte Dirks. „Und zwar von derselben Person, die auch schon Tammena erschlagen hat.“

„Harald ist tot?“ Petersens Augen wurden feucht. „Wie schrecklich! Was ist mit seiner Frau? Sie muss am Boden zerstört sein!“

„Nun reden Sie schon, Herr Petersen! Sie kennen doch Ihre Kollegen aus dem Förderverein der Kunsthalle. Wer davon interessiert sich denn besonders für ‚Die blauen Fohlen‘?“

*

Iba war völlig perplex. *Egge hat mich angelogen.*

Am Telefon hatte sie so getan, als wäre alles in Ordnung. Sie hatte ihm nicht gesagt, dass sie selbst gerade in seinem Büro war. Sie hatte das Gespräch unter dem Vorwand beendet, dass Billy gerade eine Katze entdeckt hätte. Dabei lag der Hund vollkommen brav auf dem Boden und blickte sie mit großen Augen an. Als Billy realisierte, dass ihm Iba etwas Aufmerksamkeit zuteilwerden ließ, wedelte er wild mit dem Schwanz. Doch auch das konnte Ibas Stimmung nicht heben.

Ihr Kopf puckerte, und die Augen flimmerten, alles drehte sich um sie. Krampfhaft klammerte sie sich an die Lehnen des Schreibtischstuhls, um nicht das Gleichgewicht zu verlieren. Etwas später konnte sie wieder klar sehen. Wenn sie doch nur mehr Luft bekäme! Sie sprang auf und wollte das Fenster öffnen, doch obwohl sie den Hebel umlegte und energisch daran rüttelte, bewegte es sich keinen Millimeter.

Ich muss hier raus. Iba schnappte sich ihre Handtasche und taumelte aus dem Büro.

„Ist alles in Ordnung?“, fragte die Sekretärin.

„Fassen Sie mich nicht an!“, schrie Iba. Sie hielt sich in der Nähe der Wand, um eine feste Orientierung zu haben. Der Schrei hatte neuen Sauerstoff in ihre Lungen gepumpt, und Iba konnte wieder gerade stehen. Sie versuchte, gefasst zu wirken. „Sagen Sie Egge auf keinen Fall, dass ich hier war! Er darf das nicht wissen.“ Iba nahm all ihre Kraft zusammen und stolzierte in Richtung Ausgang.

„Und der Hund?“, rief die Sekretärin hinter ihr her. „Was soll ich mit dem Hund machen?“

Es war Iba egal, dass sie Billy im Büro zurückgelassen hatte. Sie wollte den Hund nie wieder sehen. Sie wollte Egge niemals wieder sehen. Ihr Verstand sagte ihr, dass sie überreagierte, aber sie war noch niemals gut darin gewesen, auf ihren Verstand zu hören.

Iba stieg in ihr Auto und fuhr los. Sie hoffte, dass das Fahren sie beruhigen würde. Doch ihr Herz wollte nicht weniger schnell schlagen. Die Landschaft rauschte so unbeteiligt an ihr vorbei, als würde sie in einem Zug sitzen.

Es begann zu regnen, aber sie stellte die Scheibenwischer nicht an. Durch die Regentropfen sah sie die roten Lichter nur unscharf, eine Ampel und zwei Bremsleuchten. Im allerletzten Moment trat sie auf die Bremse und kam zum Stehen. Die Autos vor ihr fuhren weiter, und die hinter ihr überholten.

Iba wurde klar, dass sie zu Egges Haus fuhr. *Wo soll ich denn sonst hin? Das ist doch auch mein Zuhause!* Dort waren zumindest ihre Sachen. *Das ist verrückt! Ich reagiere doch nur so wegen Jürgen. Es kann tausend Gründe haben, warum Egge mich angelogen hat.* Aber Iba fiel kein einziger ein.

Sie schloss die Haustür auf und schlüpfte aus den Schuhen. Während sie den Mantel ablegte, sah sie ihr eigenes, verheultes Gesicht im Flurspiegel. „Was soll ich denn jetzt machen? Was soll ich tun?" Iba wünschte sich, dass Diederike jetzt hier wäre.

Schnell griff sie nach ihrer Handtasche und zog die Visitenkarte ihrer Freundin heraus. Sie nahm das Telefon und wählte die Nummer, die Diederike auf die Karte geschrieben hatte.

Nach dem vierten Klingeln meldete sich die Mailbox. „Sie sprechen mit dem Anrufbeantworter von Doktor Annemarie Feldheim. Leider bin ich im Moment nicht zu erreichen. Bitte hinterlassen Sie eine Nachricht und Ihre Telefonnummer, dann werde ich Sie auf jeden Fall zurückrufen." Iba legte enttäuscht auf. Da raffte man sich schon zusammen, um eine Psychologin um Rat zu bitten, und dann war sie nicht da.

Ich muss mit Egge reden. Ich muss ihn fragen, wo er war. Ibas Verstand bestätigte ihr, dass das die einzig richtige Art war, mit dieser Situation umzugehen. *Ich muss Egge anrufen.* Sie blickte auf die Telefontasten und wusste genau, welche sie drücken musste, doch sie tat es nicht. *Erst möchte ich wissen, was sich auf dem zweiten USB-Stick in seinem Arbeitszimmer befindet.*

*

Oskar Breithammer ärgerte sich darüber, dass Dirks ihn nicht mitgenommen hatte. Aber irgendjemand musste ja im Büro die Fäden zusammenhalten, und er war nun mal die Nummer zwei.

Außerdem hatte Dirks recht. Auch wenn Petersen jemand war, der dem Anforderungsprofil des Täters entsprach, so brauchten sie trotzdem Beweise, und die konnten sie nur hier in Westermanns zahlreichen Unterlagen finden. Man durfte jetzt nicht überstürzt handeln, sondern musste geduldig sein und gründlich vorgehen.

Breithammer wusste, dass Dirks sich niemals mit fremder Arbeit schmücken würde und seine Schlussfolgerungen angemessen gewürdigt würden. *Kann man das später überhaupt auseinanderhalten, wer was in einer Besprechung eingebracht hat? Immerhin sind wir ein Team, und jeder wirft seine Gedanken einfach in den Raum.* Breithammer merkte, dass er sich wünschte, irgendwann kein Teamspieler mehr zu sein, sondern Captain. *Verdammt, wir sind alle viel zu müde.* Er hasste es, dass alle schon an ihren Belastungsgrenzen waren, obwohl sie sich gerade jetzt keinen Fehler erlauben durften.

Am Ende der Besprechung war klar geworden, dass sie ein doppeltes Ziel verfolgten. Erstens mussten sie einen klaren Hinweis auf den Täter finden, und zweitens mussten sie herausfinden, wo sich das Originalbild befand. Auch wenn ein Kollege sich darum kümmerte, möglichst viel über die Vorgeschichte der „Blauen Fohlen“ herauszufinden - die besten Chancen hatten sie durch die Ordner und Computer, die sie in Westermanns Haus sichergestellt hatten.

Wahrscheinlich lag der Schlüssel zum Täter in den Finanzen des Kunsthallendirektors, denn Westermann würde das Bild nicht ohne Bezahlung ausgetauscht haben. Breithammer öffnete eine Datei mit Westermanns Kontoauszügen aus dem Jahr 2014. *Am 17. Januar hat der Bildertausch stattgefunden.* Sein Blick wanderte über die Zahlentabellen, aber wie schon die Kollegen vor ihm konnte er keine auffällige Kontobewegung erkennen. *Das wäre ja auch zu einfach.* Er war selbst kein Finanzspezialist, aber er wollte sich einen Überblick darüber verschaffen, was die Spezialisten schon gemacht hatten. Vielleicht fiel ihm dabei noch ein Loch auf, das gestopft werden musste.

Ist es nicht sinnvoller, wenn ich mich in Westermanns Haus umsehe? Oder ins Krankenhaus fahre, um zu sehen, wie es der Witwe geht? Hoffentlich würde Dirks bald anrufen und ihm erzählen, was sie herausgefunden hatte. Auch wenn er selbst Immo Petersen verdächtigt hatte, so hatte er im Nachhinein doch seine Zweifel. Wie schon beim Kunsthallendirektor war es so, dass er dem Galeristen zwar den Bildertausch zutraute, aber nicht den Doppelmord. *Vielleicht habe ich auch nur zu viel Respekt vor älteren Menschen. Nein. Eigentlich traue ich niemandem einen Mord zu.*

Es klopfte an der Tür, und Saatweber betrat den Raum. „Wo ist Diederike?"

„Gut, dass Sie kommen. Wir brauchen den Zugang zu Westermanns Schweizer Nummernkonto."

„Wir bekommen alle Hilfe, die wir brauchen", entgegnete Saatweber. „Es ist auch noch mehr Personal aus Hannover unterwegs. In einer Sache sind sich die Politiker nämlich einig: Wir müssen den Täter möglichst schnell finden."

*

Iba steckte den USB-Stick in Egges Computer. Sie musste kurz warten, bis das Gerät das Speichermedium erkannte. Dann ließ sie sich den Inhalt anzeigen.

Auf dem Stick gab es mehrere Ordner. Keiner von

ihnen hatte einen richtigen Namen, sondern alle waren nach einem Datum benannt. Der früheste stammte aus dem Jahr 2006. Iba klickte darauf und erhielt eine lange Liste von Dateien.

Das sind alles Fotos. Etwa von Egge und seiner Exfrau?

Sie ließ sich das erste Foto anzeigen. Darauf waren zwar Egge und eine Frau zu sehen, aber die Frau hatte schneeweißes Haar. Iba musste nicht noch einmal auf das Foto neben dem Schiffsmodell der Sobine gucken, um zu wissen, dass es sich bei dieser Frau um Egges Grandma handelte.

Sie klickte noch auf ein paar weitere Fotos. Der Hintergrund wechselte beständig, aber immer befand sich die alte Dame auf den Bildern.

Iba schloss das Album und schaute auf die Namen der anderen Ordner. Egge hatte ja erzählt, dass er mehrmals im Jahr nach Miami fliegen würde, um seine Grandma zu besuchen. Diese Ordner stammten wohl allesamt von diesen Besuchen.

Sie klickte auf das letzte Album, das erst vor drei Monaten entstanden war. Auf diesen Fotos sah Sobine schon bedeutend älter aus. Außerdem waren sie nicht mehr draußen in der Natur geschossen worden, sondern die alte Dame lag in einem Krankenbett. Das Bett stand nicht in einem sterilen Krankenhauszimmer. Im Hintergrund sah Iba ein Bücherregal aus dunklem Holz. Die Wände waren tapeziert, und Gemälde hingen daran. *Egge hat ja erwähnt, dass seine Grandma zu Hause gepflegt wird.*

Iba klickte auf weitere Fotos. Diesmal änderten sich die Motive nicht, alles waren Aufnahmen von Sobine in ihrem Krankenbett, nur die Perspektive war jedes Mal ein bisschen anders. Mal sah man mehr von den großen

Fenstern, mal ein bisschen mehr von den Maschinen, an die die alte Dame angeschlossen war. Iba lächelte. Auf einem Bild war tatsächlich ein Mädchen in der Uniform eines französischen Hausmädchens zu sehen, die einen silbernen Servierwagen in das Zimmer schob. *So geht es also in der amerikanischen High Society zu.* Sie klickte noch auf das letzte Foto und schloss dann das Album.

Was hatte das jetzt gebracht? Iba wünschte sich, dass Egge auch einmal solch einen USB-Stick mit Fotos von ihr anlegen würde.

Plötzlich stutzte sie. Sie ließ sich noch einmal die letzte Datei anzeigen. Irgendetwas war ihr daran aufgefallen. *Die Gemälde im Hintergrund.* Das linke davon kam ihr irgendwie bekannt vor. Sie klickte auf das Lupensymbol, um das Foto zu vergrößern. Eigentlich hatte sie es ja nicht so mit Kunst, aber bei diesem Bild war es noch gar nicht lange her, dass sie es gesehen hatte.

*

Dirks verließ die Galerie und ging in Richtung Binnenhafen. Die Vernehmung von Immo Petersen hatte nichts weiter erbracht. Er wusste von niemandem, für den das Bild eine besondere Bedeutung hatte.

Dirks befürchtete, dass sie diesmal gar nichts finden würden. Dieser Mörder war zu gewieft. Mit Westermann hatte er den einzigen Zeugen, der zu ihm führte, aus dem Weg geräumt. Es würde sehr, sehr schwer werden, den Täter zu identifizieren. Hatten sie überhaupt eine Chance? Wenn sie ihn nicht gerade direkt mit dem Originalbild erwischen würden, dann würde er für immer unbekannt bleiben.

Ihr Smartphone klingelte, und Dirks ging ran. Sie rechnete damit, Breithammer zu hören, aber es war Iba.

Sie klang total verheult. „Er hat das Bild, Diederike."

Dirks brauchte einen Moment, um zu verstehen, wovon ihre Freundin sprach.

„Die ‚Blauen Fohlen'?"

„Es hängt bei seiner Großmutter im Zimmer. In Miami. Sie ist krank und wird zu Hause gepflegt. Und er ist ein Lügner! Er hat gesagt, er wäre im Büro, aber da war er nicht. Er ist genauso wie Jürgen!"

Nein, Iba, er ist nicht wie Jürgen. Jürgen ist kein Mörder. „Du musst sofort da weg, Iba. Hörst du?"

„Ich bin schon dabei zu packen."

„Deine Sachen sind egal! Egge hat den Maler und den Kunsthallendirektor ermordet! Also verschwinde so schnell, wie du kannst!"

Dirks spürte förmlich, wie Iba ins Bodenlose rutschte. „Iba?"

„Ich verschwinde", entgegnete Iba gebrochen. „Ich fahre zu Mama."

„Gut. Und ich kümmere mich um Egge."

20. Gefahr

Während Dirks zu ihrem Auto rannte, rief sie Breithammer an.

„Diederike! Endlich meldest du dich!"

„Egge Jansen ist der Täter, Oskar! Ich brauche sofort eine Handyortung und einen Haftbefehl." Sie legte auf, denn schon war sie bei ihrem Audi angelangt.

Sie wusste, dass Breithammer noch mehr Informationen brauchte, aber das war ihr egal. Außerdem war ihr egal, ob Breithammer ihr die Position von Jansens Handy durchgeben würde. So lange wollte sie auf keinen Fall warten. Sie wollte diesen Mistkerl möglichst schnell zwischen die Finger kriegen, bevor er auch noch Iba etwas antun würde. Dirks fuhr los und bog nach links ab, wo es zur Firmenzentrale der *Friesenhus Import-Export GmbH* ging.

Sie preschte auf den Firmenparkplatz und fuhr direkt vor den Eingang. Sie rannte in das Foyer und hielt der Empfangsdame ihren Ausweis hin. „Wo ist Egge Jansen?"

„Er ist gerade reingekommen", sagte die Dame verwirrt. „Vor einer Minute."

„Wo ist sein Büro?"

„Da entlang, aber ..."

Dirks hörte sie schon gar nicht mehr. Sie zog ihre Pistole und stürmte den Flur entlang. Die Sekretärin im Vorzimmer kreischte laut, Dirks ignorierte sie. Jetzt ging es nur um Egge.

Die Tür zu seinem Büro war nur angelehnt, sodass Dirks sie auftreten konnte. Mit beiden Händen richtete sie die Waffe auf den Firmenchef. „Keine Bewegung!"

„Frau Dirks?“ Erschrocken hob Egge die Hände in die Luft. „Was soll das?“

Billy sprang unter dem Schreibtisch hervor und stellte sich schützend vor sein Herrchen, aber auch wenn er aus vollem Halse bellte, war er viel zu süß, um irgendjemandem Angst einzujagen.

Dirks schloss die Tür hinter sich und ging auf Egge zu. „Du weißt ganz genau, was los ist!“ Ihre Stimme zitterte. „Du Schwein! Wie konntest du das Iba nur antun?“

„Meine Sekretärin hat mir gesagt, dass Iba hier war. Ich wollte gerade zu ihr fahren, um mit ihr zu reden.“

„Um mit ihr zu ‚reden‘?“ Dirks konnte es nicht fassen. „Du wirst sie nie wieder sehen! Du verbringst den Rest deines Lebens hinter Gittern, du feiger Mörder!“

Egge Jansen wurde blass.

„Nun tu doch nicht so! Du hast ‚Die blauen Fohlen‘ ausgetauscht, um damit deiner Großmutter das Zimmer zu dekorieren! Du hast Redolf Tammena erschlagen und Harald Westermann erhängt! Und du hast verdammt noch mal Iba das Herz gebrochen!“ Dirks verspürte eine gefährliche Lust dazu, ihren Zeigefinger zu bewegen.

„Ich habe niemanden umgebracht!“, rief Egge. „Ja, ich habe ‚Die blauen Fohlen‘ für meine Grandma gekauft, aber ich bin kein Mörder!“

„Lügner! Du hast Tammena in seinem offenen Atelier besucht, weil du seine Bilder bewundert hast. Dabei seid ihr ins Gespräch gekommen, und du hast ihm von deiner Großmutter erzählt. Du hast erwähnt, dass sie Bilder liebt, und dass die ‚Blauen Fohlen‘ für sie eine ganz besondere Bedeutung haben. Tammena konnte es nicht fassen, dass es ausgerechnet um dieses Bild ging. Er holte die Kopie, um sie dir zu zeigen. Er dachte wahrscheinlich, dass dir eine gute Kopie ausreichen würde, und wäre nie davon ausgegangen, dass du das Bild mit dem Original vertauschst. Was hast du Westermann dafür gezahlt, damit er das für dich gemacht hat?"

„Zwei Millionen Euro!" Egge Jansen schluckte. „Aber ich wusste nicht, dass er das Bild durch eine Kopie ersetzt. Und das mit Tammena stimmt nicht, Harald hat die Fälschung organisiert."

„Wie bitte? Du willst mir weismachen, dass das Ganze von Westermann ausging?"

Egge nickte. „Er hat mir das Bild zum Kauf angeboten, und ich bin darauf eingegangen."

„Schwachsinn! Wir wissen genau, dass Westermanns Selbstmord nur vorgetäuscht ist! Er wurde umgebracht, und zwar von derselben Person, die auch Tammena auf dem Gewissen hat!"

„Was soll dieses Gerede von einem Selbstmord?" Auf Egge Jansens Stirn bildeten sich Schweißperlen. „Harald ist tot?"

„Als ob du das nicht wüsstest!"

„Aber ich weiß nichts davon! Und ich habe auch nichts mit Tammenas Tod zu tun!"

„Warum hast du dich dann so sehr für den Mord an dem Maler interessiert?"

„Weil ich wissen wollte, ob das in irgendeinem Zusammenhang mit dem Deal vor zwei Jahren steht! Ich dachte mir, das kann doch wohl kein Zufall sein, dass ausgerechnet die Leiche eines Malers gefunden wird."

„Und nur deshalb hast du dich mit Iba verabredet. Weil sie mit mir befreundet ist und du von ihr ein paar Details über den Mordfall an Tammena erfahren wolltest."

„Ich gebe ja zu, dass das am Anfang meine Motivation war. Aber dann habe ich schnell erkannt, dass ich Iba damit unrecht tue. Sie ist wirklich etwas ganz Besonderes! Sie ist genau die Frau, mit der ich zusammen sein will."

„Lügner! Du wirst sie irgendwann genauso fallenlassen, wie es Jürgen getan hat. Aber diesmal werde ich das nicht zulassen."

„Ich werde sie nicht fallenlassen! Ich weiß genau, wie schwer es Iba fällt, mir zu vertrauen."

„Und wieso hast du sie dann vorhin angelogen? Als Iba dich angerufen hat, hast du behauptet, du wärst in deinem Büro! Wo warst du in Wirklichkeit?"

Jansen wies mit dem Kopf in Richtung Schreibtisch. „Sieh dir die Tüte dort an."

Die Tüte war aus schwarzem Papier und machte den Eindruck, als würde sie aus einem teuren Geschäft stammen. Dirks löste die linke Hand von der Pistole und schüttete den Inhalt der Tüte auf die Schreibtischplatte. Es handelte sich um ein schwarzes Schmuckkästchen. Als sie es öffnete, strahlte sie ein Ring mit einem großen Edelstein an.

„Schwachsinn!", schrie Dirks. „Niemand kauft einen Verlobungsring für jemanden, den er erst so kurz kennt."

„Ich weiß! Aber was soll ich denn tun? Ich will, dass das mit Iba und mir funktioniert! Deshalb will ich ihr so viel Sicherheit geben, wie ich kann!"

Plötzlich erklangen aufgeregte Stimmen aus dem Vorzimmer, die Tür wurde aufgerissen, und Saatweber erschien mit Breithammer.

„Nimm die Waffe runter, Diederike!", brüllte der Staatsanwalt mit einer Autorität, die Dirks ihm niemals zugetraut hätte.

Aber sie war nicht seine Tochter, also ließ sie sich auch nicht einschüchtern. Sie zielte weiterhin auf Egge. *Der Kerl verarscht mich doch! Seine Worte sind nichts weiter als die Dreistigkeit eines eiskalten Mörders.*

„Nimm die Waffe runter." Saatweber versuchte es auf die verständnisvolle Art, und seltsamerweise traf er sie damit. Dirks wünschte sich, das alles zu verstehen.

Saatweber legte vorsichtig seine Hand auf ihren Arm. „Ich weiß, dass Egge Jansen unser Hauptverdächtiger ist, und es ist großartig, dass du ihn gestellt hast. Wir werden ihn verhören, Diederike. Aber das werden wir in Ruhe tun, und auf dem Revier."

Dirks senkte die Waffe, sicherte sie und steckte sie ein. Saatweber wischte sich den Schweiß von der Stirn.

Breithammer ging zu Jansen und legte ihm die Handschellen an. „Ich nehme Sie hiermit vorläufig fest wegen der Morde an Redolf Tammena und Harald Westermann. Des Weiteren werden Sie beschuldigt, ein wertvolles Kulturgut gestohlen und außer Landes geschmuggelt zu haben." Der Kommissar klärte Jansen über seine Rechte auf.

„Ab sofort wird Breithammer die Ermittlung leiten", sagte Saatweber.

Dirks schluckte. „Was soll das?"

„Dieser Fall schlägt riesige Wellen, und wir dürfen uns bei unserem Vorgehen nicht den geringsten Fehler erlauben. Du kennst die Vorschriften: Sobald man eine persönliche Bindung zum Angeklagten hat, ist man draußen."

„Ich habe glücklicherweise keine persönliche Bindung zu diesem Arschloch!"

„Er ist der Lebenspartner deiner Freundin."

„Und?“

„Würdest du dein Handeln gerade etwa als objektiv und neutral beschreiben? Du hast tolle Arbeit geleistet, indem du den Bildertausch aufgedeckt hast, aber das eben war Mist. Also fahr jetzt nach Hause und ruh dich aus.“

Dirks atmete tief ein. Hatte Saatweber recht? Hatte sie gerade übertrieben? Sie blickt zu Egge, und ihr Puls beschleunigte sich wieder. Ja, sie war ihm gegenüber nicht neutral eingestellt. Sie war vor allem wütend darüber, dass er Iba betrogen hatte. Warum war sie nur schon wieder auf so einen Typen hereingefallen? Dirks drehte sich um und ging zur Tür.

„Ich habe das Bild nur gekauft!“, rief Egge Jansen ihr hinterher. „Ich bin kein schlechter Mensch! Bitte sag das Iba!“

21. Zuhause

Als Iba die Dornumer Straße entlangfuhr, hatte sie ein Déjà-vu-Erlebnis. Es kam ihr so vor, als wäre sie um eine Woche in der Zeit zurückversetzt worden, und als wäre sie am Morgen aus Stuttgart aufgebrochen, um Jürgen hinter sich zu lassen. *Wenn es so wäre, würde ich mich dann wieder auf Egge einlassen? Würde ich zu Mamas Lesung gehen und seine Einladung annehmen?* Iba wischte sich die Tränen aus den Augen. Nein, es war nicht so wie vor einer Woche. Am letzten Donnerstag hatte sie einen Hoffnungsschimmer gehabt, aber nun war ihr Herz vollständig gebrochen. Sie wollte sich nur noch in ihrem Kinderzimmer einschließen und ihre Mutter niemals wieder verlassen.

Fenna wusste nicht, dass sie kommen würde, sie hatte ihr noch nicht Bescheid gesagt. Doch wenn sie tatsächlich nicht zu Hause sein sollte, konnte sie sie auch dann noch anrufen. Iba fuhr durch den Ort, in dem sie eine Kindheit verbracht hatte, die ihr immer glücklicher vorkam.

Auf Fennas Grundstück stand die rechte Seite der Doppelgarage offen. Das war meistens so, wenn Fenna etwas im Garten machte. Iba ging hinter das Haus und fand ihre Mutter, während sie gerade die Rosenbüsche beschnitt. Fenna drehte sich um und schien sofort zu begreifen, dass etwas nicht stimmte. Sie ließ die Gartenschere fallen, eilte zu ihr und schloss sie in die Arme.

„Er hat den Maler und den Kunsthallendirektor ermordet!“ Iba schluchzte. „Kannst du dir das vorstellen? Egge ist ein Mörder! Und ein Dieb. Er hat ein

Bild in der Kunsthalle ausgetauscht."

„Das ist ja furchtbar!" Fenna streichelte Iba sanft den Rücken. „Egge hat zwei Menschen ermordet?" Sie rang nach Worten. „Mein Gott, du Arme!"

„Ich habe das Gemälde auf Egges USB-Stick gesehen. Ich habe sofort Diederike angerufen. Und dann bin ich hierher gefahren. Diederike verhaftet ihn gerade. Wenn sie ihn findet. Ich weiß nämlich nicht, wo er ist. Er hat mich angelogen."

„Meinst du, Egge ist geflohen? Denkst du, er ist auf dem Weg hierher?"

„Sag nicht so was! Diederike hat ihn bestimmt geschnappt. Und hoffentlich gibt sie ihm eine richtige Abreibung."

„Bestimmt!" Fenna lachte auf. „Ich kann mich noch gut daran erinnern, wie sie wegen einem deiner Freunde zum Schuldirektor gerufen wurde. Da ist Egge an die Falsche geraten. Wenn's um dich ging, konnte Diederike durchdrehen."

Iba nickte, aber lächeln konnte sie nicht. Wahrscheinlich würde sie nie wieder im Leben lächeln.

„Weißt du was?" Fenna packte Iba an den Schultern und schaute ihr direkt in die Augen. „Ich habe eine Idee. Wir machen eine schöne Reise. Nur wir zwei. So, wie du es dir früher immer gewünscht hast."

„Meinst du das ernst?"

„Willst du etwa hierbleiben nach all dem, was du durchgemacht hast? Du brauchst jetzt Abstand von Ostfriesland, Liebes, genauso, wie du vor einer Woche Abstand von Jürgen gebraucht hast. Worauf hättest du Lust? Spanien? Griechenland? Oder willst du lieber eine Kreuzfahrt machen?"

„Du spinnst doch, Mama! Das ist viel zu teuer. Ich

habe doch kein Geld mehr."

„Das lass mal meine Sorge sein. Vergiss nicht: Ich bin eine erfolgreiche Dichterin."

Iba überlegte. Das war schon ein schöner Vorschlag. Zwei Wochen weg sein, unerreichbar für alle Probleme. Einfach nur am Strand liegen oder am Pool. *Nur ich und Mama.* Erst in diesem Augenblick wurde Iba klar, dass ihre Mutter sie wirklich liebte und sie immer auf sie zählen konnte. „Aber geht das denn so schnell? Kann man so spontan verreisen?"

„Warum denn nicht?" Fenna zuckte mit den Schultern. „Wir probieren das einfach aus. Wir fahren nach Bremen zum Flughafen und gucken uns an, was sie dort anbieten. Irgendwelche Tickets wird es schon noch geben, es ist ja nicht gerade die Hauptsaison."

„Alles klar." Iba nickte. „Das machen wir."

Fenna strahlte. „Ich springe nur noch eben unter die Dusche. Ich will schließlich nicht nach Schweiß stinken und Blumenerde im Gesicht haben. Du kannst ja schon mal packen."

„Aber meine Sachen sind doch noch bei Egge."

„Dann packe ich auch nichts ein." Fenna grinste. „Wir kaufen uns unterwegs alles, was wir brauchen. Kann man das nicht sogar im Flugzeug tun? Ich weiß, das ist super egoistisch von mir, aber ich freue mich." Fenna drückte Iba so fest, wie sie konnte. „Ich hab dich ganz doll lieb, mein Schatz."

„Ich dich auch, Mama. Du bist die Beste."

*

Diederike Dirks hatte keine Lust, über Aurich zu fahren, deshalb bog sie bei Georgsheil Richtung Norden ab. Sie wollte nach Dornum. Wenn sie schon nicht mehr am Fall beteiligt war, dann könnte sie jetzt wenigstens Iba Beistand leisten. Außerdem half ihr das Autofahren dabei, einen klaren Kopf zu bekommen.

Aus dem Autoradio erklang eine Liebesschnulze, bei der Dirks normalerweise sofort den Sender gewechselt hätte, aber jetzt ließ sie sie laufen. *Vielleicht hat es doch seine Vorteile, Single zu sein. Dann bleibt das Herz wenigstens heil.* Wie musste sich das anfühlen, wenn man genau wusste, dass dieselben Hände, die einen in der Nacht liebkost hatten, am nächsten Tag einem Menschen eine Schlinge um den Hals legten? Und wie konnte jemand, der bei so etwas zusah, einem anderen liebevoll in die Augen schauen?

Oder hat Egge die Morde gar nicht selbst ausgeführt, sondern jemanden damit beauftragt? Er hat genug Geld, um sich nicht selbst die Hände schmutzig zu machen.

Dirks schlug zornig auf ihr Lenkrad. In den letzten vierundzwanzig Stunden hatten sich die Ereignisse so sehr überschlagen, dass sie sich davon hatte mitreißen lassen. Natürlich war es ein Fehler gewesen, einfach so zu Egge ins Büro zu fahren. Egal, was um sie herum passierte, sie hätte einen kühlen Kopf bewahren müssen.

Dirks konzentrierte sich auf die Landschaft, und allmählich breitete sich die Weite um sie herum auch in ihrem Innern aus.

Egges Worte kamen ihr wieder in den Sinn. *„Ich bin kein schlechter Mensch! Sag das Iba!"* Er schien sich wirklich Sorgen um sie zu machen. *„Ich habe niemanden umgebracht! Ich habe das Bild nur gekauft."* Was, wenn er nicht gelogen hatte? Sicher, er hatte wissentlich ein gestohlenes Gemälde gekauft, aber das war etwas ganz anderes, als zwei Menschen zu ermorden.

Dirks überlegte, ob man die Fakten noch auf eine andere Art zusammensetzen könnte. In Gedanken veränderte sie die Grafik, die sie an das Flipchart im Besprechungsraum gezeichnet hatte. Neben die Namen „Tammena" und „Westermann" schrieb sie den Namen „Jansen". Sie zeichnete einen Pfeil vom Fragezeichen zu Jansen.

Egge ist lediglich der Käufer. Der unbekannte Dritte war nun zu einem unbekannten Vierten geworden, und das Motiv war nicht mehr das Bild, sondern das Geld, das Egge dafür bezahlt hatte.

Um wen konnte es sich bei dieser vierten Person handeln? Es musste jemand sein, der zu allen drei anderen Beteiligten in Kontakt stand, also sowohl zu Tammena als auch zu Westermann als auch zu Egge. *Ist es doch Immo Petersen? War das Treffen mit Folinde Fries erneut eine Finte?* Er könnte Tammena zwar vor 18:30 Uhr ermordet haben, aber um ihn zum Kleinen Meer zu fahren und von dort wieder wegzukommen, hätte es bestimmt den ganzen Abend gebraucht. *Oder Folinde Fries hat ihn von dort abgeholt.*

Dirks wollte schon wenden, um zurück nach Emden zu fahren, dann besann sie sich. Sie durfte nicht schon wieder einen Schnellschuss machen. *Oskar ist gerade dabei, Egge zu verhören. Er wird herausfinden, wer hinter dem Ganzen steckt.*

*

Oskar Breithammer stand in der Polizeidienststelle in Aurich und blickte nervös durch die abgedunkelte Scheibe in das Vernehmungszimmer. Er wusste, dass das eine außerordentliche Chance für ihn war, um sich zu beweisen. Aber irgendwie fühlte es sich nicht richtig an, dass Diederike nicht hier war. Doch das war egal, er durfte weder an das eine noch an das andere denken. Jetzt ging es nur um dieses Verhör. Er musste die richtigen Fragen stellen. Er musste einschätzen, ob Jansen die Wahrheit sagte. Er musste herausfinden, inwieweit der Unternehmer an dem Ganzen beteiligt war, und was genau man ihm zur Last legen konnte. Dass er Diederikes Freundin belogen hatte, war in diesem Sinne natürlich vollkommen irrelevant. Außerdem musste Breithammer die Erinnerung daran, wie Westermanns Leiche von der Garagendecke baumelte, aus seinem Kopf verdrängen, denn sonst würde er niemals objektiv sein können.

Er atmete noch einmal tief durch, betrat den Raum und setzte sich Jansen gegenüber.

„Also." Breithammer legte alle Kälte, zu der er fähig war, in seine Stimme. „Sie geben zu, dass sich das Ölbild ‚Die blauen Fohlen' in Miami im privaten Krankenzimmer Ihrer pflegebedürftigen Großmutter befindet. Erzählen Sie mir bitte genau, wie Sie in den Besitz des Gemäldes gekommen sind."

Egge Jansen atmete tief ein. „Alle paar Jahre werden ‚Die blauen Fohlen' in der Kunsthalle für die Öffentlichkeit ausgestellt. Das war auch im Januar 2014 der Fall. Während eines Empfangs der ‚Freunde der Kunsthalle' stand ich vor dem Bild, und dabei hat sich ein Gespräch mit Harald Westermann ergeben. Ich habe ihm von meiner Grandma erzählt und ihm gesagt, dass sie die Bilder von Franz Marc liebt. Sie hatte mir oft davon erzählt. Als ich einmal zu Hause vor mich hin gekritzelt hatte, hatte sie sogar zu mir gesagt, dass ich die Pferde blau ausmalen müsste." Egge Jansen lächelte bei dieser Erinnerung, wurde sich aber schnell wieder darüber bewusst, wo er sich gerade befand. „Wenn man eine Sache in den USA lernt, dann ist es, dass man frei heraus sagen muss, was man will, ganz egal, ob man dafür abgelehnt wird. Also habe ich damals zu Harald gesagt, dass ich ihm sofort zwei Millionen Euro geben würde, wenn er mir das Bild unter der Hand verkauft. Das Angebot war natürlich halb scherzhaft gemeint, denn ich hätte niemals gedacht, dass er darauf eingehen würde. Trotzdem bekam ich zwei Wochen später eine anonyme E-Mail, in der mir das Bild für zwei Millionen Euro angeboten wurde."

„Eine anonyme E-Mail?"

„Ich habe natürlich geglaubt, dass es sich dabei um Harald handelte, denn es ging ja genau um die Summe, die ich ihm angeboten hatte. Wir hatten damals abseits von allen anderen gestanden, und ich bin mir sicher, dass uns niemand gehört hatte. Ich dachte also, dass Harald mich von einer anonymen Adresse aus angeschrieben hat, um sich nicht angreifbar zu machen, deshalb habe ich das Spiel mitgespielt. Ich habe ihm geantwortet, dass das Angebot immer noch gilt."

Breithammers Puls beschleunigte sich, auch wenn er versuchte, ruhig zu bleiben. „Und dann? Wie lief die Übergabe ab?"

„Über ein Schließfach im Fähranleger von Norddeich Mole. Der Unbekannte verlangte das Geld in bar, Scheine bis höchstens zweihundert Euro. Ich sollte zunächst eine Sporttasche mit 500.000 Euro deponieren und würde dann am nächsten Tag das Bild dort vorfinden. Ich würde einen Tag lang Zeit haben, um die Echtheit des Bildes zu überprüfen, und sollte dann die restlichen anderthalb Millionen hinterlegen."

„Darauf haben Sie sich eingelassen? Was wäre gewesen, wenn der andere mit den 500.000 Euro verschwunden wäre?"

„Natürlich war ein gewisses Risiko dabei, aber das war für mich überschaubar. Wie sollte solch ein Deal denn anders ablaufen? Letztendlich hat jeder das bekommen, was er wollte. Win-Win. Zwei Millionen Euro sind ein Schnäppchen für das Bild! Und wie gesagt war ich der festen Überzeugung, dass es sich bei dem anonymen Verkäufer um Harald handelte, der mit dieser Aktion nur sein Gesicht wahren wollte."

„Aber Sie haben doch gar nichts von dem Bild! Offiziell hing das Original noch in der Kunsthalle!"

„So ein Original hat immer einen ganz eigenen Zauber. Es war schließlich nur diese eine Leinwand, die Franz Marc bemalt hat. Aber davon abgesehen wollte ich das Bild ja niemals öffentlich zeigen. Es war für meine Grandma. Sie hätten dabei sein sollen, als ich es ihr gegeben habe! Ihre Augen haben gestrahlt, und sie hat meine Hand so fest gedrückt, wie ihre alten Knochen es zuließen. Einen Moment lang waren wir Verschworene. Plötzlich war ihr Leben nicht mehr nur etwas, das zerfiel, sondern etwas, das Sinn ergeben hatte. Mit einem Mal hat sie begriffen, welchen Wohlstand sie in der Neuen Welt aufgebaut, und welches Wissen sie mir weitergegeben hatte."

„Wussten Sie denn, dass das Bild ausgetauscht worden war, als sie es gekauft haben?"

Jansen schüttelte den Kopf. „Als ich die anonyme E-Mail bekommen habe, habe ich mich wirklich gefragt, wie Harald das anstellen will. Vielleicht war das auch ein Grund, warum ich mich darauf eingelassen habe, einfach, um es herauszufinden. Ich habe gedacht, dass er vielleicht einen Überfall inszeniert, obwohl das überhaupt nicht zu ihm passte. Aber das mit der Kopie war genial, dafür habe ich ihn bewundert. Solch eine Fälschung fällt ja auch nicht einfach vom Himmel, und ich glaubte, einer seiner Restauratoren hätte sie angefertigt. Mittlerweile ist mir natürlich klar, dass sie von Tammena stammte."

„Sie glaubten also die ganze Zeit über, dass es sich bei dem anonymen Verkäufer um Harald Westermann handelte. Haben Sie denn danach mal mit ihm über diese Sache gesprochen?"

„Wie stellen Sie sich das denn vor? Das ist doch nichts, worüber man spricht. Die Sache war für mich vorbei. Es hat mich auch nicht interessiert, wofür Harald das Geld brauchte. Ich dachte mir, dass er finanziell ganz schön in Schwierigkeiten gesteckt haben muss, sonst hätte er das wohl niemals gemacht. In gewisser Weise habe ich mich deshalb auch gefreut, dass ich ihm etwas Gutes tun konnte." Jansen schluckte. „Ich kann es gar nicht fassen, dass er tot ist. Ermordet? Offensichtlich habe ich mich die ganze Zeit über in ihm getäuscht. Das ist mir unbegreiflich! Wer hat mir denn dann damals das Bild verkauft?"

Der Kerl gibt doch nur zu, was er nicht mehr leugnen kann, dachte Breithammer. Aber konnte man wirklich so dreist lügen? „Noch mal von vorne, Herr Jansen. Beginnen wir wieder bei Ihrem Gespräch mit Harald Westermann. Was genau haben Sie damals zu ihm gesagt?" *Irgendwann wird er sich verraten, und wenn er seine Geschichte zehnmal erzählen muss.*

Egge Jansen starrte ins Leere. „Ohne meinen Anwalt sage ich gar nichts mehr."

*

Iba saß in ihrem alten Kinderzimmer auf dem Bett und hielt Fennas Laptop auf dem Schoß. Aus dem Badezimmer hörte sie das Rauschen der Dusche. *Es ist das erste Mal für Mama, dass sie in einem Flugzeug sitzt. Sie musste noch niemals die Sicherheitskontrolle eines Flughafens über sich ergehen lassen.* Es war ein schönes Gefühl, Fenna das alles zeigen zu können.

Da sie nichts zu packen hatte, hatte Iba beschlossen, schon einmal im Internet nach einer guten Super-Last-Minute-Reise zu suchen. Vielleicht hatten die Ferienportale mittlerweile ja sogar eine „Ultra-Last-Second"-Rubrik im Angebot.

Sie klappte den Computer auf und stellte erfreut fest, dass ihre Mutter ein altes Kinderfoto von ihr als Hintergrundbild eingestellt hatte. Sie öffnete den Browser, klickte auf das erstbeste Reiseportal und wurde mit traumhaften Bildern von Fünf-Sterne-Hotels und einsamen Stränden begrüßt. *Welchen Preis kann ich Mama wohl zumuten?* Gerne würde sie die ganze Reise selbst bezahlen, aber das ging nun einmal nicht. Sie konnte ihrer Mutter das Geld ja später zurückgeben. *„Du kannst dir alles aussuchen, was du willst"*, hatte Fenna zu ihr gesagt, als sie sie nach dem Laptop gefragt hatte. *„Geld ist kein Problem."*

Iba stutzte. *„Geld ist kein Problem."* Dieser Satz passte nicht zu ihrer Mutter. *Aber wenn es ihr jetzt wirklich gut geht? Sie ist doch schließlich eine erfolgreiche Dichterin.* Trotzdem klang solch ein Satz aus Fennas Mund so seltsam, als hätte sie plötzlich Mongolisch gesprochen.

Mit einem Mal fiel Iba auf, dass mehrere Dinge in diesem Haus neu waren. Das Badezimmer war komplett renoviert worden und besaß nun eine ebenerdige Dusche und hochwertige Armaturen. Außerdem gab es keine Zugluft mehr an den Fenstern, auch sie waren ausgetauscht worden. Und dann noch dieser hochmoderne Ofen in der Küche. Fenna besaß auch einen *Thermomix*, womit selbst Iba kochen konnte. *Kann man sich das alles durch den Verkauf von Gedichten leisten? Und selbst, wenn man es sich leisten könnte, würde es nicht auch eine Nummer kleiner gehen?* Früher hatte ihre Mutter jeden Cent zweimal umgedreht und stets darüber geschimpft, dass man bei Markengeräten nur für den Namen bezahlte.

Iba verkleinerte das Browserfenster und suchte auf der Festplatte nach einem Ordner, in dem Fenna ihre Kontoauszüge abgelegt hatte. Tatsächlich fand sie ihn unter der Rubrik „Eigene Dateien".

Ihre Mutter hatte viele Ausgaben, trotzdem war ihr Konto niemals überzogen. Der Grund dafür waren immer wieder Bareinzahlungen. *Für ihre Lesungen wird sie wahrscheinlich in bar bezahlt.* Aber bekam man für eine Lesung wirklich 1.100 Euro auf einmal? Oder kam das Geld von dem Postkartenverlag?

Was mache ich hier eigentlich? Misstraue ich jetzt auch noch meiner eigenen Mutter?

Iba wollte den Ordner gerade schließen und sich wieder der Reisebuchung widmen, da sah sie unterhalb des Ordners „Gedichte" einen Ordner mit dem Titel „Romane". Hatte Fenna also doch Geschichten geschrieben? Aber wieso hatte sie ihr das nicht erzählt? *Wahrscheinlich hat sie sie unter einem anderen Namen veröffentlicht.* Ibas Herz schlug schneller. *Mama ist heimlich eine erfolgreiche Romanautorin.* Das war die Erklärung für das Geld. *Was sie wohl geschrieben hat?*

Erotik? Neugierig klickte Iba auf den Ordner.

Er enthielt nur zwei Dateien. „Vergiftete Krabben“. Das klang nicht sonderlich erotisch, sondern eher nach einem Krimi. Denselben Eindruck hatte sie beim Titel der zweiten Datei. „Kunstraub in Emden“.

Wie bitte?

Die Datei stammte aus dem Jahr 2013 und war nicht besonders groß, wie Iba feststellte, als sie sie öffnete. Offenbar war Fenna bei diesem Roman mitten in den Recherchen steckengeblieben. Am Ende des Textes hatte sie für sich mehrere Fragen formuliert. *„Wie ist ein Museum gesichert?“, „Wie ist ein Bild geschützt?“, „Was passiert, wenn Alarm ausgelöst wird?“.* Der ganze Abschnitt war mit der Überschrift versehen: „Fragen an Harald Westermann“. Außerdem stand dort noch ein Satz, der Iba das Blut in den Adern gefrieren ließ. *„Könnte man Tammenas Kopie von den ‚Blauen Fohlen‘ mit dem Original vertauschen?“*

„Was guckst du dir da an?“ Fenna stand in der Tür. Sie war barfuß und nur mit einem seidenen Bademantel bekleidet. „Hast du eine schöne Reise gefunden?“

„Du warst es.“ Ibas Stimme zitterte. „Du hast die Bilder ausgetauscht!“

Fenna verzog keine Miene und schien darüber nachzudenken, ob sie es abstreiten sollte. Dann aber grinste sie breit und stolz. „Du hast recht. Und es war großartig. Es war das Beste und Aufregendste, was ich jemals getan habe.“

Iba konnte nicht glauben, was sie da hörte. „Du hast zwei Menschen ermordet!“

Fennas Gesicht verlor das Lächeln wieder. „Das war Pech. Und es wäre überhaupt nicht notwendig gewesen, wenn dieser starrsinnige Maler nicht noch einmal in die

Ausstellung gegangen wäre. Er hätte das zwanzig Jahre lang tun können, ohne irgendwas zu merken."

„Und nun?" Iba flossen die Tränen über die Wangen. „Bringst du mich jetzt auch um?"

Fennas Augen wurden schmal, und sie trat einen Schritt auf Iba zu.

Plötzlich schellte die Türklingel.

*

Diederike Dirks stand vor Fennas Haustür. Diesmal hatte sie geklingelt, denn sie wollte sich ankündigen, um niemanden zu erschrecken. Fenna würde gewiss gerade ihre Tochter trösten, und da wäre es blöd, einfach so reinzuplatzen.

Dirks wartete noch einen Moment, dann öffnete sie die Tür und trat ein. „Fenna?", rief sie laut. „Iba? Ich bin es, Diederike!" Sie blickte sich um, aber die Stube war leer, und es schien auch niemand in der Küche zu sein. Sie horchte, aber es war still bis auf das Ticken der alten Standuhr. Auch aus dem oberen Stockwerk drang kein Geräusch. Waren die beiden etwa gerade im Garten? Die Witterung war angenehm mild, und Fenna hatte schon immer gerne ihre Rosen gepflegt.

Dirks ging zum Fenster und schaute hinaus. Draußen war niemand, allerdings stand neben dem Rosenbusch ein Laubsack, und auf dem Boden lag eine Rosenschere. *Es ist aber auch unsinnig, dass Fenna weiter im Garten rumwerkelt, wenn Iba da ist.* „Iba?"

Waren die beiden spazieren gegangen? Zum Bäcker, um sich ein dickes Stück Torte zu kaufen? Aber dann wäre die Haustür abgeschlossen gewesen. Oder hatte Fenna das vergessen, weil Iba plötzlich so verstört bei ihr aufgetaucht war? *Oder Fenna ist alleine losgegangen, und Iba liegt oben in ihrem Zimmer und schläft.* Dirks könnte es ihr nicht verdenken, wenn sie sich eine Schlaftablette eingeworfen hätte.

Wahrscheinlich war es am sinnvollsten, sich einen Tee zu machen und darauf zu warten, dass Fenna nach Hause kommen würde. Vielleicht würde sie ja ein Stück Torte mehr mitbringen.

Dirks ging zur Küche, doch plötzlich war ihr, als hätte sie von oben etwas gehört. *Das Geräusch einer Tür.* „Iba? Bist du wach?" Dirks näherte sich der Treppe und trat auf die erste Stufe.

„Diederike, du bist das!" Oben auf der Treppe stand Fenna im Bademantel. „Mir war doch so, als hätte ich ein Rufen gehört. Ich habe gerade geduscht, weißt du?"

„Wo ist Iba?"

„Am Strand. Sie wollte alleine sein."

„Aber ihr Auto steht in der Einfahrt."

„Sie hat mein Fahrrad genommen, sie wollte sich bewegen. Meine arme Iba! Es ist so furchtbar. Egge Jansen! So ein Mistkerl. Ein Mörder! Iba hat mir erzählt, dass er nicht nur den Maler umgebracht hat, sondern auch noch den Kunsthallendirektor."

Diederike nickte. „Er hat ihm ein Schlafmittel verabreicht und ihn erhängt, damit es wie Selbstmord aussieht."

Fenna schlug sich entsetzt die Hand vor den Mund. „Unfassbar!"

„Ich werde Iba suchen. Sie wird denselben Weg fahren, den wir früher immer genommen haben." Dirks verließ das Haus und ging zurück zu ihrem Auto.

*

„Ist sie weg?", fragte Iba, als Fenna zurück ins Zimmer kam.

„Psst!" Fenna hielt den Finger vor den Mund.

Sie lauschten und hörten, wie ein Automotor startete. Fenna ging zum Fenster und sah, wie der weiße Audi wegfuhr.

Sie wandte sich wieder ihrer Tochter zu. „Ich wusste es, du kannst mich nicht verraten. Und genauso wenig könnte ich dir etwas antun. Wir sind eine Familie!"

Ibas Augen wurden wieder feucht. „Wie konntest du das nur tun? Jemanden aufhängen! Als mir Jürgen von seiner Geliebten erzählt hat, da habe ich ihn auch gehasst und ihm den Tod gewünscht. Aber ich wäre niemals dazu in der Lage, ihn wirklich umzubringen! Und der Kunsthallendirektor war doch vollkommen unschuldig! Er hat dir nichts getan!"

„Ich werde dir alles erzählen, mein Schatz. Aber erst müssen wir hier weg. Am besten nehmen wir dein Auto. Ich hoffe, du hast noch genug Benzin."

„Weg von hier?" Ibas Kopf puckerte.

„Natürlich! Es hat sich doch nichts verändert. Wir werden verreisen, nur du und ich. Auf eine schöne Insel, wo wir im Bikini am Strand sitzen können. Vielleicht irgendwo, wo es auch Delfine gibt. Ich habe mal im Fernsehen gesehen, wie Leute mit Delfinen geschwommen sind. Die Tiere haben sie aus dem Wasser gehoben und sind mit ihnen durch das Becken geflitzt."

„Ja, das ist toll." Iba schluchzte. „Das habe ich auch schon mal gemacht." Sie schniefte. „Aber wir können doch jetzt nicht einfach weg. Diederike wird sich doch wundern, dass ich plötzlich weg bin."

„Aber sie wird es verstehen! Sie wird verstehen, dass du nicht mehr hier sein willst! Sie glaubt doch, dass Egge der Täter ist. Und sie wird niemals darauf kommen, dass ich etwas damit zu tun habe.“ Fenna nahm Iba den Laptop aus der Hand und löschte den Roman-Ordner. „Sie kann unmöglich herausfinden, dass ich die Kopie der ‚Blauen Fohlen‘ besessen habe, denn es ist schon viel zu lange her, dass Redolf mir das Bild geschenkt hat. Ich habe zwei Millionen Euro für das Original bekommen, Iba. Zwei Millionen! Wir müssen uns nie wieder Sorgen machen.“ Sie warf den Computer auf das Bett und blickte Iba fest in die Augen. „Es ist wieder so wie damals, als uns dein Vater verlassen hat. Es gibt nur noch uns! Wir beide gegen den Rest der Welt. Aber diesmal haben wir Geld und müssen uns nicht einschränken. Das meiste von den zwei Millionen ist noch da, und das teilen wir zwischen uns auf. Das hast du dir verdient, Iba! Du hast es verdient, glücklich zu sein!“

Iba wischte sich die Tränen aus dem Gesicht. „Bist du dir wirklich sicher, dass Diederike keine Spur zu dir findet?“

„Hundertprozentig.“

„Okay.“ Iba stand auf. „Verschwinden wir von hier.“

„Sehr gut.“ Fenna ließ den Bademantel auf den Boden gleiten und verließ Ibas Zimmer. „Ich ziehe mir nur kurz etwas über und hole das Geld.“

*

Dirks fuhr die Butenhusener Straße entlang, zu ihrer Linken sah sie das Dornumsieler Tief. Bis zum Hafen waren es etwa sechs Kilometer. Früher war sie diese

Strecke häufig mit Iba geradelt, besonders im Sommer, den sie größtenteils im Schwimmbad vor dem Deich verbracht hatten.

Eigentlich müsste sie Iba bald entdecken, doch nirgendwo war ein Radfahrer zu sehen. Dirks überquerte das Siel, um auf die Seite mit dem Strand zu kommen. Wahrscheinlich war Iba schneller in die Pedalen getreten, als sie gedacht hatte.

Sie parkte und versuchte, Iba anzurufen, aber es meldete sich nur die Mailbox. *Egal, ich werde sie schon finden.*

Dirks stieg auf die Abgrenzung zwischen Parkplatz und Strand und schaute auf den Deich, aber dort flanierten nur ein dicker Mann und ein Ehepaar. *Wahrscheinlich lehnt Iba an einem Strandkorb und blickt in die Ferne.* Strandkörbe gab es allerdings eine Menge, und Dirks wünschte sich, dass ihr die Möwen einen Tipp geben würden.

Sie stieg hinunter in den Sand. Die Sonne schien zwar warm, aber der Wind zwang einen dazu, die Jacke bis oben hin zu schließen. „Iba?" Diederike schaute hinter die ersten Strandkörbe. „Bist du hier irgendwo?"

Sie hatte ein mulmiges Gefühl. Irgendetwas war seltsam an Fenna gewesen. Was war das nur? War es etwas, das sie gesagt hatte? Aber wahrscheinlich fühlte man sich immer irgendwie unwohl, wenn der andere gerade aus der Dusche kam. So hatte sie Fenna ja noch niemals gesehen. *Eigentlich habe ich nur ihre Füße gesehen, schließlich stand sie oben auf der Treppe.*

Dirks erschrak, denn im nächsten Strandkorb saß jemand. Es war ein älterer Herr in Shorts, dessen Füße bei weitem nicht so gepflegt waren wie die von Fenna.

„Moin." Der Mann klopfte auf den freien Platz neben

sich. „Wollen Sie sich nicht zu mir setzen?"

Es sind die Füße, die mich beunruhigen. Dirks versuchte, sich ganz genau daran zu erinnern. *Es sind normale Füße. Nun, ganz normal nicht, sondern es sind Fennas Füße, deshalb sind sie besonders hübsch und perfekt geformt. Nur der Leberfleck am rechten Knöchel hat etwas gestört.*

Die Erkenntnis traf Dirks wie ein Schlag. „Die Aktbilder mit dem Leberfleck!", sagte sie zu dem fremden Mann im Strandkorb. „Fenna hat gelogen, als sie behauptet hat, sie hätte Tammena nicht gekannt! Sie hat für ihn vor dreißig Jahren Modell gestanden!"

„Ach so."

„Warum auch nicht, sie hat schließlich Geld gebraucht, nachdem ihr Mann abgehauen ist und sie sich alleine um Iba kümmern musste. Da sind 500 Mark eine ganze Menge."

„Das kann man wohl sagen."

Und wenn sie nicht nur Geld von ihm bekommen hat? Könnte es nicht sein, dass er ihr damals auch die Kopie von den ‚Blauen Fohlen' gegeben hat?

Dirks schüttelte diesen Gedanken beiseite, er war einfach zu unglaublich. „Trotzdem muss ich Fenna zur Rede stellen. Ich muss sie fragen, warum sie mir vor einer Woche nichts davon gesagt hat, dass sie für Tammena Modell gestanden hatte."

„Wat mutt, dat mutt."

Dirks verabschiedete sich von dem Mann im Strandkorb und beeilte sich, zurück zu ihrem Auto zu kommen.

Als sie fünf Minuten später Fennas Grundstück erreichte, fiel ihr sofort auf, dass der Fiat nicht mehr in der Einfahrt stand und die Garage geschlossen war. Sie rannte zur Eingangstür und wollte sie öffnen, doch diesmal war sie abgeschlossen.

Ruhig!, ermahnte Dirks sich selbst. *Ich muss ruhig bleiben.*

Sie zog ihr Handy aus der Tasche und versuchte erneut, Iba zu erreichen. Wieder meldete sich nur die Mailbox, und Dirks hinterließ eine Nachricht. „Bitte melde dich, Iba! Ich mache mir Sorgen um dich!"

Sie blickte sich um. Was, wenn das Unglaubliche wahr wäre, und Fenna etwas mit dem Coup zu tun hätte? Dirks ging zur Doppelgarage und zog das rechte Tor hoch. An der Seite lehnte ein ziemlich neues Fahrrad. Ansonsten standen da der Rasenmäher und die Gartenwerkzeuge. Es gab auch Farbeimer und allerlei Sachen zum Renovieren. Und eine Werkbank mit Werkzeugen. Daneben lehnten kräftige Bretter an der Wand.

Dirks senkte den Blick. Auf dem Betonboden war ein großer, dunkler Fleck zu sehen.

Sie nahm ihr Smartphone zur Hand, wählte den Browser aus und suchte nach der Wortkombination „Fenna Gerdes Kunsthalle Emden". Die Ergebnisse der Suchanfrage bestätigten ihre Befürchtung. „Am 17. Januar 2014 liest die Dichterin Fenna Gerdes um 20:00 Uhr im Atrium der Kunsthalle Emden." Das war genau der Tag gewesen, an dem Westermann die Videoüberwachung im Museum ausgestellt hatte. *Das kann unmöglich ein Zufall sein.*

Mit zitterndem Finger drückte Dirks die Schnellwahltaste zur Dienststelle in Aurich. „Ich brauche unbedingt Altmann und ein Team der Kriminaltechnik in Dornum."

22. Gelegenheit macht Mörder

Fenna fuhr mit Iba über die Landstraße. Es war wundervoll, dass sie wieder zusammen waren. Jetzt war ihr Glück komplett, und sie hatte alles erreicht, was sie sich gewünscht hatte. Es tat gut, mal endlich jemandem von der ganzen Sache erzählen zu können.

„Nachdem dein Vater uns damals verlassen hat, habe ich so viele Jobs angenommen, wie es mir möglich war. Unter anderem habe ich für Redolf Tammena Modell gestanden. Das war eine interessante Erfahrung. Es war unglaublich, ihm dabei zuzusehen, wie sehr er sich in seine Arbeit hineinsteigerte. Eines Abends waren wir bereits bei der vereinbarten Zeit angelangt, aber Redolf wollte unbedingt weitermalen. Er bot mir mehr Geld an, doch ich wollte nicht, dass es so einfach für ihn wäre. Kein Mann sollte jemals wieder einfach über mich verfügen, und es war ein erhebendes Gefühl, dass Redolf in diesem Moment so abhängig von mir war. Ich wollte ihn reizen und herausfinden, wie weit er gehen würde. Also sagte ich zu ihm, dass ich nur bleiben würde, wenn er mir ‚Die blauen Fohlen' schenkt. Das Bild hing damals in seinem Atelier, und es wirkte so, als ob er richtig stolz darauf wäre. Zuerst wollte er es nicht herausrücken, aber schließlich hat er es mir wirklich gegeben. Allerdings hat es bei uns zu Hause nirgendwo richtig hingepasst, deshalb habe ich es verpackt und in der Garage aufbewahrt. Verrückt, nicht? Bis vor zwei Jahren habe ich überhaupt nicht mehr an dieses Bild gedacht!"

„Was ist denn vor zwei Jahren passiert?"

„Ich habe mich dazu entschlossen, einen Krimi zu

schreiben. Das wollte ich eigentlich schon immer mal machen, aber ich hatte zu viel um die Ohren, um mich ernsthaft damit zu beschäftigen. Aber nun war ich mit meinen Gedichten etabliert, und ich konnte mich an eine neue Herausforderung wagen. Ich informierte mich über Leichen und Polizeiarbeit und überlegte mir, auf welche Arten man einen Menschen umbringen kann, und wie man ihn beseitigt, ohne Spuren zu hinterlassen. Mein Roman sollte von einem Kunstraub handeln, deshalb musste ich auch etwas über moderne Sicherheitssysteme in einem Museum herausfinden. Da passte es gut, dass der Direktor der Kunsthalle kurz zuvor mit mir in Kontakt getreten war, weil er mich für eine Lesung gewinnen wollte. Ich habe sagte zu und bat ihn darum, mir eine private Führung durch die Kunsthalle zu geben und mir das Sicherheitssystem zu erklären.

Während der Führung wurden mir drei Dinge deutlich. Erstens: Das Sicherheitssystem war nicht so leicht zu überwinden, wie ich es mir für meinen Roman vorgestellt hatte. Zweitens: Als ich vor den echten ‚Blauen Fohlen' stand, wurde mir klar, wie grandios Tammenas Kopie war. Es wirkte so, als ob das Bild aus meiner Garage dort an der Wand hängen würde. Selbst der Rahmen sah exakt so aus. Drittens: Harald Westermann stand auf mich. Er glaubte wohl, er könnte mich beeindrucken, wenn er mich in Geheimnisse einweihen würde. Er erzählte mir ganz linkisch davon, dass Egge Jansen ihm am Vortag zwei Millionen Euro dafür geboten hätte, wenn er ihm ‚Die Fohlen' unter der Hand geben würde.

Nach dem Besuch in der Kunsthalle war ich zuerst total enttäuscht, dass ich meinen Roman wegen des Sicherheitssystems ganz anders schreiben musste. Und ich war angeekelt über die Annäherungsversuche von Westermann. Doch während der Heimfahrt bildete sich in mir eine Idee. Was wäre, wenn man das Originalbild mit der Kopie vertauschen könnte? Dabei dachte ich zunächst nur an mein Buch. Aber dann wurde mir plötzlich klar, dass mir das auch in Wirklichkeit gelingen könnte.

Es war eine einmalige Gelegenheit, die mir dort auf dem Silbertablett serviert wurde. Niemand wusste, dass ich eine täuschend echte Kopie des Bildes besaß. Ich hatte einen Käufer für das Original, und ich hatte Kontakt zu jemandem, der das Sicherheitssystem der Kunsthalle manipulieren konnte. Das war meine Chance! Ich musste die Sache nur durchziehen."

„Warum hast du denn Egge nicht einfach die Kopie von dem Bild verkauft?"

„Weil er dafür vielleicht zehn- oder zwanzigtausend Euro bezahlt hätte, aber niemals zwei Millionen! Nein, ich wollte alles, was möglich war. Und ich wollte wissen, ob es mir gelingen würde, das Original zu kriegen. Es war wie ein Spiel, und ich wollte sehen, wie weit ich komme. Dabei habe ich ja auch keinerlei Gesetz gebrochen bis zu dem Punkt, an dem ich das Bild tatsächlich austauschte. Bis dahin lag das Risiko alleine bei Harald Westermann."

Iba schluckte. „Wie hast du ihn denn dazu gebracht, das Sicherheitssystem auszustellen?"

„Na wie schon?" Fenna grinste. „Ich habe durchblicken lassen, dass ich für eine Affäre offen bin. Er wollte sich mit mir in einem Hotel treffen, aber das lehnte ich ab. Meine Lesung war für den 17. Januar verabredet worden. Ich machte ihm deutlich, dass ich es danach mit ihm treiben wollte. Und zwar in der

Kunsthalle, zwischen den Bildern. Er war dieser Fantasie gegenüber alles andere als abgeneigt. Im Gegenteil, er stimmte schneller zu, als ich es erwartet hatte. Er versprach, sich darum zu kümmern, dass die Videoüberwachung abgestellt sein würde, damit wir alleine sein konnten. Er sagte, er würde jemanden in der Sicherheitsfirma kennen, der ihm noch einen Gefallen schuldete.

Schließlich war der Abend der Lesung. Die Kopie der ‚Fohlen' habe ich vorher zusammen mit meinen Plakaten in der großen, schwarzen Zeichenmappe ins Museum gebracht. So aufgeregt war ich noch niemals bei einer Veranstaltung gewesen! Westermann saß neben seiner Frau in der ersten Reihe und starrte mich gierig an. Ich hätte nie gedacht, dass ein Gedicht über das schillernde Sonnenlicht im Watt jemanden so erregen könnte! Das Glas Wasser auf meinem Lesepult war schon nach dem zweiten Text leer, sodass mir die rothaarige Dame von der Kasse eine ganze Karaffe voll gebracht hat. Ich sagte mir immer wieder, dass es noch nicht zu spät wäre, die ganze Sache abzubrechen, und das hielt meinen Pulsschlag auf einem einigermaßen erträglichen Niveau.

Ich muss an diesem Abend besonders gut gelesen haben, denn ich habe seitdem niemals wieder so viele Bücher signiert. Die ‚Freunde der Kunsthalle' wollten mich noch zu einem Drink in eine Bar einladen, aber Westermann wimmelte sie ab und schaffte es, alle nach Hause zu schicken. Ich brachte zwischendurch meine Bücherkisten zum Auto und hielt mich danach im Hintergrund, sodass die Leute den Eindruck gewannen, ich wäre schon gegangen. Als letzter Gast verließ Frau Westermann das Haus, der Sicherheitsmann aktivierte die Alarmanlage und verschloss die Tür von außen. Der Direktor und ich blieben alleine zurück.

Er wollte sofort loslegen, aber ich entwischte ihm und rannte die Treppe hinauf in die Ausstellungsräume. Er rief mir keinerlei Warnung hinterher, und so nahm ich an, dass die Videoüberwachung tatsächlich abgestellt worden war. Ich ging dicht an ein Bild heran und hielt meine Hand vor den Bewegungsmelder, aber es gab keinen Alarmton, und die Kameras reagierten nicht.

‚Fenna, wo bist du?', rief Westermann. Die Räume wurden nur noch durch das Mondlicht erhellt, und es war wirklich eine zauberhafte Stimmung. So romantisch hatte ich mir das gar nicht vorgestellt. In diesem Moment tat er mir ein bisschen leid. Ich kicherte und zeigte mich ihm kurz, lief aber sofort in den nächsten Raum. Mein Giggeln trieb ihn durch die Ausstellung wie ein Irrlicht den Wanderer durchs Moor. Als ich mich wieder in Richtung Ausgang bewegte, sah ich nach und nach seine Kleidungsstücke auf dem Boden liegen, er hatte sich vollkommen entblößt, während er mich verfolgte.

‚Huhu, Fennalein?' Er lachte irre, und ich sah, wie er weit hinten in die Luft sprang und mit den Armen wedelte wie ein Affe im Dschungel. Ich nahm seine Boxershorts und die Hose als Geiseln und rannte wieder nach unten ins Foyer. Im Atrium bekam er mich schließlich zu packen und riss mir die Bluse auf. Nach ein paar Küssen stieß ich ihn wieder fort.

‚Ich habe etwas Besonderes für dich', sagte ich und holte aus meiner Tasche Handschellen und eine Augenbinde hervor. Ich befahl ihm, sich auf den Boden zu legen, fesselte ihn an die Heizung und verband ihm die Augen. Voller Erregung erwartete er nun, dass ich ihn verwöhnen würde, aber stattdessen lief ich schnell zu meiner Mappe und holte das falsche Bild heraus.

‚Fenna?', rief er hinter mir her. ‚Wo bist du?'

Es hat tatsächlich geklappt! Ich habe das Bild ausgetauscht! Ich bin wieder zurückgesprintet, um das Original in die Mappe zu stecken. Dann habe ich mich um den Direktor gekümmert und ihn seine Einsamkeit vergessen lassen." Fenna grinste. „Das Bild auszutauschen war so aufregend gewesen, dass ich mich richtig an ihm abreagieren musste. Wahrscheinlich habe ich ihn zu hart rangenommen, danach hat er jedenfalls nie wieder ein Wort mit mir gewechselt." Sie strahlte. „Das kannst du dir nicht vorstellen, Iba. Es war das Großartigste, was ich jemals gemacht habe! Ich habe eigentlich gar nicht damit gerechnet, dass es wirklich klappt, aber dann wurde es ein Triumph! Das Hochgefühl hat noch monatelang angehalten. Der Nervenkitzel, der Erfolg und später die Tasche mit dem Geld – noch heute bekomme ich Gänsehaut, wenn ich daran denke." Fenna gab sich der wohligen Hitzewelle hin, die sich in ihr ausbreitete.

Ibas zitternde Stimme brachte sie zurück in die Gegenwart. „Du sagst, Westermann hätte nie wieder mit dir gesprochen. Wie kam es dann dazu, dass du ihn umgebracht hast?"

„Nun, vorgestern hat er natürlich wieder mit mir gesprochen." Fenna seufzte. „Verdammt noch mal, diese verfluchten Morde. Glaube mir, Iba, ich habe das nicht gerne gemacht. Aber es musste sein."

„Ach ja?"

„Zwei Jahre lang war alles perfekt gewesen, doch dann stand plötzlich Redolf vor meiner Haustür. Ich begrüßte ihn freundlich und bot ihm einen Tee an. Aber er drängte sich einfach ins Haus und fragte mich, was ich mit der Kopie von den ‚Blauen Fohlen' gemacht hätte.

‚Gar nichts', antwortete ich. ‚Ich habe sie immer noch.'

‚Und warum habe ich sie dann gerade in der Kunsthalle gesehen?'

In diesem Moment wusste ich, dass ich alles verlieren würde. Ich hätte nicht geglaubt, dass man sich so schnell daran gewöhnt, Geld zu haben. Man muss nicht mehr auf Sonderangebote im Supermarkt achten und auf den Benzinpreis schielen. Man muss keine Reparaturen mehr aufschieben und kann sich Markengeräte kaufen. Die Verkäufer lächeln und nehmen sich Zeit für dich. Aber vor allem konnte ich mich vollständig auf meine Gedichte konzentrieren und als eine Frau auftreten, die es geschafft hatte. Ich wollte das nicht verlieren, Iba! Ich wollte nie wieder so leben wie früher!

‚Wo ist das Bild, Fenna?', fragte Redolf. ‚Wenn du es wirklich hast, dann zeige es mir!'

‚Es ist in der Garage.'

‚Toller Platz für ein Bild! Aber wie du willst, gehen wir in die Garage.' Er ging vor.

‚Hast du eigentlich jemandem von deinem Verdacht erzählt?', fragte ich.

‚Ich wollte erst mal wissen, was du dazu sagst.'

‚Und weiß irgendjemand, dass du hier bist?'

‚Nein, ich bin direkt zu dir gefahren. Wo ist das Bild denn nun?'

‚Dort in dem Paket, hinter den Winterreifen.' Ich zeigte auf eine Stelle in der Ecke. Und als er sich nach vorne beugte, um das Paket hervorzuziehen, griff ich nach dem Hammer und schlug kräftig zu.

Niemand wusste von der Sache. Wenn ich Redolfs

Leiche loswerden würde, ohne eine Spur von mir zu hinterlassen, würde ich niemals in Verdacht geraten. Ich hatte in der Garage noch den Krempel von meiner letzten Renovierung, darunter befanden sich auch weiße Ganzkörperoveralls zum Streichen, die hatte es damals im Sonderangebot gegeben, weißt du. Außerdem habe ich mir eine Duschhaube über das Haar gezogen und eine Atemmaske aus dem Verbandskasten aufgesetzt. Mir ist zugute gekommen, dass Redolf einen so geräumigen Kombi besessen hat, mit einem Fahrradträger auf dem Dach. Ich habe ein Brett an seinen Wagen gelegt und die Leiche in den Kofferraum gezogen. Dann habe ich mein Fahrrad auf das Dach geschnallt. Ich wollte die Leiche einfach so weit weg von Dornum loswerden, wie ich nachts noch zurückradeln konnte. Und zwar möglichst unbeobachtet. Ich bin also zum Kleinen Meer gefahren und habe das Auto vor einem der Wochenendhäuschen abgestellt. Den Overall habe ich in eine Plastiktüte gestopft, genauso wie Redolfs zerstörtes Smartphone und die Autoschlüssel. Die Tüte habe ich irgendwo auf dem Nachhauseweg in einem Mülleimer entsorgt. Es hat gutgetan, nach dem ganzen Stress noch einige Stunden Fahrrad zu fahren, die frische Nachtluft hat mich wieder runtergebracht."

„Und Westermann?"

„Westermann stand genauso plötzlich vor mir wie Redolf. Er hat mir die Ohren vollgejammert, dass die Polizei vor einer Stunde in der Kunsthalle gewesen wäre und behauptet hätte, dass ‚Die Fohlen' ausgetauscht worden wären. Ob ich das gewesen wäre, während unserer Liebesnacht damals. Dann ist er richtig verzweifelt und panisch geworden. Gar nicht zuerst wegen des Bildes, sondern er hat vor allem Angst gehabt, dass die Affäre mit mir herauskommt und seine Ehe daran zerbrechen würde. Ich habe versucht, ihn zu beruhigen, und habe ihm ein Glas Wein angeboten. Darin habe ich drei Schlaftabletten aufgelöst. Ich habe mir wieder einen weißen Overall übergezogen, den Direktor in sein Auto gezerrt und bin zu seinem Haus gefahren." Fenna schüttelte den Kopf. „Das war nicht schön mit Westermann. Als ich ihm die Schlinge um den Hals gelegt habe, ist er noch mal aufgewacht. Diese Geräusche werde ich wohl niemals vergessen." Sie blickte zu Iba und erhoffte sich Mitgefühl, doch ihre Tochter machte eher einen verstörten Eindruck. „Komm schon, Iba, guck nicht so entsetzt! Endlich sind wir mal oben! Endlich können uns die Männer gestohlen bleiben!" Fenna wollte ihrer Tochter aufmunternd in die Wange zwacken, doch Iba wich zurück. „Ich weiß, das ist alles etwas viel auf einmal. Aber glaub mir, wenn wir erst mal auf einer tropischen Insel am Strand liegen, einen Cocktail in der Hand halten und ein paar süßen Animateuren auf den Hintern gucken, dann sieht die Welt schon ganz anders aus."

*

Dirks fuhr nach Süden in Richtung Aurich. Sie hoffte, dass Fenna ebenfalls diese Route eingeschlagen hatte. Sie könnte auch nach Osten gefahren sein über Wittmund und Jever, um bei Schortens auf die Autobahn zu kommen. Aber da Dirks ja von Dornumersiel kam, hätte bei diesem Weg die Möglichkeit bestanden, dass sie sich in Westeraccum begegnet wären. Doch selbst, wenn Fenna zunächst nach Aurich fahren würde, könnte sie jederzeit links abbiegen, um noch die östliche Route zu nehmen.

Eigentlich konnte Fenna nicht entkommen. Sobald Altmann bestätigen konnte, dass Tammena in Fennas Garage ermordet worden war, würde Saatweber einen Haftbefehl besorgen. Man würde über Fennas Handy ihren Standort bestimmen und sie verhaften, sobald sie irgendwo anhielt. Doch bis es soweit war, war Diederike ganz auf sich alleine gestellt.

Warum hat Iba immer noch nicht zurückgerufen? Warum hat mich Fenna zum Strand geschickt?

Dirks wählte Ibas Nummer. Es klingelte zweimal, viermal, sechsmal, dann war die Mailbox zu hören. „Verflucht, Iba, melde dich!" Dirks legte auf und trommelte nervös auf dem Lenkrad. Ihr Blick schweifte über die Felder, und sie warf einen Blick auf die Straße, die nach links führte. Sie konnte einen dunklen SUV sehen, aber keinen roten Kleinwagen.

War Iba etwa doch am Strand gewesen, und Fenna war alleine abgehauen? Aber warum sollte Fenna das tun, das würde sie doch erst recht verdächtig machen! Außerdem hatte das Fahrrad, mit dem Iba losgeradelt sein sollte, in der Garage gestanden. Oder war Iba noch in Fennas Haus? Aber wieso war Fenna dann mit Ibas Auto losgefahren und nicht mit dem eigenen? *Iba muss bei Fenna sein.*

Diederike wählte erneut Ibas Nummer.

*

Iba hörte, wie ihr Smartphone in der Handtasche klingelte.

Ein bisschen gab ihr das Halt. Es war, als wäre der freie Fall in eine unendlich tiefe Schlucht gestoppt worden, und sie hing nun mit einem Arm an der Felswand. Doch der Stein war bröckelig, und es fehlte nicht viel, dass sie wieder in den Abgrund stürzen würde.

Fenna schaute giftig zu ihr herüber. „Das ist bestimmt Diederike. Kann das Mädchen denn keine Ruhe geben?"

Iba versuchte, ruhig zu sprechen. „Mittlerweile wird sie gemerkt haben, dass wir einfach weggefahren sind. Natürlich wundert sie sich darüber, dass ich mich nicht von ihr verabschiedet habe."

Fenna schlug wütend auf das Lenkrad. „Was macht sie überhaupt in Dornum? Warum ist sie nicht in Emden, um Jansen zu verhören?" Das Telefon hörte auf zu klingeln, und Fenna beruhigte sich wieder.

Wenig später läutete es erneut.

„Verfluchte Nervensäge!", fauchte Fenna. „Kannst du nicht den Ton ausstellen?"

Iba atmete tief ein. „Vielleicht ist es am besten, wenn ich mit ihr rede. Wenn ich mich bei ihr entschuldige, dass ich so schnell weggefahren bin, und ihr sage, dass wir verreisen, wird sie Ruhe geben."

Fenna beäugte Iba kritisch. „Bekommst du das hin? Ich meine, ohne dass sie Verdacht schöpft?"

„Ich werde sowieso die ganze Zeit heulen, da wird sie mir schon glauben."

Fenna schaute nachdenklich geradeaus auf die Straße, und das Smartphone verstummte. „In Ordnung. Wenn sie das nächste Mal anruft, dann rede mit ihr."

*

Dirks fuhr gerade durch Westerholt. Warum ging Iba nicht ans Telefon? Sie konnte doch nichts davon wissen, dass Fenna die Täterin war. Oder etwa doch? Aber wie sollte sie das denn herausgefunden haben?

Dirks' Pulsschlag beschleunigte sich. Sie beschloss, noch ein letztes Mal Ibas Nummer zu wählen. Wenn sie dann nicht rangehen würde, würde Dirks davon ausgehen, dass Fenna ihr etwas angetan hatte.

Der Bildschirm in der Mitte des Fahrzeugs zeigte an, dass das Smartphone die Verbindung herstellte. Das erste Freizeichen ertönte.

Das zweite Freizeichen ertönte.

Das dritte Freizeichen ertönte.

„Hallo Diederike."

„Iba! Endlich! Wie geht es dir? Ich habe mir solche Sorgen gemacht."

„Es geht mir gut." Iba schniefte. „Den Umständen entsprechend."

„Warum bist du denn nicht ans Telefon gegangen?"

„Weil ich mit niemandem reden wollte!" Iba begann zu weinen. „Es ist alles so schrecklich."

„Ich weiß. Aber warum fahrt ihr einfach weg, ohne mir Bescheid zu sagen? Hat Fenna dir nicht erzählt, dass ich da war?"

„Doch, hat sie. Wir haben uns genau verpasst. Ich hatte wirklich vor, mit dem Rad zum Strand zu fahren, aber dann bin ich einfach nur querfeldein gelaufen. Und plötzlich habe ich mir gewünscht, einfach weg zu sein von allem. Es war eine ganz spontane Idee. Ich hatte mir doch schon immer gewünscht, mit Mama in ein fernes Land zu reisen. Und jetzt fahren wir einfach nach Bremen zum Flughafen und sehen, was es so gibt. Mama ist noch niemals geflogen, kannst du dir das vorstellen?"

„Nein." Diederikes Kopf puckerte. Im Moment

konnte sie sich gar nichts vorstellen, es fiel ihr schwer, klar zu denken.

„Tut mir leid, dass ich nicht auf dich gewartet habe. Ich hätte mich aber auch demnächst bei dir gemeldet." Iba schluckte. „Danke, dass du angerufen hast. Es tut gut, deine Stimme zu hören."

Nun schlich sich selbst in Diederikes Auge eine Träne. Wieso klangen diese Worte nach einem endgültigen Abschied?

„Warum bist du eigentlich nach Dornum gefahren?", fragte Iba. „Musst du nicht Egge verhören?"

„Ich brauche den USB-Stick mit den Fotos von Egges Großmutter und dem Gemälde. Und ich brauche deine Aussage."

„Kannst du da nicht etwas regeln, Diederike? Ich brauche diesen Urlaub, verstehst du?"

„Natürlich verstehe ich das." Dirks' Hände verkrampften sich um das Lenkrad. „Wenn ich den USB-Stick habe, reicht mir das erst mal. Hast du ihn denn bei dir, oder kann ich ihn mir irgendwo holen?"

Iba überlegte. „Er befindet sich in Fennas Haus. Ich hatte ihn in meiner Strickjacke, und die habe ich in meinem Zimmer liegengelassen. Auf dem Bett."

„Aber die Haustür ist abgeschlossen. Gibt es irgendwo noch einen Schlüssel?" Sie hörte, wie Iba und Fenna miteinander tuschelten.

„Im Blumenbeet hinter der Garage sitzt ein gusseiserner Salamander, darunter findest du einen Hausschlüssel."

„Okay. Dann habe ich alles, was ich brauche. Grüß Fenna von mir. Sag ihr, ihr Gedichtband liegt auf meinem Nachttisch, und ich lese jeden Abend darin. Dabei kann man so gut einschlafen." Dirks biss sich auf die Lippen. *Das ist wahrscheinlich kein Kompliment.* „Ich wünsche euch einen schönen Urlaub, und dass du dich ein bisschen erholst."

„Danke. Ich melde mich bei dir, sobald ich weiß, wo es hingeht."

„Alles klar." Dirks wollte noch sagen: „Pass auf dich auf!", doch sie ließ es bleiben. Wenn Fenna tatsächlich die Mörderin war, dann durfte sie auf keinen Fall Verdacht schöpfen, dass Dirks irgendetwas ahnte.

*

Fenna lächelte. „Das hast du toll gemacht, Iba. Gutes Kind!" Sie schaute zu ihrer Tochter, obwohl sie gerade dazu ansetzte, einen Mercedes zu überholen. Dabei schielte sie auch auf das Tachometer. Sie wollte möglichst schnell sein, aber natürlich musste sie auch darauf achten, dass sie nicht geblitzt oder sogar angehalten werden würden. *Ich darf jetzt keinen Fehler machen.* Sie schwenkte wieder auf die rechte Fahrbahn ein.

Iba ließ ihr Telefon in der Handtasche verschwinden und starrte mit leerem Blick geradeaus.

„Wir halten zusammen. So muss es sein." Fenna strich Iba liebevoll über den Arm, doch auch das munterte ihre Tochter nicht auf. Also stellte Fenna das Radio an und freute sich über „Take on me" von *Aha.*

Glücklicherweise hatten sie Diederike erst einmal abgewimmelt. *Aber was ist, wenn Iba das nächste Mal nicht so überzeugend ist? Was, wenn sie Diederike irgendwann gegenüber sitzt und zu dem Fall befragt wird?* Mit jemandem zu telefonieren war eine Sache, aber ein persönliches Gespräch war etwas ganz anderes. Und dann noch mit jemandem, der einen so gut kannte, wie die beste Schulfreundin!

Es tat Fenna im Herz weh, als ihr bewusst wurde, dass Iba das niemals würde durchhalten können, egal, wie viel Mühe sie sich geben würde. *Sie ist das letzte Risiko, das ich noch loswerden muss.*

Doch konnte sie das wirklich tun? Konnte sie tatsächlich ihre eigene Tochter umbringen? *Ich werde mir einfach vorstellen, dass sie noch in Stuttgart wohnt. Ich werde mir vorstellen, dass sie glücklich mit Jürgen zusammen lebt und ein erfülltes Leben hat.*

Eine Träne wollte sich in Fennas Auge bilden, doch sie zwang sich, sie zu unterdrücken. Iba durfte auf keinen Fall merken, wie schwer ihr Herz gerade war. Sie drehte das Radio lauter, auch wenn sie gar nicht zuhörte. Sie vermied es, nach rechts zu schauen, und auch den routinemäßigen Blick in den Innenspiegel ließ sie bleiben.

Wie soll ich sie beseitigen? Am besten wäre es, wenn sie während des Urlaubs einen Unfall erleiden würde. Das konnte schließlich immer mal passieren. Vielleicht gab es an ihrem Ferienort ja ein Gebirge. Im Ausland waren die Wege bestimmt nicht so gut abgesichert, und man konnte leicht mal abstürzen. Selbst, wenn sie mit einem Schubser nachhelfen müsste, so wäre das noch besser, als ihr die Kehle durchzuschneiden.

Kann ich wirklich so lange warten, bis wir im Urlaub sind? Was, wenn sie heute gar keinen Flug mehr bekommen würden, sondern erst noch in einem Hotel übernachten müssten? Im Moment war Iba noch verstört, aber wie würde es sein, sobald sie eine Nacht über die Sache geschlafen haben würde? Was, wenn sie schon heute Abend die Nerven verlieren würde und versuchen würde, Diederike anzurufen? *Ich kann sie nicht die ganze Zeit über im Auge behalten. Ich kann ihr nicht erst heute Nacht ein Kissen auf das Gesicht drücken.*

*

Diederike Dirks fuhr weiter durch die einsame Landschaft. Sie achtete darauf, ob sie den weinroten Fiat 500 entdecken konnte. Doch wahrscheinlich war Fennas Vorsprung viel zu groß.

Wenigstens geht es Iba gut. Aber was war das für ein seltsames Gespräch gewesen? Es war zwar schön gewesen, Ibas Stimme zu hören, aber gleichzeitig hatte es ihr Angst gemacht.

Dirks fühlte sich überfordert. Sie wollte jetzt nicht alleine sein. Sie wollte, dass Oskar neben ihr saß und ihr sagte, dass sie nicht total irre war.

Es hatte plausibel geklungen, was Iba am Telefon gesagt hatte. Aber konnte es stimmen? Die beiden mussten vollkommen überstürzt aufgebrochen sein, immerhin war Fenna gerade noch unter der Dusche gewesen, als sie ihr begegnet war.

Diederike überschlug, wie lange sie in Dornumersiel am Strand gewesen war. Hin- und Rückweg hatten zusammen etwa zehn Minuten gedauert, also war sie insgesamt höchstens zwanzig Minuten weg gewesen. Fenna musste sich extrem schnell angekleidet und gepackt haben, selbst wenn Iba sofort von ihrem Spaziergang aus dem Feld zurückgekommen wäre.

Dass mich Fenna zum Strand geschickt hat, wirkt so, als ob sie verhindern wollte, dass ich mit Iba spreche. Das ergibt aber nur Sinn, wenn Iba weiß, dass Fenna die Mörderin ist.

Aber woher sollte sie das wissen? Außerdem hatten

sie eben miteinander gesprochen. Allerdings nur übers Telefon und nicht von Angesicht zu Angesicht. Wurde Iba von Fenna bedroht? Oder machte sie mit ihr gemeinsame Sache?

Eigentlich wäre es das Beste, abzuwarten und Fenna in einer geplanten Aktion durch ein Einsatzteam festnehmen zu lassen. Wenn Iba allerdings in Gefahr wäre, dann müsste man möglichst schnell zugreifen. *Alles hängt also davon ab, wie ich die Situation für Iba einschätze.*

Dirks versuchte, sich in Fenna hineinzuversetzen, glücklicherweise kannte sie sie ja ein bisschen. *Wenn ich davon ausgehe, dass Iba nichts weiß und ihre Aussage stimmt, dann wäre ich an Fennas Stelle niemals so überstürzt aufgebrochen, nachdem ich Ibas Freundin zuvor fälschlicherweise zum Strand geschickt hätte. Dann hätte ich ihre Freundin angerufen und mich für meinen Irrtum entschuldigt. Ich muss also davon ausgehen, dass Iba Bescheid weiß. In diesem Fall ist sie jedoch ein großes Risiko für Fenna, weil sie eine Hauptkommissarin zur Freundin hat.* Dirks schluckte. Wenn Fenna schon zwei Menschen ermordet hatte, dann würde sie auch vor einem dritten Mord nicht zurückschrecken, selbst wenn es sich dabei um die eigene Tochter handelte. Wahrscheinlich musste Fenna sich erst einmal an diesen Gedanken gewöhnen, aber früher oder später würde sie Iba aus dem Weg räumen. *Ich muss Fenna so schnell wie möglich stoppen.*

Aber wie sollte sie das tun? Was hatte sie denn überhaupt für Möglichkeiten? Im Augenblick hatte sie keinen Polizeiapparat hinter sich. Sie wusste nicht, wo sich Fenna befand, sie konnte überhaupt nichts tun.

Die Einzige, die etwas tun kann, ist Iba. Nur sie kann Fenna aufhalten.

Sie musste Iba dazu bringen, sich gegen Fenna zu

stellen. Doch Iba war alles andere als eine Kämpferin, würde Iba das wirklich hinkriegen? Aber auch wenn die Chance gering war, wäre das besser, als wenn man gar nichts unternehmen würde.

Dirks hatte sich angewöhnt, immer vom Schlimmsten auszugehen, denn sie erlebte lieber eine schöne Überraschung als eine Enttäuschung. In diesem Fall konnte das allerdings nach hinten losgehen. Wenn sie Fenna nämlich in die Ecke treiben würde, dann würde sie Iba dadurch vielleicht erst in Lebensgefahr bringen!

Dirks starrte hilflos in den grauen Himmel. *Was soll ich tun?*

*

Fenna versuchte, die Entscheidung, wie sie Iba töten sollte, so lange wie möglich hinauszuzögern. *Noch kann ich es nicht.* Sie spürte allerdings, wie diese Gewissheit kleiner und kleiner wurde. Zur bisherigen Erkenntnis, dass Iba diese Sache niemals durchhalten würde, gesellte sich ein weiteres Argument, das wie ein Katapult ihre letzte innere Mauer beschädigte. Die Aussicht, dass sie das Geld in der Sporttasche nicht mehr teilen müsste, trieb Fenna ein eiskaltes Lächeln ins Gesicht.

*

Iba beobachtete ihre Mutter. Fennas stahlharter Gesichtsausdruck machte ihr Angst. „Können wir nicht die Musik ausstellen?"

„Alles, was du willst, Liebes."

Die Stille im Auto währte nicht lange, denn ihr

Smartphone klingelte. Ibas Herz hämmerte.

„Meine Güte!“ Fenna seufzte. „Was will Diederike denn jetzt schon wieder? Hat sie den USB-Stick etwa nicht gefunden?“

Hastig öffnete Iba ihre Handtasche und ging ans Telefon.

„Ich weiß Bescheid“, sagte Diederike. „Du musst Fenna stoppen.“

„Was redet ihr da?“, rief Fenna.

„Nichts.“

„Egge liebt dich wirklich, Iba! Er hat dir einen Verlobungsring gekauft, nur deshalb hat er dich heute Morgen angelogen.“

„Gib das verfluchte Handy her!“, brüllte Fenna und ließ die Scheibe auf ihrer Seite herunterfahren.

„Es ist noch nicht vorbei, Iba! Ihr habt noch eine Chance! Aber es liegt bei dir!“

Blitzschnell schnappte sich Fenna das Telefon und schleuderte es aus dem Fenster.

„Diederike weiß es.“ Ibas Stimme überschlug sich. „Halt sofort an, Mama. Ich will aussteigen.“

„Spinnst du?“ Fenna drückte den Knopf für die Zentralverriegelung.

Kalte Angst zog Iba über den Rücken. „Ich werde schweigen, Mama. Wirklich! Du bist meine Mutter, ich muss nicht gegen dich aussagen. Wenn du flüchten willst, dann tu das.“

„Du hängst da jetzt mit drin, Schätzchen, ob du willst oder nicht. Bildest du dir wirklich ein, dass Egge dich noch haben will? Du hast ihn hintergangen und verraten! Du hast ihn endgültig verloren! Der einzige Mensch, den du noch hast, bin ich.“

„Hör auf! Wenn du dich jetzt stellst, wird Diederike

dir bestimmt helfen."

Fenna lachte höhnisch. „Bei zwei Morden? Wer kann einem denn da noch helfen?"

„Ich werde dir helfen!" Doch schon während Iba das sagte, wusste sie, dass das nicht stimmte. Fenna war noch übler als Jürgen. Iba schämte sich für sie und wollte nichts mehr mit ihr zu tun haben. Im Innenspiegel sah sie, wie Fenna begriff, dass sie ihre Tochter verloren hatte.

Fenna richtete den Blick steif nach vorne. Dann drückte sie das Gaspedal runter.

*

Dirks fuhr schneller. Angestrengt schaute sie auf die Umgebung. Felder, Kühe und Pferde waren ihr egal. Sie wollte nur endlich diesen dunkelroten Kleinwagen sehen.

Das Klingeln des Smartphones riss sie aus der Konzentration. Ohne zu zögern ging sie ran.

Es war Breithammer. „Ich habe gerade einen Anruf von Altmann erhalten. Er meint, dass er sich höchstwahrscheinlich am Tatort von Tammenas Mord befindet. Er hat in einer Garage in Dornum einen großen Blutfleck gefunden, und Blutspritzer, die dieser Tat entsprechen. Er sagt, dass du meine Unterstützung brauchst."

Dirks beschloss, Altmann einen großen Blumenstrauß zu schicken. „Ich brauche sofort eine Handyortung von Fenna Gerdes." Sie versuchte, auf ihr Adressbuch zuzugreifen, um Breithammer die Nummer zu diktieren. Vor der letzten Ziffer musste sie das Gerät loslassen, um einen Traktor zu überholen. Wenig später gab sie die letzte Zahl durch. „Iba sitzt bei Fenna im Auto. Ich habe Angst um sie, Oskar! Ich muss sie schleunigst finden!“

„Die Kollegen klemmen sich dahinter und melden sich gleich bei dir. Ich fahre auch sofort los.“

*

Iba wurde in ihrem Sitz zurückgedrückt, so sehr beschleunigte das Fahrzeug. „Halt an, Mama!“

Sie wurden nicht langsamer.

„Hör auf!“, kreischte Iba. „Du bringst uns ja beide um!“

„Ich werde nicht ins Gefängnis gehen.“ Fennas Blick war wild entschlossen.

Vor ihnen kreuzte eine Querstraße, und ein Auto kam von rechts. Wenn sie beide so weiterfahren würden, würden sie zusammenstoßen! Im allerletzten Moment bremste der andere jedoch, und sie rasten unbeschadet an seiner Kühlerhaube vorbei.

„Macht nichts.“ Fenna giggelte. „Dann treffen wir eben das nächste Auto. Oder willst du lieber in ein Haus krachen?“ Ihr Gesichtsausdruck wurde wieder hart. „Ich wünschte, du wärst niemals zurückgekommen. Bis du Diederike in mein Haus gebracht hast, war alles gut.“

„Ich hasse dich!“ Iba zog das Pfefferspray aus der Handtasche und sprühte ihrer Mutter die ätzende Flüssigkeit ins Gesicht. Fenna kreischte höllisch, und Iba glaubte, dass sie an Geschwindigkeit verloren. Dann kam der Wagen von der Fahrbahn ab, der Airbag poppte auf, und sie überschlugen sich.

*

Dirks war jetzt direkt mit der Zentrale verbunden. Die Kollegen hatten nicht nur Fenna auf dem Bildschirm, sondern sahen auch, wo sie sich selbst gerade befand.

„Du bist nicht mehr weit entfernt, Diederike. Das Ziel befindet sich vor dir auf derselben Straße. Gleich müsstest du dort sein."

„Wie ist das möglich?"

„Das Zielfahrzeug bewegt sich nicht."

„Was?" Dirks drückte das Gaspedal bis zum Anschlag hinunter. „Auf meiner Straße gibt es kein anderes Auto. Und auch nicht auf der Querstraße."

„Du bist jetzt auf gleicher Höhe. Aber das Ziel ist weiter rechts von dir, mitten auf dem Feld."

Dirks machte eine Vollbremsung. Sie beugte sich nach rechts und sah hinter sich. Erst jetzt erkannte sie das Autowrack, das mit dem Dach nach unten lag. „Ich brauche sofort einen Krankenwagen! Oder besser einen Rettungshubschrauber." Dirks warf den Motor wieder an und lenkte ihr Auto auf das Feld. „Verdammt!" Sie hatte Tränen in den Augen. „Das wollte ich nicht!"

Sie hielt an, stieß die Tür auf und stürmte zum Fiat. Iba hing regungslos mit dem Kopf nach unten in ihrem Sitz, der Sicherheitsgurt hielt sie fest. Ihr Gesicht war voller Blut. Alle Fensterscheiben waren zersprungen. Dirks versuchte, die Tür aufzureißen, aber diese wurde vom Boden blockiert. Sie ruckelte mit aller Kraft am Griff, und schließlich gelang es ihr doch, sie zu öffnen. Als nächstes musste sie Ibas Sicherheitsgurt durchschneiden. Aber womit? Oskar hatte immer ein Taschenmesser dabei, aber sie doch nicht. Ihr Blick fiel auf Ibas Handtasche. Zwischen allerlei Make-up und sonstigem Kram fand Dirks schließlich auch eine Nagelschere, damit müsste es gehen.

Nachdem sie den Gurt durchgeschnitten hatte, rutschte Iba augenblicklich nach unten, und Dirks konnte sie aus dem Wrack ziehen. Sie legte sie in stabiler Seitenlage auf den Ackerboden, doch Iba gab noch immer kein Lebenszeichen von sich. „Komm schon, Iba, sag was!“ Dirks zog ihre Jacke aus und legte sie über die Freundin, damit sie nicht auskühlte. „Ich brauche dich! Und nicht nur ich! Auch Billy braucht dich. Und Egge. Egge ganz besonders. Der Kerl ist ganz verrückt nach dir. Das kann noch etwas mit euch beiden werden, da bin ich mir ganz sicher.“

Iba zeigte keine Regung.

Wo ist eigentlich Fenna? Dirks blickte auf die Fahrerseite des Autowracks.

Der Sitz war leer.

*

Fennas Gesicht brannte, sie konnte kaum etwas sehen. Sie bekam keine Luft, und Panik machte sich in ihr breit. Doch der Überlebenswille war stärker. Hechelnd schleppte sie sich über den holprigen Boden. Aus den Schemen, die sie wahrnahm, schloss sie, dass sich vor ihr eine Straße befand. Wenn sie es bis dahin schaffte und auch noch ein Auto anhielt, dann konnte sie entkommen. Schließlich hatte sie die Sporttasche mit dem Geld bei sich und konnte dem Fahrer jeden Preis bezahlen.

Sie stolperte und stürzte auf die Knie. Doch sie stand wieder auf und setzte Fuß um Fuß vorwärts.

*

Diederike Dirks hörte den Hubschrauber und blickte hoch zum Himmel. Hoffentlich kamen die Ärzte nicht zu spät, um Iba zu retten!

Sie spürte einen leichten Druck an der Hand, der nur von ihrer Freundin kommen konnte. Sie blickte hinunter und schaute in Ibas offene Augen.

„Alles wird gut!" Diederike schluchzte. „Alles wird gut."

*

Fenna erreichte die Straße. Sie hörte das Auto mehr, als dass sie es sah. Sie konnte nicht abschätzen, wie weit es entfernt war, aber sie durfte es auf keinen Fall verpassen. Fenna taumelte in die Mitte der Fahrbahn, es war ihr gleichgültig, ob sie überfahren wurde.

Reifen quietschten, und das Auto kam kurz vor ihr zum Stillstand. Fenna konnte nicht erkennen, was es für eine Marke war, und sie konnte auch den Fahrer nicht sehen, der ausstieg. Sie wusste nicht, ob er wütend war oder besorgt. „Bitte helfen Sie mir!", flehte sie ihn an. „Ich wurde überfallen. Ein Anhalter. Er hat mir mein Auto gestohlen."

„Was ist mit Ihrem Gesicht?" Der Fremde kam näher. „Haben Sie Reizgas abbekommen?"

Fenna wich ängstlich zurück.

„Wir müssen den Wirkstoff sofort aus Ihren Augen spülen." Der Fremde nahm Fenna am Arm und führte sie zum Beifahrersitz. „Leider habe ich kein Wasser dabei. Aber um die Haut zu reinigen, brauchen wir sowieso Öl, denn das Zeug ist nicht wasserlöslich. Nicht weit von hier ist eine Tankstelle, da fahren wir hin."

„Wo ist meine Tasche?", rief Fenna. „Ich brauche meine Tasche. Sie ist alles, was ich noch habe."

Der Fremde wuchtete ihr die Sporttasche auf den Schoß und beeilte sich, zurück zum Fahrersitz zu kommen.

Fenna lehnte sich dankbar zurück. Es tat gut, nicht mehr gehen zu müssen. Es war großartig, dass sie auf jemanden getroffen war, der sich auskannte. Gleich würde es ihr besser gehen.

Sie hielten direkt neben dem Tankstellenshop. Hoffentlich war die Toilette nicht abgeschlossen! Zum Glück konnte sie sofort hinein, hastig drehte sie den Wasserhahn auf.

„Spülen Sie sich mit dem Wasser die Augen aus. Ich gehe eben in den Shop, um Pflanzenöl zu holen."

Das kalte Wasser war eine Erlösung, es ging Fenna gleich viel besser. Nun bekam sie wieder etwas mehr um sich herum mit. Sie hörte das Geräusch eines Hubschraubers am Himmel. War das ein Rettungshubschrauber, der zum Unfallort flog? Schlagartig wurde ihr wieder ihre missliche Lage bewusst.

Der Fremde kam zurück und reichte ihr eine Flasche Olivenöl. „Wenn Sie das Reizgas damit gelöst haben, müssen Sie es noch mit Wasser von der Haut waschen."

„Danke." Fenna verteilte sich das Öl auf den Wangen. „Vielen Dank." Leider würde sie den Fremden töten müssen. Sobald sie etwas weiter weg von der Tankstelle sein würden, würde sie ihn bitten anzuhalten. Dann würde sie ihn mit einem Stein erschlagen, die Leiche am Straßenrand verstecken und mit seinem Auto verschwinden. Sie würde sich die Haare färben, sich eine Brille besorgen und ein paar Kilogramm zunehmen, dann könnte sie sich irgendwo ein neues Leben aufbauen. Genug Geld dazu hatte sie ja. „Wir können jetzt weiterfahren." Fenna trocknete sich das Gesicht ab. „Nochmals vielen Dank."

„Dafür nicht." Der Fremde packte sie, drehte ihr die Arme auf den Rücken und legte ihr Handschellen an. „Das ist schließlich mein Job. Wenn ich mich vorstellen darf: Oskar Breithammer, Kriminalpolizei."

23. Nachrichten

Am Freitagvormittag saß Diederike Dirks im Flur des Krankenhauses.

Sie konnte immer noch nicht fassen, was geschehen war. Fenna Gerdes war eine eiskalte Mörderin! Bei anderen Kriminellen hatte Dirks die Straftaten immer einfach so hingenommen, aber Fennas Schicksal ging ihr nahe. Als Kind hatte sie sie fast täglich gesehen, sie musste nur die Augen schließen und hatte den Geschmack der fantastischen Puffert auf der Zunge.

Dirks nahm ihr Smartphone in die Hand. Vorhin hatte sie den Benachrichtigungston gehört, und nun wollte sie nachsehen, wer ihr geschrieben hatte.

Überrascht stellte sie fest, dass über der Doubleroom-App ein Herz aufgepoppt war. Interessierte sich da jemand tatsächlich für ihr unvollständiges Profil? Eigentlich hatte sie diese App doch schon längst löschen wollen!

Aufgeregt berührte Dirks das Symbol. „Hallo ‚Einzelkämpferin'. Wie wäre es mit einem Bier heute Abend?" Ihr wurde warm ums Herz. Dirks Verstand lästerte, aber sie fühlte sich geschmeichelt. Mit diesem schönen Gefühl schloss sie die App wieder. Es reichte ihr, von einem Unbekannten gemocht zu werden, sie wollte sich aber nicht wirklich aufgrund einer App mit jemandem treffen.

Oder doch?

Warum eigentlich nicht?

Sie öffnete das Programm wieder, um sich das Profil des Absenders anzusehen. Augenblicklich kam die Ernüchterung. *„Blaulicht110". Danke, Oskar, aber auch* *wenn ich kein Privatleben habe, will ich es nicht mit der Arbeit vermischen.*

Wobei – Breithammer konnte doch gar nicht wissen, dass sie „Einzelkämpferin" war, sie hatte sich ja erst später bei dem Dating-Dienst angemeldet. Und er hatte sie nur nach einem Bier gefragt. Es wäre sicherlich ein Riesenspaß, ihn hereinzulegen. Sie musste einfach so tun, als ob sie auf seine Anfrage eingehen würde, dann würde er sich fein herausputzen und mit großen Erwartungen im Restaurant auf sie warten. Und wenn er dann ganz nervös am Tisch saß, tauchte plötzlich seine Chefin auf! Nein, diese Gelegenheit wollte sie sich nicht entgehen lassen. Schnell tippte sie zurück. „Heute 21:00 Uhr, Emden, im *Kater*. Ich freue mich."

Grinsend holte sie eine Wasserflasche aus ihrer Handtasche und trank einen Schluck. Sie packte sie gerade zurück, da meldete das Telefon, dass sie bereits eine Antwort erhalten hatte.

„Tut mir leid, aber es ist etwas dazwischen gekommen."

Wie bitte? Ärgerlich steckte Dirks das Handy zurück in die Jackentasche. Wenig später zog sie es wieder hervor und wählte die Nummer ihres Kollegen.

„Moin."

„Was machst du heute Abend, Oskar?"

Breithammer war hörbar verwirrt, wahrscheinlich nicht nur über die Frage, sondern auch über die Tonlage. „Äh, ich habe ein Date."

„Ach ja? Und mit wem?"

„Folinde Fries hat sich bei mir gemeldet und mir nett geschrieben, dass sie sich auch ohne Handschellen mit mir treffen würde. Ich habe mir überlegt, es doch mal mit ihr zu probieren."

„Ach ja?“ Beinahe hätte Dirks sich darüber empört, dass er dann nicht gleichzeitig irgendwelchen anderen Frauen Nachrichten schreiben sollte, aber glücklicherweise konnte sie sich gerade noch beherrschen.

„Sag mal“, fragte Breithammer, „du hast nicht zufällig einen Feuerwehrhelm bei dir zu Hause rumliegen?“

Dirks legte auf.

Im selben Moment öffnete sich die Tür des Krankenzimmers, und ein Arzt kam heraus. „Frau Dirks?“

Sie nickte.

„Sie können jetzt zu der Patientin.“

Diederike stand auf, nahm ihre Sachen und betrat den Raum. Draußen schien die Sonne, doch die Vorhänge ließen nur wenig Licht herein. Zuerst sah sie nur die Ständer mit den Infusionsbeuteln und hörte das langsame und gleichmäßige Piepen der Geräte. Dann ging sie dichter an das Krankenbett heran. „Schön, dich zu sehen, Iba.“

Iba lächelte müde. Ihre Lippen waren ausgetrocknet, und es war seltsam, sie ungeschminkt zu sehen.

„Ich lege die Blumen hier hin. Um eine Vase kümmere ich mich später. Ach ja, in dem Umschlag befindet sich ein Michael-Kors-Gutschein, den du auch online einlösen kannst.“ Diederike war noch nie gut darin gewesen, Geschenke zu überreichen. Sie setzte sich auf die Bettkante. „Wie geht es dir? Was sagt der Arzt?“

„In ein paar Tagen kann ich wieder nach Hause gehen“, sagte Iba leise. „Auch wenn ich nicht weiß, wo das ist.“

„Du kannst natürlich erst mal bei mir wohnen.“

Iba wollte dankbar lächeln, doch das misslang ihr. „Ich bin so erschöpft. Am liebsten würde ich schlafen und nie wieder aufwachen."

„Sag nicht so was. Ich bin so froh, dass du dich bei dem Unfall nicht schlimm verletzt hast."

Iba schluckte. „Und Mama? Liegt sie im selben Krankenhaus wie ich? Ich habe ihr Pfefferspray ins Gesicht gesprüht, weißt du? Sie ist doch jetzt nicht blind oder so?"

„Nein, gesundheitlich geht es Fenna gut."

Iba seufzte erleichtert auf.

„Ich werde übrigens auch Billy erst mal zu mir nehmen", sagte Diederike. „Er verträgt sich nämlich nicht mit der Katze von Egges Sekretärin. Ich werde ihn morgen mitbringen, wenn ich dich besuche. Er freut sich bestimmt, dich zu sehen."

„Geht das denn? Darf man Tiere in ein Krankenhaus mitnehmen?"

„Ich gebe ihn einfach als Polizeihund aus, dann passt das schon."

Ibas Gesicht zeigte ein mühsames Lächeln. „Bekommt Mama im Gefängnis Papier und Stifte? Damit sie Gedichte schreiben kann, meine ich."

„Knastgedichte. Auf Platt. Über die Sonne, die so selten in den Pfützen schimmert. Die Postkarten werden der Renner bei den Insassen."

„Ich meine das ernst, Diederike. Ich werde sie im Gefängnis besuchen und ihr Stifte mitbringen. Und einen Kuchen."

„Bei deinen Backkünsten? Da ist die Gefängnisküche besser."

„Das Wichtige ist nicht der Kuchen, sondern die Feile darin."

„Du solltest erst mal Egge im Gefängnis besuchen." Diederike umschloss Ibas Hand. „Er behauptet übrigens, dass er ist froh sei, einzusitzen. Jetzt hättest du nämlich Zeit, damit deine Verletzung von Jürgen abklingen kann. Und weil er im Gefängnis ist, könntest du dir sicher sein, dass er sich in niemand anderen verliebt."

„Hat er das wirklich gesagt?" Iba kicherte sich in einen Hustenanfall. „Meinst du wirklich, dass das mit uns etwas wird?"

„Wenn du zu ihm hältst, auf jeden Fall. Wie ich ihn mittlerweile kennengelernt habe, ist er der beste Typ, mit dem du jemals zusammen gewesen bist. Aber was er getan hat, ist keine Bagatelle. Er wird wegen Hehlerei angeklagt und außerdem hat er gegen das Gesetz zum Schutz von Kulturgütern verstoßen. Wahrscheinlich wird er für drei bis vier Jahre im Gefängnis sitzen. Wenn er eine Freundin hat, wird er diese Zeit gut durchstehen."

„Und mit einer Verlobten noch besser." Ibas Augen funkelten. „Was hältst du davon, Diederike, wenn du und ich gemeinsam einen Segelschein machen?"

Weitere Bücher von Stefan Wollschläger:

Diederike Dirks und
Oskar Breithammer
ermitteln auch in
„Kirmesmord"
Kurzkrimi, 112 Seiten

Kirmesmord *ist ein*
rätselhafter Krimi, der
den Leser für einen Abend
in die Parallelwelt von
Karussells, Zuckerwatte
und Geisterbahnen entführt.

„Secret Ways -
Tödliche Überraschung"
Kurzthriller, 94 Seiten

Secret Ways *ist ein*
packender Thriller
mit Gänsehaut-Versprechen

www.stefanwollschlaeger.de

Made in the USA
San Bernardino, CA
06 April 2016